데이트 어 라이브 11 토비이치 데빌

DATE A LIVE Devil TOBIICHI

"……이츠카, 시도야."
고교생──이츠카 시도

"——아, 그러고 보니 아직 이름을 듣지 못했군요.
——당신, 이름이 뭐죠?"
정령——쿠루미

"……아니, 그게……
잘 생각해보니 그렇게
부끄러운 꼴은 못 하겠다고나 할까,
왠지 바보 같다고나 할까……."
정령——나츠미

"나츠미! 왜 너만 수영복이 아닌 건데!"
〈라타토스크〉 사령관──이츠카 코토리
"코, 코토리 씨…… 진정해요……."
정령──요시노

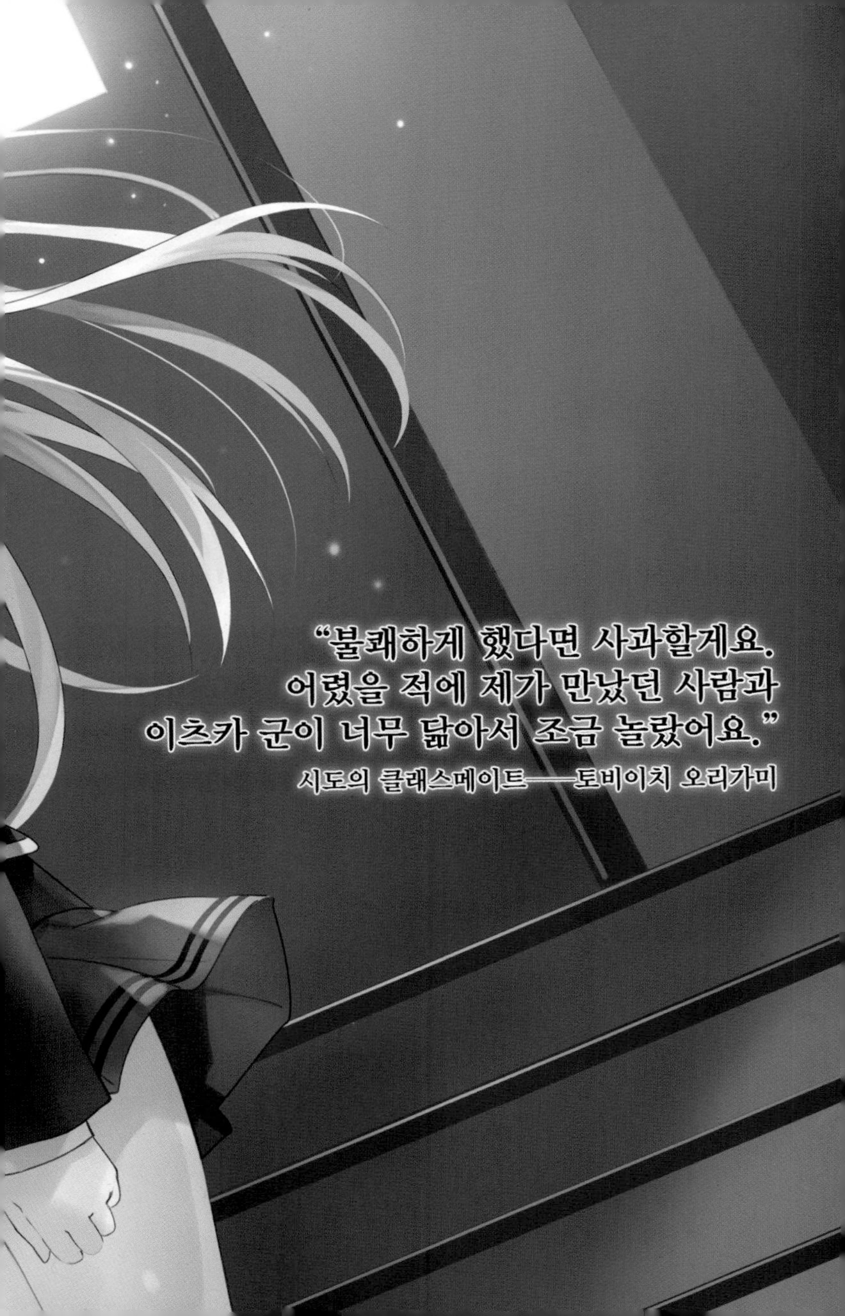
"불쾌하게 했다면 사과할게요.
어렸을 적에 제가 만났던 사람과
이츠카 군이 너무 닮아서 조금 놀랐어요."
시도의 클래스메이트——토비이치 오리가미

CONTENTS

DATE
데이트

A
어

LIVE
라이브

11

글 : 타치바나 코우시
그림 : 츠나코
옮긴이 : 이승원

THE SPIRIT
정령(精靈)
인계(隣界)에 존재하는 특수 재해 지정 생명체. 발생 요인, 존재 이유 둘 다 불명.
이쪽 세계에 모습을 드러낼 때, 공간진(空間震)을 발생시켜 주위에 심각한 피해를 끼친다.
또한, 엄청난 전투 능력을 보유하고 있음.
WAYS OF COPING1
대처법1
무력을 통한 섬멸.
단, 위에서 말했듯 매우 강대한 전투 능력을 보유하고 있기 때문에 달성 가능성이 극도로 낮음.
WAYS OF COPING2
대처법2
——데이트를 해서, 반하게 만든다.
토비이치 데빌
Devil TOBIICHI
SpiritNo.1i
AstralDress-DevilType Weapon-CrownType [Satan]

제6장 발버둥치는 자

"……저기, 이제 됐나요?"

머뭇거림이 섞인 그 목소리를 들은 이츠카 시도는 어깨를 부르르 떨었다.

아무래도 한동안 정신이 나가 있었던 것 같았다. 목소리가 들려온 방향을 쳐다보니, 안경을 쓴 조그마한 체구의 여성—오카미네 타마에 선생님, 통칭 타마 선생님이 시도에게 수첩을 보여주면서 난처한 표정을 짓고 있었다. 시도가 그 수첩을 너무 뚫어져라 보고 있어서 이러지도 저러지도 못하는 것 같았다.

"아! 예…… 감사……합니다."

시도는 그렇게 말하면서 살짝 고개를 숙인 후, 자세를 바로 했다.

하지만 시도가 한동안 수첩에서 눈을 떼지 못한 것도 무리는 아니었다.

그 이유는 단순했다. 그 수첩에 적힌 날짜가— 『지금』으로부터 5년 전을 가리키고 있었기 때문이다.

시도는 마른침을 삼킨 후, 다시 주위를 둘러보았다.

눈에 익기는 하지만, 그의 기억 속 풍경과는 조금씩 달랐다.

계절 또한 방금까지와 확연하게 달랐다.

그리고— 시도의 눈앞에는 그를 모르는 타마 선생님이 존재했다.

그 요소들은, 그녀의 수첩에 적힌 믿기지 않는 정보가 사실임을 뒷받침했다.

"그럼, 저는 이만 가봐도 될까요……?"

타마 선생님은 고개를 갸웃거리면서 물었다. 미간을 찌푸린 채 생각에 잠겨 있던 시도는 눈을 치켜떴다.

"아, 예……. 정말 실례했어요. 그리고 고맙습니다."

시도의 말을 들은 타마 선생님은 고개를 갸웃거리면서 가던 길을 계속 갔다.

시도는 그녀의 등을 잠시 쳐다본 후, 벽에 등을 맡겼다.

"……5년 전? 농담이지?"

시도는 손으로 이마를 짚은 채 신음을 흘렸다. 이 황당무계한 일을 거짓으로 치부하려 하는 상식과, 자신에게 제시된 수많은 증거들이 그의 머릿속에서 힘겨루기를 하고 있었다.

그것도 무리는 아니었다. 시간은 불가역(不可逆)이자 불가침(不可侵)한 존재인 것이다. 지나가고 만 시간을 되돌리는 것은 불가능하다. 그 사실은 일반적인 교육을 받은 이라면 초등학생 때 깨달을 것이다.

하지만. 시도는 눈앞의 현실을 부정할 수 없었다.

한 가능성이 그의 뇌리를 스치고 지나갔기 때문이다. 시도는 이 세계에 오기 직전, 한 소녀와 만났었다.

"쿠루, 미—."

메마른 목을 침으로 적시면서 그 이름을 중얼거린 순간, 시도의 뇌리에 그 소녀의 모습이 선명하게 떠올랐다. 좌우 불균형하게 묶은 칠흑빛 머리카락과, 붉은색과 검은색으로 된 드레스에 감싸인 새하얀 피부. 그리고 왼쪽 눈에 새겨진 시계 문자판.

쿠루미. 토키사키 쿠루미. 최악의 정령이라 불리는 정령이다.

그녀가 지닌 천사 〈각각제(刻刻帝)〉(자프키엘). 그 천사의 능력은— 시간 조종이다.

시계 모양을 한 천사의 문자판 하나하나에는 다른 능력이 깃들어 있으며, 그 문자판에서 새어 나온 그림자를 총탄에 담아 쏘면, 그 총탄에 맞은 상대의 시간을 빠르게 가게 하거나 상대의 시간 자체를 멈춰버릴 수 있다.

그리고 이 세계에 오기 직전, 시도는 쿠루미가 쏜 두 발의 총탄을 맞았다. 시도는 상처 하나 없는 이마를 쓰다듬으면서 마른침을 삼켰다.

조리(條理)에서 벗어난 존재인 정령, 그리고 천사.

그녀의 힘이라면, 혹시—.

『—키히히, 히히.』

“……읏?!”

시도가 생각에 잠겨 있던 바로 그때, 어딘가에서 작은 웃음소리가 들렸다.

“누, 누구야?!”

『어머나, 어머나. 정말 슬프군요. 제 목소리를 벌써 잊으신 건가요?』

그 목소리를, 말투를 들은 시도는 숨을 삼켰다.

“설마…… 쿠루미?!”

『예. 예. 우후후. 목소리만으로 저라는 걸 눈치채셨군요. 정말 기뻐요.』

그 목소리의 주인— 쿠루미는 말을 이었다. 기묘한 느낌이 들었다. 그녀의 모습은 보이지 않았지만, 그녀의 목소리만은 명확하게 들리는 것이다. 마치 투명 인간이 귓가에서 속삭이고 있거나, 조그마한 인간이 머릿속에서 살고 있는 것 같은 느낌이 들었다.

시도는 허둥지둥 좌우를 살폈다. 하지만 주위에는 아무도 없었다. 그런 시도의 모습이 웃긴지 쿠루미는 웃음을 터뜨렸다.

『우후후. 주위를 아무리 살펴도 저를 찾을 수 없을 거예요. —왜냐하면, 저는 지금 시도 씨와는 다른 「시간」에 있으니까요.』

“뭐……?!”

쿠루미의 말을 들은 시도는 숨을 삼켰다.

시도도 『그 가능성』을 염두에 두고 있었다. 하지만 쿠루미의 말을 듣고 그 가능성이 사실임을 알게 된 시도는 심장이 옥죄어 드는 느낌을 받았다. 자신이 말도 안 되는 세계에 들어왔다는 사실을 안 순간, 정체불명의 불안감이 그의 마음속을 가득 채워 나갔다.

하지만 시도는 거칠어지려 하는 호흡을 억지로 가다듬은 후, 어디에 있는지조차 알 수 없는 쿠루미를 향해 말했다.

"역시— 여기는 5년 전의 텐구 시……인 거야?"

『어머나.』

쿠루미는 의외라는 듯한 목소리를 냈다.

『이미 그곳이 「언제」인지 눈치챘군요. 우후후, 정말 대단해요.』

"……운이 좋았을 뿐이야. 그것보다— 어떻게 된 건지 설명해줄 거지?"

시도가 미간을 찌푸리면서 그렇게 말하자, 쿠루미는 『예.』 하고 말했다.

『이미 눈치채셨겠지만, 저는 시도 씨를 5년 전의 텐구 시로 보냈답니다. —〈자프키엘〉 최후의 탄환, 【열두 번째(유드 · 베트) 탄환】의 힘으로 말이죠.』

"【유드·베트】……."

아마 〈자프키엘〉이 지닌 능력 중 하나이리라. 강대한 힘을 지닌 천사인 건 알고 있었지만, 이런 것까지 가능할 줄이야.

『그리고 제가 시도 씨와 이야기할 수 있는 것도 〈자프키엘〉

덕분이랍니다. 【아홉 번째(테트) 탄환. 다른 시간 축에 있는 인간과 의식을 이어주는 탄환이죠. —뭐, 용도가 한정된 탄환이라 손에 익지 않은 바람에 의식을 잇는 데 시간이 조금 걸리고 말았어요.』

"의식을…… 잇는다고?"

『예. 이렇게 시도 씨와 대화를 나눌 수 있을 뿐만 아니라, 시도 씨의 시각과 청각도 공유할 수 있답니다.』

"……그 말을 들으니 기분이 좋지는 않네."

고개를 숙인 시도는 자신의 손을 쥐락펴락했다. 이 광경도 쿠루미에게 전해지고 있는 걸까. ……왠지 원격 조종을 당하는 로봇이 된 듯한 기분이 들었다.

『우후후. 그러니 남들이 보는 앞에서 할 수 없는 행위는 자제하는 편이 좋지 않을까 싶어요. 아, 물론 저는 괜찮지만요.』

"그, 그딴 짓 안 해!"

쿠루미가 농담 삼아 한 말을 들은 시도는 무심코 고함을 질렀다. 우연히 길을 가던 여성이 수상한 인물을 보기라도 한 것처럼 빠른 걸음으로 시도의 뒤편을 가로질렀다.

"그, 그것보다. 빨리 나를 원래 시대로 돌려보내 줘! 지금 이러고 있을 때가 아니란 말이야! 이러는 사이에도 토카와 다른 정령들이……!"

시도는 주먹을 쥐면서 호소하듯 고함을 질렀다.

그렇다. 시도는 한시라도 빨리 원래 시대로 돌아가야만

한다.

원래 시대의 텐구 시는 현재, 미증유의 재해에 휘말려 있었다. 갑자기 하늘에 나타난 오리가미의 반전체가 셀 수도 없을 만큼 많은 광선을 뿜으면서 마을을 유린하고 있었던 것이다.

토카와 야마이 자매, 미쿠는 오리가미를 막기 위해 최선을 다하고 있었고, 요시노와 나츠미는 마을 사람들을 구하기 위해 분주히 뛰어다니고 있었다. 게다가 시도를 구하기 위해 날아온 〈프락시너스〉는 오리가미에게 격추되었으며, 코토리를 비롯한 승무원들의 안부도 알 수가 없었다. 그런 상황에서 정령의 영력을 봉인할 수 있는 유일한 존재인 시도가 사라져버리고 만 것이다. 원래 세계에서 어떤 일이 벌어지고 있을지 쉬이 상상이 되었다.

『뭐— 확실히 **이쪽**은 심각한 상황이랍니다. 제 눈에 보이는 모든 대지가 초토화되었으니까요. 그 어떤 지옥도 이곳보다 처참하지는 않을 거예요.』

"……큭! 그렇다면, 빨리—."

하지만. 쿠루미는 시도가 무슨 말을 하려는 것인지 안다는 것처럼 한숨을 내쉬었다.

『정말 괜찮겠어요? 아무것도 하지 않고 원래 시대로 돌아와도 말이에요. 제가 모처럼 〈자프키엘〉이 지닌 비장의 카드인 【유드·베트】를 써가면서 과거로 보내드렸잖아요.』

"……읏?! 그게 무슨…… 소리야?"

쿠루미의 말을 이해하지 못한 시도는 신음하는 듯한 목소리로 말했다.

『말 그대로의 의미랍니다. —시도 씨가 진심으로 이 절망적인 상황을 해결하고 싶은 거라면, 5년 전의 텐구 시에서 오리가미 양을 어떻게 하는 수밖에 없을 거예요.』

"오리가미를……? 자, 잠깐만. 네가 무슨 말을 하는 건지 전혀 모르겠어. 이 세계에도 오리가미가 있기는 하겠지만, 5년 전이라면 아직 초등학생이잖아? 대체 뭘—."

『아뇨. 그렇지 않아요. 시도 씨가 만나야 할 이는 정령이 된 오리가미 양이에요. —제 【유드·베트】로 5년 전 세계에 간 오리가미 양 말이죠.』

"뭐……?!"

시도는 무심코 숨을 삼켰다.

"오리가미가…… 이 세계에?!"

『예. 시도 씨를 오리가미 양보다 조금 더 과거로 보냈으니, 그녀는 아직 나타나지 않았을 거예요. 하지만 곧 그녀도 그 시대에 도착할 거랍니다.』

"그게 무슨 소리야? 오리가미는 왜 5년 전으로……."

『부모님의 원수를 없애기 위해. 정확하게 말하자면—「원수」가 부모님을 죽이기 전에 없애버리기 위해, 그 시대에 간 거랍니다.』

"…………윽!"

쿠루미가 담담한 목소리로 한 말을 들은 시도는 심장이 옥죄어드는 듯한 느낌을 받았다.

조각난 채 머릿속에 존재하던 정보가 하나로 합쳐졌다.

5년 전, 정령에게 살해당했다는 오리가미의 부모님. 오리가미가 손에 넣은 인간을 아득히 초월한 힘. 그리고— 쿠루미의 【유드·베트】.

"오리가미는…… 〈팬텀〉을 쓰러뜨리기 위해 이 시대에 온 거야……?"

5년 전. 화재 현장에 있었던 또 한 명의 정령을 떠올리면서 시도는 말했다.

"그럼 왜 원래 시대로 돌아온 오리가미는 반전체가 된 건데?! 대체 이 시대에서 무슨 일이 있었던 거냐고!"

『글쎄요……. 그건 저도 알지 못한답니다. 그것을 알기 위해, 그리고 그것을 막기 위해— 저는 시도 씨에게 【유드·베트】를 쏜 거예요.』

"……그렇구나."

시도는 미친 듯이 뛰는 심장을 진정시키려는 것처럼 가슴에 손을 댔다.

5년 전으로 돌아온 오리가미를 찾아 그녀가 반전한 원인을 알아낸 후, 그녀의 반전을 막는다. 쿠루미의 말이 옳다면, 방법은 그것밖에 없으리라.

하지만— 아직 이해가 되지 않는 점이 있었다. 시도는 모습이 보이지 않는 소녀를 노려보듯 시선을 날카롭게 만들면서 입을 열었다.

"……쿠루미. 네가 방금 한 말이 전부 사실이라면, 네가 나를 도와주는 이유는 뭐야? 나뿐만이 아냐. 오리가미를 5년 전으로 보낸 것도 그녀가 너에게 부탁했기 때문이지?"

그렇다. 시도는 그 점을 이해할 수 없었다.

쿠루미는 조리에서 벗어난 정령들 중에서도 특히 이질적인 존재다. 시도도 이전에 쿠루미에게 도움을 받은 적이 있었지만, 그것은 서로의 이해가 일치했기 때문이다. 그런 그녀가 누군가를 위해 천사의 힘을 썼다는 사실 자체가 믿기지 않았다.

시도의 말을 들은 쿠루미는 잠시 침묵을 지킨 후, 입을 열었다.

『딱히 저에게 아무런 이득도 없는 건…… 아니랍니다. 타인의 영력으로 【유드·베트】를 시험해볼 기회는 그렇게 많지 않으니까요. 하지만…… 그래요.』

쿠루미는 숨을 들이마신 후, 말했다.

『굳이 이유를 꼽자면, 증명해줬으면 한다고나 할까요?』

"증명? 뭘?"

『—역사를, 인간의 힘으로 바꿀 수 있다는 걸 말이죠.』

그렇게 말하는 쿠루미의 어조가 평소와는 조금 다른 듯한 느낌이 들어 무심코 숨을 삼켰다.

"역사, 를……."

『예. 저에게 보여주세요. 이 구제할 길 없는 파멸을, 희망이 무너진 참극을, **없었던 일로** 만들어주세요.』

"그런 게…… 나에게, 가능한 거야? 역사에는 수정력(修正力)……이라는 게 있다고 들었는데……."

시도는 표정을 굳히면서 말했다. SF에 관심이 많은 편은 아니지만, 일전에 시간 이동 영화를 보면서 그런 이론을 접한 적이 있었다.

간단히 말하자면, 타임머신으로 과거에 간 누군가가 역사를 바꿀 수 있는 중대한 일을 저지른들, 그 변경점을 수정하듯 원래 일어나야 할 일과 비슷한 일이 일어나는 것이다. 그 결과, 원래 역사와 비슷한 세계가 형성되고 만다는 이론이다.

하지만. 시도의 말을 들은 쿠루미는 깔깔 웃었다.

『재미있는 이야기를 하시는군요. 시도 씨.』

요염한 한숨이 시도의 머릿속에 울려 퍼졌다. 이 자리에 쿠루미가 있다면, 분명 손가락으로 시도의 턱을 도발하듯 치켜들었으리라.

『그 이론을 제창한 사람은 대체 어디 사는 누구죠? 그 사람은 실제로 시간 이동을 해서 그 이론을 증명하기라도 했나요?』

"그, 그건……."

『세상이 아무리 넓다 한들, 불가역한 존재인 시간에 간섭할 수 있는 이는 바로 저, 토키사키 쿠루미뿐이랍니다. 이 〈자프키엘〉뿐이랍니다. 머리 굴릴 줄만 아는 학자나 작가의 헛소리에 귀 기울이지 마세요. 당신이, 시도 씨가, 두 눈으로 본 것만이, 유일한 진실이랍니다.』

쿠루미는 담담한 목소리로 말했다.

그것은 시도가 아니라 그녀 자신에게 건네는 말 같았다.

"쿠루미……?"

『……잡담이 길었군요. 그 시대에 오래 머무를 수 있도록 【유드·베트】에 영력을 여유 있게 담아 쏘기는 했지만, 그 시대에 무한정 머무를 수 있는 건 아니랍니다. 그러니 바로 행동을 개시하죠.』

쿠루미는 마음을 다잡으려는 것처럼 그렇게 말했다. 그 말을 들은 시도는 어금니를 깨물면서 고개를 끄덕였다.

이해가 되지 않는 점은 수도 없이 많았다. 하지만 오리가미의 반전을 막고 연옥으로 변해버린 마을을 구하기 위해서는 이 방법밖에 없는 것 또한 분명했다.

"좋아……. 가자, 쿠루미."

고개를 든 시도는 그렇게 말하면서 돌아섰다.

오리가미의 표적은 부모님을 죽인 정령을 없애는 것이다. 그리고 그 상대는 아마도— 〈팬텀〉. 그렇다면 오리가미는 화재 현장인 텐구 시 난코쵸에 나타날 것이다.

시도는 각오를 다지듯 주먹을 쥐면서 목적지를 향해 내달렸다.

정확한 현재 시각은 모르겠지만, 해는 이미 기울어가고 있었다. 그리고 한여름의 뜨거운 햇살은 시도의 온몸을 뜨겁게 달궜다. 손을, 발을 움직일 때마다 온몸에서 땀이 뿜어져 나왔다. 그리고 시도의 체력 또한 인정사정없이 깎여 나갔다.

하지만 시도는 멈추지 않았다. 얼마나 긴 시간 동안 이곳에 머무를 수 있을지 모르는 데다— 원래 세계에서 최선을 다하고 있을 정령들을 위해서라도 서두를 수밖에 없었다.

그리고 얼마나 그렇게 달렸을까. 시도는 이윽고 눈에 익은 장소에 도착했다.

"난코, 쵸……."

서서히 속도를 낮춘 시도는 거친 숨을 내뱉으면서 눈앞에 존재하는 마을의 이름을 중얼거렸다.

그렇다. 그의 눈앞에 펼쳐져 있는 것은 화재가 발생하기 전의, 텐구 시 난코쵸의 풍경이었다.

불가사의한 느낌이 들었다. 과거에 자신이 살았던 마을을 보자 향수(鄕愁), 그리고 그리움 같은 감정이 그의 마음속에서 희미하게 일렁거렸다.

하지만— 바로 그때.

"아……."

어떤 광경을 본 시도는 무심코 걸음을 멈추고 말았다.

『시도 씨, 왜 그러시죠?』

쿠루미가 의아한 목소리로 물었다. 하지만 시도는 그녀의 질문에 대답하지 못했다.

시도의 눈앞에 존재하는 것. 그것은 바로 한 채의 집이었다.

연지 색깔 지붕이 인상적인 2층 가옥이었다. 딱히 시선을 끌 만한 특이한 요소는 없었지만…… 시도는 그 집을 본 순간, 발바닥이 땅에 붙기라도 한 것처럼 움직일 수가 없었다.

그것은 바로 시도가 5년 전까지 살았던 집이었다.

하지만 시도는 그 집을 보고 놀란 나머지 걸음을 멈춘 것이 아니었다.

그 집을 본 순간, 시도의 머릿속을 스친 어떤 생각이 그의 걸음을 멈추게 만든 것이다.

시도는 현재 5년 전의 텐구 시에 있다. 오리가미가 정령에게 부모님을 잃고, 정령을 쓰러뜨리기로 맹세한, 바로 그날에 와 있는 것이다.

하지만, 5년 전 이곳에서 벌어진 일은 그것만이 아니다. 오리가미가 원수와 대면한 바로 그 순간, 마을은 불꽃에 휩싸여 있었다.

—시도의 여동생, 이츠카 코토리가 일으킨 업화(業火)에 말이다.

쿠루미는 말했다. 5년 전으로 간 오리가미와 접촉해, 반전을『없었던 일』로 만들어라, 하고 말이다.

하지만 시도는 생각하고 말았다. 그렇다면…… 5년 전, 〈팬텀〉에 의해 코토리가 정령이 되었다는 사실 또한『없었던 일』로 만들 수 있는 것은 아닐까 하고 말이다.

만약 지금 코토리가 집에 있다면 오늘은 공원에 가지 말라고, 〈팬텀〉과 마주치게 되는 장소에 가지 말라고 말해줄 수 있지 않을까.

그런 생각이 뇌리를 스친 순간, 시도의 발은 무의식적으로 과거에 그가 살았던 집으로 향했다.

5년 전 8월 3일. 시도는 코토리에게 줄 생일 선물을 사기 위해 외출했었다. 그러니 과거의 자신과 마주치는 일은 없을 것이다. 시도는 익숙한 손놀림으로 문을 연 후, 정원을 가로질러 집 뒤편을 향해 걸음을 옮겼다.

바로 그때. 『이츠카』라고 적힌 문패가 눈에 들어왔다. 그 문패를 보고 시도가 무엇을 하려는지 눈치챘는지 쿠루미가 강한 어조로 말했다.

『시도 씨. 당신의 마음은 이해하지만, 코토리 씨를 구하는 건 포기해주세요.』

"오리가미를 구하는 걸 포기하려는 건 아냐……! 하지만—."

『그런 뜻에서 한 말이 아니에요. 만약 코토리 씨가 정령이 **되지 않았을** 경우, 「그 일」이 5년 후의 미래에 어떤 영향을 끼칠지 상상이 될 텐데요?』

"……윽! 아—."

그 말을 들은 시도는 눈을 치켜떴다.

코토리가 정령이 되는 것을 막을 수 있다는 생각에 눈이 흐려진 나머지, 생각이 짧아졌다. 만약 코토리가 지금 이곳에서 정령이 되지 않는다면— 〈라타토스크〉는 코토리와 접촉하지 않을 것이다.

그렇게 되면 시도가 봉인 능력을 지녔다는 사실 또한 〈라타토스크〉에 알려지지 않으리라. 그리고 토카와 요시노, 카구야와 유즈루, 미쿠, 나츠미의 힘을 봉인했다는 사실 또한 『없었던 일』이 될지도 모른다. 그것만은 무슨 수를 써서라도 막아야만 한다.

결국 시도는 어금니를 깨물면서 고개를 저었다.

"……미안해. 내 생각이 짧았어."

『아뇨. 과거를 바꿀 수 있는 힘이라는 것은, 인간을 미치게 만들고도 남을 미주(美酒)이자 독배(毒盃)예요. 그러니 시도 씨를 탓할 생각은 없답니다.』

쿠루미는 시도의 마음을 이해한다는 듯한 목소리로 그렇게 말했다.

그녀의 말을 들은 시도는 미간을 살짝 찌푸렸다. 쿠루미의 말이 좀 전에 그녀가 한 말과 마찬가지로 그녀 자신을 향해 한 말처럼 들렸기 때문이다.

하지만 잠깐 생각해보니 그게 당연했다. 과거를 바꿀 수 있는 힘. 인간이라면 누구나 그 힘을 열망하리라. 그런 권능을 지닌 쿠루미가 지금까지 어떤 생각과 고뇌를 했을지, 시도는 상상조차 되지 않았다.

"어이, 쿠루미. 너는—."

시도가 쿠루미에게 말을 걸려 한 순간, 입구 쪽에서 누군가의 목소리가 들렸다.

"이츠카 씨~. 옆집에 사는 스즈모토예요~."

"……읏?!"

그 말을 들은 시도는 어깨를 부르르 떨었다.

"아무도 없나……. 잠시 실례할게요~."

그 말이 들린 후, 문이 열리는 소리가 들렸다.

그 목소리의 주인은 5년 전 시도네 옆집에 살았던 스즈모토 씨였다. 시골에서 보내온 채소를 시도네 집에 자주 나눠

주곤 했었는데…… 그러고 보니 집이 비었을 때, 스즈모토 씨는 뒤뜰 쪽에 채소를 놓아두고는 했다.

그것 자체는 매우 고마운 일이지만, 지금은 타이밍이 너무 나빴다. 그것도 그럴 것이, 지금의 시도는 이 집에 사는 초등학생보다 다섯 살 더 먹은 고교생인 것이다. 스즈모토 씨의 눈에는 매우 수상쩍어 보일지도 모른다. 만약 경찰을 부르기라도 하면 귀중한 시간을 허비하게 되리라.

"어, 어떻게 하지……?!"

시도가 고민하는 사이에도 스즈모토 씨의 발소리는 점점 가까워지고 있었다. 허둥지둥 주위를 둘러봤지만, 숨을 만한 장소는 보이지 않았다. 그야말로 사면초가 상태였다.

—바로 그 순간. 어떤 아이디어가 시도의 머릿속을 스치고 지나갔다.

"—어머?"

이츠카 가(家)의 옆집에 사는 주부, 스즈모토 나오코는 이츠카 가의 뒤뜰에서 한 소년을 발견했다.

초등학교 고학년 정도로 보이는 그는 중성적인 느낌의 귀여운 외모를 지녔다.

"시도 군, 집에 있었구나. 벨을 눌렀는데도 아무도 나와 보지 않아서 멋대로 들어왔단다. 정말 미안해."

"……아, 아뇨! 저야말로 벨소리를 못 들어서 죄송해요……."

이 집의 장남인 이츠카 시도는 어색한 미소를 지으면서 그렇게 말했다. 나오코는 그런 시도를 보면서 고개를 갸웃거린 후, 들고 있던 비닐봉지를 시도에게 내밀었다.

"이건 시골에서 보내온 거란다. 가족들이랑 같이 먹으렴."

"고, 고맙습니다. 잘 먹을게요."

시도는 비닐을 받으면서 고개를 꾸벅 숙였다.

"……어머?"

"저기, 왜 그러세요?"

"그게 말이야. 시도 군, 왠지 평소랑 분위기가 다른 것 같네?"

"예, 예에?! 아, 딱히 그렇지는 않은데……."

"그래? 으음…… 기분 탓인가. ……뭐, 됐어. 어머니에게 안부 전해주렴."

"예. 고맙습니다."

나오코는 시도의 목소리를 들으면서 이츠카 가의 정원에서 나갔다.

"…………하아."

스즈모토 씨가 정원에서 나가는 모습을 본 후, 시도는 크게 한숨을 내쉬었다.

『우후후. 시도 씨, 머리 좀 쓰셨군요.』

"……그래. 생각대로 되어서 정말 다행이야."

쿠루미의 말을 들은 시도는 식은땀을 닦으면서 대답했다. 그 순간, 이마에 닿은 자신의 손이 평소보다 작다는 사실을 눈치챘다.

손만이 아니었다. 몸통도, 다리도, 그리고 몸을 감싼 옷조차도 작았다.

그렇다. 옆집 아주머니와 마주치기 직전, 시도는 예전에 나츠미가 자신의 천사 〈위조마녀(하니엘)〉로 다른 정령들을 아이로 만들었던 것을 떠올렸다.

초등학생인 시도라면 이곳에 있어도 이상할 것이 전혀 없었다. 그리고 시도는 나츠미의 영력을 자신의 몸에 봉인했다. 그렇다면 자신을 어리게 만드는 것도 가능하리라 생각하여 실행에 옮긴 것이다. ……토카의 〈오살공(鏖殺公)(산달폰)〉과 요시노의 〈빙결괴뢰(氷結傀儡)(자드키엘)〉와는 달리 한 번도 발현(發現)한 적이 없는 천사지만, 아무래도 뜻대로 된 것 같았다.

"괜한 일로 시간 낭비하게 해서 미안해. 이제 가자."

시도는 방금 받은 비닐봉지를 집 한편에 둔 후, 쿠루미에게 그렇게 말하면서 온몸에 힘을 줬다.

하지만.

"……어?"

『왜 그러시죠?』

"아니, 그게…… 어떻게 해야 원래대로 돌아가지?"

시도는 식은땀을 흘리면서 눈썹을 찌푸렸다. 반사적으로 변신하기는 했지만, 원래대로 되돌아가는 방법을 모르는 것이다.

『어머나, 큰일이군요. 이제부터 오리가미 양을 만나러 가야 하는데 말이죠.』

“으음…… 어떻게든 원래대로 돌아가야 하는데…….”

시도가 고개를 숙이며 낮은 신음을 흘린 순간, 쿠루미가 웃음을 터뜨렸다.

『시도 씨. 원래 모습으로 돌아가기 전에, 거울 앞에 한번 서 주지 않겠어요?』

“응? 왜?”

『저는 아직 어려진 시도 씨의 귀여운 얼굴을 보지 못했답니다.』

“……인마.”

시도는 도끼눈을 뜨면서 한숨을 내쉬었다.

하지만— 바로 그 순간.

“……윽?!”

느닷없이 하늘이 붉은색으로 물들자, 시도는 그쪽을 쳐다보았다.

질서정연하게 세워져 있는 집들의 지붕 너머로 거대한 불기둥이 솟아올랐다. 그리고 다음 순간 그 기둥이 폭발하더니, 불꽃으로 된 파도가 주위를 덮쳤다.

주택가 전체가 불꽃에 휩싸이더니, 집과 나무가 순식간에 타들어 갔다. 그리고 마을 주민들은 비명과 절규를 지르며 일제히 피난하기 시작했다.

“이건…… 코토리가……?!”

『아무래도 그런 것 같군요.』

시도의 말을 들은 쿠루미가 그렇게 대답했다. 그녀의 말을 들은 시도는 이를 갈았다. 아무래도 코토리는 이미 공원에 간 것 같았다.

그리고 지금 이 순간, 코토리는 〈팬텀〉에 의해 정령 〈이프리트〉가 되고 만 것이다.

"크……!"

거기까지 생각이 미친 시도는 내달리기 시작했다. 몸이 어려진 상태라는 걸 신경 쓸 때가 아니었다. 코토리가 정령이 되었다는 것은 그녀의 곁에 〈팬텀〉이 있다는 것을 뜻할 뿐만 아니라— 오리가미가 시간을 넘어 이곳에 올 때가 되었다는 사실을 뜻하기 때문이다.

하지만 피난하는 주민들, 그리고 불꽃에 휩싸여 무너지는 가옥들이 길을 막는 탓에 앞으로 나아갈 수가 없었다.

5년 전의 기억을 뒤져 샛길을 찾은 시도는 겨우겨우 공원에 도착했다.

"……아! 저건—."

시도가 공원에 도착한 순간, 그곳에는 시도보다 먼저 와 있는 이가 셋이나 있었다.

그중 한 명은 하염없이 눈물을 흘리고 있는 코토리. 다른 한 명은 지면에 쓰러져 있는 5년 전의 시도.

그리고 마지막 한 명은— 그 두 사람을 내려다보며 서 있는, 노이즈 같은 『무언가』였다.

"〈팬텀〉……!"

시도가 그 이름을 외친 바로 그때.

하늘에서 뿜어져 나온 한 줄기 광선이 〈팬텀〉을 덮쳤다.

"……앗!"

그 모습을 본 시도는 깜짝 놀라고 말았다.

그렇다. 시도는 이 광경을 본 적이 있었다. 5년 전. 그때도 하늘에서 뿜어져 나온 광선이 〈팬텀〉을 덮쳤던 것이다.

시도는 숨을 삼키면서 고개를 치켜들었다. 하늘— 조금 전의 광선이 뿜어져 나온 곳을 찾으려는 것처럼 말이다.

그러자 시도의 눈에 누군가의 모습이 들어왔다.

환상적인 느낌을 자아내는 하얀색 드레스로 몸을 감싸고, 『깃털』처럼 생긴 수많은 물체를 거느린 아름다운 소녀였다. 하지만 그 아름다운 소녀의 얼굴은 증오와 분노로 물들어 있었다.

"오리가미……!"

시도는 무심코 고함을 질렀다. 그렇다. 그녀는 바로 시간을 뛰어넘어 이곳으로 온 정령·토비이치 오리가미였다.

오리가미가 어떻게 정령이 된 것인지는 아직 수수께끼에 휩싸여 있었다. 하지만 오리가미는 아직 반전체가 되지 않았다.

아마도— 지금부터 무슨 일이 일어날 것이다.

오리가미가. 저 굳센 소녀가, 절망에 빠질 수밖에 없는 일이 말이다.

하늘에는 오리가미 외에 방금 지상에서 모습을 감춘 〈팬텀

〉도 존재했다. 아마 오리가미의 일격을 피하기 위해 하늘로 날아오른 것이리라.

바로 그때, 오리가미가 손을 휘둘렀다. 그러자 그녀의 주위에 떠 있던『깃털』에서 〈팬텀〉을 향해 광선이 발사됐다.

그것을 신호 삼아, 두 사람은 허공을 내달리며 전투를 벌였다.

『쫓아가세요, 시도 씨. 이대로 있다간 저 두 사람을 놓치고 말 거예요.』

"아, 알았어!"

쿠루미의 말을 들은 시도는 두 사람을 쫓기 위해 불길에 휩싸인 마을 안을 내달렸다.

오리가미는 연속해서 광선을 날리며 〈팬텀〉을 공격했지만, 〈팬텀〉은 그 공격을 피하기만 할 뿐 반격다운 반격은 하지 않았다. 둘은 마치 술래잡기라도 하듯 하늘을 종횡무진 날아다녔다.

"오리가미! 오리가미! 나야! 내 말 좀 들어봐! 이대로 가다간 돌이킬 수 없는 일이 벌어질 거야!"

시도는 그런 두 사람을 쫓아가면서 필사적으로 고함을 질렀지만 그녀는 전혀 반응을 보이지 않았다. 하지만 그것도 당연했다. 거리가 꽤나 벌어져 있는 데다, 오리가미는 드디어 불구대천의 원수와 만난 것이다. 그녀가 주위를 신경 쓰지 못하는 것도 무리는 아니었다.

하지만 그렇다고 해서 포기할 수는 없다. 시도는 두 사람의 그림자를 필사적으로 쫓으면서 목청껏 고함을 질렀다.

"오리가미! 오리가미!"

"오리가미!"

바로 그때.

"어……?"

오리가미를 부르는 다른 이의 목소리를 듣고 걸음을 멈춘 시도는 그 목소리가 들린 곳을 쳐다보았다.

그곳에는 부부로 보이는 남녀가 있었다. 불길에 휩싸인 집에서 방금 빠져나왔는지 옷에는 그을음이 잔뜩 묻어 있었고, 온몸에는 자잘한 상처가 나 있었다.

한순간, 저 사람들이 오리가미의 이름을 부른 이유를 생각한 시도는— 곧 그 이유를 눈치챘다.

그 부부의 앞에는 초등학생으로 보이는 여자애가 서 있었다.

어깨 근처까지 기른 머리카락과 똑똑해 보이는 얼굴.

그렇다. 저 여자애는…… 5년 전의 오리가미가 분명했다.

"아빠, 엄마—!"

무사한 부모님을 본 오리가미는 기쁨의 눈물을 흘리며 입을 열었다.

하지만 바로 그 순간.

"……윽?!"

시도의 시야가 순백색으로 물들었다.

그리고 다음 순간, 엄청난 충격파가 주변을 덮치더니 조그맣게 변한 시도의 몸이 그대로 튕겨져 날아가고 말았다.

"크윽!"

콘크리트 벽에 내동댕이쳐진 시도는 신음을 흘렸다.

『시도 씨. 괜찮으신가요?』

"으, 응…… 괜찮아. 그것보다—."

겨우 몸을 일으킨 시도는 오리가미와 그녀의 부모님으로 보이던 부부가 있던 곳을 쳐다보았다.

—그리고.

"아—."

그 광경을 목격한 시도는 할 말을 잃었다.

조금 전까지 오리가미의 부모님이 있던 장소에 거대한 크레이터가 생겨났다. 그리고 그 크레이터 안에는 방금까지 인간이었던 존재의『부품』이 흩뿌려져 있었다.

평범한 인간이 봤다면 위액이 역류할 만큼 처참한 광경이었다. 하지만 시도는 눈을 치켜뜬 채 꼼짝도 하지 못했다.

왜냐하면— 보고 말았기 때문이다.

이 광경을, 시도보다도 가까운 위치에서 지켜보고 있는, 5년 전의 오리가미를…….

"아, 아…… 아…… 아아아아—."

억눌린 비명을 지르면서 주저앉은 오리가미는 부모님의 잔해를 끌어안았다.

그리고 그녀는 부들부들 떨면서 하늘— 부모님을 덮친 빛이 뿜어져 나온 곳을 노려보듯 고개를 치켜들었다.

그리고.

“천—사…….”

오리가미는 하늘을 올려다보면서 중얼거렸다.

그런 오리가미의 목소리에 이끌리듯 고개를 든 시도는—중얼거렸다.

“……큭! 서, 설마—.”

시도는 벌레가 온몸을 기어 다니는 듯한 느낌을 받으면서 떨리는 목소리로 말했다.

그렇다. 그곳에는.

순백의 영장을 걸친 정령·오리가미가 있었다.

지상에서는 빛을 뿜어낸 정령의 얼굴이 보이지 않았다. 아마 어린 오리가미의 눈에는 정령의 실루엣만이 겨우 보일 것이다. 그리고 정령의 존재를 모르는 이가 저 실루엣을 보고 『천사』라고 생각하는 것도 무리는 아니리라.

“네, 가…….”

지면에 주저앉은 오리가미는 순진무구한 눈동자에 끝없는 증오를 담으며 울부짖었다.

“용, 서 못 해……! 죽일 거야…… 죽여버릴 거야……! 내 손으로— 반드시……!”

그 목소리가 하늘 끝까지 울려 퍼졌을 리가 없지만, 순백의 영장을 걸친 오리가미는 5년 전의 자신이 그 말을 뱉은 순간, 온몸을 부르르 떨었다.

아무것도 모르는 사람이 그 광경을 봤다면 웃음을 터뜨리고 있는 것처럼 보일지도 모른다.

하지만, 그 정령이 웃고 있을 리가 없다는 것을— 시도는 알고 있었다.

"뭐……야. ……어째서, 이렇게 된 거야……!"

시간으로 치면 약 몇 초. 겨우 그것밖에 안 되는 시간 동안 이 모든 일이 일어났다. 그리고— 시도는 오리가미에게 무슨 일이 일어난 것인지 이해하고 말았다.

5년 전, 부모님이 죽은 장소에 가서 그 사실을 『없었던 일』로 만들려 했던 오리가미.

하지만, 오리가미는 **알고** 말았다. —부모님을 죽인 진범의 정체를 말이다.

『……흐음.』

시도와 시각을 공유하고 있는 쿠루미의 목소리가 머릿속에서 들려왔다.

『오리가미 양 정도 되는 분이 **그렇게** 된 것은 그만큼 충격적인 일이 벌어졌기 때문이라고 생각하기는 했지만…….』

쿠루미가 말을 끝까지 잇기도 전에, 공중에 떠 있던 정령이 공기 속으로 녹아들 듯 사라졌다.

"……어?! 사라졌어……."

『아마 【유드·베트】의 효과가 끝난 거겠죠. 원래 시대로 돌아간 걸 거예요.』

"……뭐?! 그렇다면……!"

시도는 반사적으로 고함을 질렀다. 그럴 만도 했다. 시도의, 그리고 시도를 5년 전의 세계로 보낸 쿠루미의 목적은 5년 전으로 거슬러 올라간 오리가미가 반전한 이유를 알아내 그녀의 반전을 막는 것이었기 때문이다.

오리가미가 반전한 이유는 최악의 형태로 알아냈다. 하지만 그와 동시에 두 사람의 목적 또한 달성할 수 없게 되었다. 이래서는 역사를 바꿀 수 있을 리가 없었다.

"대, 대체, 어떻게 해야—."

바로 그 순간. 시도는 숨을 삼키면서 말을 멈췄다.

이유는 단순했다. 지면에 주저앉아 있던 5년 전의 오리가미를 향해 불타버린 건물의 일부가 떨어지고 있었기 때문이다.

"—오리가미!"

시도는 반사적으로 그렇게 외치면서 오리가미를 향해 몸을 날렸고, 그대로 두 사람은 지면을 굴렀다. 다음 순간, 방금까지 오리가미가 있었던 장소에 불붙은 콘크리트 덩어리가 떨어져 흙먼지와 불꽃이 성대하게 피어올랐다.

"큭……!"

이대로 이곳에 있는 것은 위험했다. 시도는 기침을 토하면서 오리가미의 손을 잡은 후, 붉은색으로 물든 길을 내달렸다.

그리고 아직 불길이 번지지 않은 장소에 도착한 뒤 걸음을 멈췄다. 그와 동시에 오리가미가 그 자리에 무너지듯 주저앉았다.

"하아……. 하아……. 괘, 괜찮아? 오리가미."

그 말을 한 직후— 시도는 자신이 실수했다는 사실을 깨달았다. 반사적으로 그렇게 말했지만, 5년 전의 오리가미가 시도를 알 리 없는 것이다. 그녀의 이름을 부른 것은 실수일지도 모른다.

하지만 그런 시도의 우려는 기우로 끝났다.

오리가미는 처음 보는 사람에게 이름을 불렸다는 사실을 전혀 눈치채지 못한 채, 그저 온몸을 부르르 떨면서 공허한 눈으로 하늘을 올려다보고만 있었던 것이다.

아니— 공허, 라는 표현도 적절하지 않을지도 모른다.

분노, 증오, 상실, 비애— 인간이 지닌 모든 부정적 감정이 뒤섞인 채, 그녀의 눈동자를 뒤덮고 있었던 것이다.

"아……빠, 엄, 마……."

오리가미는 말라버린 입술을 움직여, 기어들어가는 목소리로 그렇게 말했다.

"……큭."

안쓰럽기 그지없는 그 모습을 본 시도는 무심코 얼굴을 일그러뜨렸다.

"나, 는—."

"……오리가미!"

뭘 어떻게 해야 할지 알 수 없었다. 무슨 말을 해야 할지도 알 수 없었다. 하지만 그녀를 이대로 두는 것만은 절대 안 된다. 시도는 거의 무의식적으로 오리가미를 끌어안았다. 그녀의 마음속에서 미쳐 날뛰고 있는 감정의 파도를 억누르려는 것처럼, 떨리는 손으로, 힘차게, 힘차게, 그녀를 끌어안았다.

"……. 다, 당신……은……."

그제야 시도의 존재를 눈치챈 오리가미가 작은 목소리로 말했다.

"괜찮아! 괜, 찮다고……!"

시도는 오리가미를 끌어안은 채, 오열 섞인 목소리로 울부짖듯 외쳤다. 그것이 얼마나 무책임한 말인지는 시도도 알고 있었다. 하지만 그는 이 말을 할 수밖에 없었다.

어려진 시도가 양손으로 끌어안을 수 있을 만큼 작디작은 소녀가 맞서기엔, 이 세계는 너무나도 잔혹하고 무자비했다.

이 소녀가 앞으로 걷게 될 가시밭길과, 그 길의 끝에 존재하는 『진실』. 그것이 가리키는 너무나도 잔혹한 결말이, 시도를 고함지르게 만들었다.

"오리가미…… 분명…… 너는 언젠가 눈치챌 거야. 이 모든, 진실을……! 하지만— 잊지 마! 너는, 혼자가 아니야……!"

"무슨, 소리를……."

오리가미는 당혹스러운 표정으로 말했다. 그녀가 저런 반응을 보이는 것도 당연했다. 하지만 시도는 말을 멈출 수 없었다.

"네 슬픔은, 내가 이어받겠어……! 네 분노는, 내가 받아주겠어……! 망설일 수밖에 없는 상황에 처하면, 나에게 기대! 이러지도 저러지도 못하는 사태에 직면하면, 나에게 도움을 청해! 네 안의, 네 안의 모든 감정을 나한테 다 퍼부어도 괜찮아! 그러니까, 그러니까—."

시도는 오리가미를 끌어안은 채, 말했다.

"절망만은— 하지 마……!"

"……흑."

망연자실한 표정으로 시도의 말을 듣던 오리가미는— 이윽고 희미하게 몸을 떨기 시작했다.

"—아, 아, 으윽…… 으, 으아아앙…… 아아아아……."

오리가미는 시도의 옷을 부여잡더니, 그의 가슴에 얼굴을 묻은 채 숨죽여 울었다.

시도가 방금 한 말을 듣고 긴장의 끈이 풀린 걸까. 이제 와서 부모님을 잃은 슬픔이 밀려온 걸까. 그 둘 중 어느 쪽인지는 알 수 없지만— 지금 이 순간, 오리가미는 감정을 겉으로 드러냈다.

"아, 빠…… 엄마……."

"오리가미……."

시도는 울먹이는 오리가미의 등을 쓰다듬어주듯 떨리는 양손에 힘을 줬다.

그리고— 어느 정도의 시간이 흘렀을까.

"……고마, 워요……."

한참을 운 후에야 울음을 그친 오리가미는 작은 목소리로 그렇게 말하면서 시도의 옷을 놓더니, 몸을 일으켰다.

그리고 소매로 눈물을 닦은 오리가미는 새빨갛게 충혈된 눈으로 시도를 바라보았다.

"당신은…… 대체, 누구죠?"

"으, 으음, 그게—."

오리가미 입장에서는 당연한 질문이지만, 그 질문을 받은 시도는 당황하고 말았다. 이 질문에 대한 대답을 전혀 생각하지 않은 채 반사적으로 몸을 날렸던 것이다.

하지만 이 상황에서 거짓말을 한들 아무 의미도 없다고 생각한 시도는 오리가미의 두 눈을 바라보면서 솔직하게 말했다.

"나는…… 이츠카 시도. 이 근처에 살아."

"이츠카…… 시도."

오리가미는 시도의 말을 되새기듯 중얼거린 후, 뒤돌아섰다.

마치— 자신의 표정을 시도에게 보여주지 않으려는 것처럼.

"……방금 한 말, 진심인가요?"

"뭐……?"

"전부, 받아줄 건가요?"

"으, 응……! 물론이지."

오리가미의 말을 들은 시도는 고개를 끄덕였다. 반쯤 무의식적으로 한 말이지만, 그 말에는 눈곱만큼의 거짓도 섞여 있지 않았다.

"그런가요. 그렇다면—."

오리가미는 시도의 얼굴을 보지 않으면서 말을 이었다.

"제 눈물은, 당신에게 맡기겠어요. 제 미소는, 당신에게 주겠어요. 기쁨도, 즐거움도, 전부 당신이 맡아주세요."

"뭐—?"

뜻밖의 말을 들은 시도는 눈을 동그랗게 떴다.

"—제가 우는 건 이번이 마지막이에요. 제가 웃는 것도 이번이 마지막이에요."

오리가미는 그렇게 말하면서 시도를 돌아보았다.

눈물에 젖은 미소를 짓고 있는 오리가미를 본 시도는 아무 말도 할 수 없었다. 오리가미는 다시 고개를 돌렸다.

"하지만, 이 분노만은 제 것이에요. 이 추악한 감정만은, 저 혼자만의 것이에요. —저는, 죽일 거예요. 그— 천사를. 제아무리 긴 시간이 걸리더라도. 그 어떤 수단을 써서라도."

"——."

천사. 그 단어를 들은 순간, 시도의 손가락 끝이 희미하게 떨렸다.

하지만 그는 말할 수 없었다. 그 정령이, 미래의 오리가미라는 사실을……. 눈앞에 있는 자그마한 소녀에게 진실을 고할 수가 없었던 것이다.

"그러니, 그때까지…… 제가— 천사를, 쓰러뜨릴 때까지, 당신이 맡아주세요."

오리가미는 뒤돌아선 채 말했다.

"오리—가미……."

시도는 망연자실한 목소리로 그녀의 이름을 부를 수밖에 없었다.

그런 시도를 내버려 둔 채, 어리디어린 복수귀(復讐鬼)는 떠나갔다.

◇

"……."

어둠이 드리워진 밤 아래에서, 쿠루미는 한숨을 내쉬었다.

"그렇게 된, 거군요……."

시도와 감각을 공유하고 있는 쿠루미의 눈에는 두 가지 광경이 비치고 있었다.

눈을 뜨면 반전한 오리가미가 쏘는 칠흑빛 광선에 의해 파괴되고 있는 마을이, 눈을 감으면 정령에게 복수할 것을 맹세하며 떠나가고 있는 5년 전의 오리가미가 보였다.

—지금 이 순간. 쿠루미는 시도와 함께 과거에서 돌아온 오리가미가 반전체가 된 이유를 알았다.

"아이러니하군요."

고개를 든 쿠루미는 칠흑빛 하늘에 떠 있는 오리가미를 바라보았다.

하지만 지금 쿠루미의 시야에 존재하는 정령에게서는, 쿠루미의 기억 속에 존재하는 오리가미의 자취를 눈곱만큼도 찾아볼 수 없었다.

상복을 연상케 하는 칠흑빛 영장으로 몸을 감싼 정령은 양수(羊水) 안에 있는 태아처럼 몸을 동그랗게 만 채 하늘을 떠다니고 있었다. 그런 그녀의 주위에 원을 그리듯 떠 있는 무수한 『깃털』은 끝없이 광선을 뿜으며 지상을 파괴하고 있었다.

"이제— 어떻게 하면 좋을까요."

쿠루미는 턱을 쓰다듬으면서 중얼거렸다.

시도를 5년 전으로 보냈지만 오리가미가 반전한 이유만 알아냈을 뿐, 결국 그녀의 반전 자체는 막지 못했다. 이래서는—.

바로 그때.

"……어머?"

쿠루미는 눈썹을 희미하게 떨면서 뒤편을 바라보았다.

쿠루미가 그런 이유는 단순했다. 그녀의 뒤편에서 자그마한 발소리가 들렸기 때문이다.

"누구시죠? 저에게 볼일이라도 있으신가요?"

쿠루미는 정체불명의 방문자를 견제하듯 그렇게 말했다.

그리고 잠시 후, 상대는 그녀의 질문에 답하듯 걸음을 내디뎠다.

"……아! 당신은—."

예상외의 인물을 본 쿠루미는 눈을 동그랗게 떴다.

◇

"……나, 는—."

그저 오리가미의 등을 바라보고 있던 시도는 그대로 지면에 무릎을 댔다.

극도의 무력감이 시도의 폐부를 가득 채웠다. 결국, 시도는 아무것도 하지 못했다.

바로 그때, 그런 시도의 동작을 거부하듯 그의 시야에 비친 지면이 조금씩 멀어지기 시작했다.

"어……?"

한순간, 자신의 몸이 멋대로 움직이고 있다고 생각했지만— 그렇지 않았다. 자신의 몸을 쳐다보니 방금까지만 해도 어린 애였던 육체가 원래대로 되돌아와 있었다. 영력이 다 떨어진 것인지, 시간제한이 있었던 건지, 아니면 다른 이유가 있는 것인지…… 자세한 이유는 알 수 없지만 나츠미의 능력이 해제된 것 같았다.

바로 그때, 시도의 머릿속에 짜증 섞인 쿠루미의 목소리가 울려 퍼졌다.

『……마음에 안 드는군요.』

"……미안해. 네가 모처럼 【유드·베트】까지 써줬는데……."

『시도 씨를 탓하는 게 아니에요.』

시도의 사죄를 들은 쿠루미는 한숨을 내쉬면서 말했다.

『—오리가미 양의 부모님을 죽인 원수가, 오리가미 양 자신……? 확실히 그거라면 그녀가 절망하기에 충분한 이유일지도 몰라요. 하지만— 그건 제 〈자프키엘〉의 힘을 빌리지 않고는 발생할 수 없는 일이에요…….』

어금니를 깨무는 소리가 들렸다. 언제나 여유 넘치던 쿠루미답지 않은 행동이었다.

『시도 씨. 물어볼 게 있어요. 시도 씨가 오리가미 양과 처음 만난 건 언제죠?』

"뭐……? 그야…… 고등학교 2학년 때, 반이 바뀌면서—."

『혹시 그때, 시도 씨는 초면이었지만 오리가미 양은 시도 씨를 알고 있지 않았나요?』

그 말을 들은 시도는 당시를 떠올려보았다. 그러고 보니 오리가미는 시도의 이름을 알고 있었다.

"아—."

그리고 시도는 눈치챘다.

오리가미가 시도를 아는 것이 당연했다.

왜냐하면—『5년 전』, 바로『이때』, 오리가미는 시도와 만났으니까 말이다.

시도의 반응을 본 쿠루미는 더욱 언짢아하면서 말했다.

『재미없군요. 불쾌해요. 정말— 불쾌하기 그지없어요.』

"쿠루미……?"

『오리가미 양이 정령을 증오하게 된 원인. 시도 씨와 오리가미 양의 만남— 원래 세계를 구축하는 요소에, 제 힘이 관여하고 있어요. 만약 제가 오리가미 양을, 그리고 시도 씨를 5년 전으로 보내지 않았다면, 저희가 원래 존재했던 세계 자체가 형성되지 않았겠죠…….』

쿠루미는 독백하듯 말했다.

확실히 그녀의 말이 맞을지도 모른다. 쿠루미라는 정령이 없었다면, 〈자프키엘〉이라는 천사가 존재하지 않았다면, 시도가 원래 살았던 세계는 달라져버렸으리라.

"하, 하지만, 쿠루미도 이런 결말을 만들기 위해 〈자프키엘

〉을 쓴 건 아니지……?"

『예, 물론이죠. 하지만 「역사를 바꾸려 한 행동」 그 자체가 지금 존재하는 역사를, 세계를 구축하기 위한 요소였다. 필사적으로 발버둥 쳤다고 생각했지만, 결국 「세계」라는 절대적인 존재의 손바닥 위에서 놀아났을 뿐이다. —그 사실이 정말 짜증 나는군요.』

"……윽."

쿠루미의 말을 들은 시도는 무심코 숨을 삼켰다.

그와 동시에 어떤 생각이 머릿속을 스친 시도는…… 입을 열었다.

"쿠루미……. 너도 혹시 바꾸고 싶은 과거가 있는 거야?"

『……어머나, 어머나.』

시도의 말을 들은 쿠루미는 잠시 동안 침묵한 후, 평소처럼 장난기 어린 목소리로 말했다.

『시도 씨와 만난 당시로 돌아가서 과거를 바꾸는 것도 재미있겠군요. —우후후, 지금의 저라면 틀림없이 시도 씨를 『잡아먹을 수』 있을 테니까요.』

"……."

쿠루미의 말을 들은 시도는 입을 다물었다. 하지만 쿠루미의 불온한 발언을 듣고 공포를 느꼈기 때문에 입을 다문 것은 아니었다. 쿠루미가 화제를 다른 곳으로 돌리려 한다는 것을 눈치챘기 때문이다.

상대가 감추고 싶어 하는 속내를 억지로 캐내는 취미는 시도에게 없다. 게다가 지금은 그런 것보다 더 중요한 일들이 산더미처럼 존재했다.

"……하지만 이제 전부 끝났어."

시도는 주먹을 으스러질 듯 세게 쥐면서 말했다.

오리가미가 원래 세계로 돌아가 버린 이상, 오리가미의 반전을 막을 수는 없다. 부모님이 죽는 광경을 5년 전의 오리가미가 목격한 이상, 그녀의 복수심을 없앨 수도 없다. 쿠루미의 말을 빌리자면, 결국 시도는 세계의 손바닥 위에서 놀아났을 뿐인 것이다.

【유드·베트】의 효력이 얼마나 더 지속될지는 알 수 없지만, 시도도 곧 원래 세계로 돌아가게 될 것이다. 반전한 오리가미가 대지를 유린하고 있는, 그 악몽 같은 세계에 말이다.

『그렇……군요.』

쿠루미는 시도의 말에 대답하듯 말했다.

『확실히 시도 씨의 말이 맞아요. 시도 씨는 오리가미 양을 막지 못했어요. 세상을 바꾸지도 못했죠. ―그것이 「이 세계」의 결정되고 만 「미래」라더군요.』

"……쿠루미?"

시도는 미간을 찌푸렸다. 쿠루미의 말이 약간 기묘했기 때문이다.

시도의 목소리에 담긴 불신을 느낀 쿠루미는 웃음을 터뜨렸다.

『아무래도 그것은 이미 결정된 일인 것 같아요. ―방금, 그렇게 들었답니다.』

"들었다……고? 대체 누구한테?"

『**—지금으로부터 수십 분 후의 시도 씨**에게요.』

"뭐……?"

쿠루미의 말을 이해하지 못한 시도는 눈을 동그랗게 떴다.

"그게 무슨……."

『말 그대로의 의미예요. 「지금」으로부터 수십 분 후, 「시도 씨가 5년 전의 시대에서 아무것도 이루지 못한 채 돌아온 후의 세계」의 제가 【유드·베트】로 미래의 시도 씨를 지금 제가 있는 세계로 보냈답니다. 뭐, 영력을 절약하기 위해서인지 1분만에 원래 세계로 돌아가 버렸기 때문에 많은 이야기를 나누지는 못했지만요.』

"……뭐?! 미, 미래의, 쿠루미가……?!"

시도는 경악을 금치 못하면서 눈을 치켜떴지만— 잘 생각해보니 불가능한 이야기는 아니었다.

시도도, 오리가미도, 쿠루미에 의해 5년 전의 세계로 보내졌다. 그리고 미래에도 쿠루미가 존재하는 이상, 그녀의 힘으로 미래의 누군가를 현대로 보내는 것도 가능하리라.

하지만— 그 순간. 시도의 마음속에서 어떤 의문이 고개를 치켜들었다.

"미래의 내가…… 왜 시간을 거슬러온 거야?"

그렇다. 곰곰이 생각해보니 부자연스러운 이야기였다.

【유드·베트】는 쿠루미에게 있어 비장의 카드다. 그저 절망적

인 미래를 알려주기 위해 귀중한 시간을 소비해가면서 그 능력을 사용했다고는 생각하기 힘들었다.

시도의 의문에 답해주기 위해, 쿠루미는 입을 열었다.

『오리가미 양을 막지 못한 시도 씨는 실의에 빠진 채 【유드·베트】의 효과 한계를 맞이해 원래 세계로 돌아온 것 같아요. —하지만 그 후, 시도 씨는 어떤 아이디어가 생각난 것 같아요.』

"어떤…… 아이디어?"

『예. 하지만 원래 시대로 돌아오고만 시도 씨는 그 아이디어를 실행에 옮길 수가 없었죠.』

"……아! 그렇, 구나—."

그래서 미래의 시도는 쿠루미에게 부탁해서, 수십 분 전의 쿠루미에게—「아직 시도를 5년 전의 세계에 보낸 상태인」 쿠루미에게 그 아이디어를 전한 것이다.

역사를 바꾸기 위해서.

정해지고 만 미래를 타파하기 위해.

—과거의 자신에게, 희망을 맡기기 위해서 말이다.

시도는 차갑게 식어버린 몸 깊숙한 곳에서 열기가 끓어오르는 것을 느꼈다.

"쿠루미……!"

『예. 아직 끝나지 않은 것 같군요. —해보죠, 시도 씨. 이 **빌어먹을** 세계를 박살 내버리는 거예요.』

쿠루미답지 않은 표현을 들은 시도는 무심코 한숨을 내쉬면서 입 끝을 말아 올렸다.

"그래……. 뭐든 하겠어. 모두를— 오리가미를 구하기 위해서라면 뭐든 하겠다고."

『우후후, 시도 씨라면 그렇게 나오실 거라고 생각했어요.』

시도의 열의를 느낀 쿠루미는 그의 머릿속에서 유쾌하게 웃었다.

"그런데…… 그 아이디어는 대체 뭐야?"

『가르쳐드리죠. —듣고 보면 아주 단순한 방법이라는 생각이 들 거예요. 하지만 실의에 빠진 채 초조함만 느끼고 있는 지금의 시도 씨는 절대 생각해낼 수 없는 방법일지도 모른답니다.』

"큭……."

그 말을 들은 시도의 볼을 타고 식은땀이 흘렀다.

"이, 일단…… 시간이 없잖아? 빨리 말해줘."

『예, 그러도록 하죠. 지금의 저희에게 있어 시간은 금보다도 귀중하니까요.』

쿠루미는 농담하는 듯한 말투로 그렇게 말한 후, 본론에 들어갔다.

『시도 씨가 오리가미 양을 막지 못한 가장 큰 이유. 그것은 「무슨 일이 일어날지 몰랐다」. 바로 그 점 때문이라고 생각해요.』

"그래……. 확실히 그럴지도 몰라."

시도는 쓰디쓴 표정을 지으면서 고개를 끄덕였다.

원래 세계에서 온 오리가미를 본 직후, 〈팬텀〉과 오리가미의 싸움이 시작되었고— 눈 깜짝할 사이에 모든 일이 끝나버리고 말았다. 그 전말을 알고 있었다면 다른 방법을 강구할 수 있었으리라.

쿠루미는 거기까지 말한 후, 한숨을 내쉬었다.

『솔직히 말해 그렇게 내키지는 않지만…… 그 문제를 해결할 방법이 없는 건 아니랍니다.』

"뭐……? 그, 그게 대체 뭔데?"

『단순해요. —한 번 더, 되풀이하는 거죠.』

"……뭐?"

쿠루미의 말을 들은 시도는 영문을 모르겠다는 표정을 지었다.

"그, 그건 그렇지만…… 원래 세계에 돌아간 후, 또 【유드·베트】를 써서 5년 전의 세계로 보내주겠다는 거야?"

『그 방법은 현실적이라고 할 수 없어요. 이미 【유드·베트】를 쓰기 위해 시도 씨의 몸에 축적된 영력 중 상당량을 사용했으니까요. 불가능하지는 않을지도 모르지만, 나중에 제가 「잡아먹을」 양이 없어지는 건 곤란하답니다.』

"……너, 이 시간 역행에도 내 안에 봉인된 영력을 쓴 거야?"

『우후후, 당연하죠. 아무리 변덕을 좀 부렸다고 해도, 저는 남을 위해 제 영력을 쓸 만큼 사람이 좋지는 않답니다.』

쿠루미는 "그게 뭐 잘못됐나요?"라고 묻는 듯한 어조로 그렇게 말했다. 불만이 없는 것은 아니었지만 시도는 일단 아무 말도 하지 않기로 했다. 그러자 쿠루미가 말을 이었다.

『하지만 지금 시도 씨가 있는 시대에서 약간의 시간을 역행하는 것은 충분히 가능할 거예요.』

"……아! 그, 그 방법이 있구나—!"

확실히 쿠루미의 말이 맞았다.

『—【유드·베트】의 중복 적용. 확실히 재미있는 발상이군요. 하지만…… 처음에 제가 쏜 탄환의 효과가 지속되고 있는 동안에 목적을 달성하지 못하면, 시도 씨는 강제적으로 원래 시대로 되돌아오게 될 거예요.』

"그, 그럼, 서둘러야겠네! 쿠루미, 빨리 나에게【유드·베트】를—!"

하지만. 쿠루미는 어이없다는 듯이 한숨을 내쉬었다.

『지금의 저는 시도 씨와 감각 기관을 공유하고 있을 뿐이랍니다. 이쪽 세계에서 시도 씨가 있는 세계에 간섭하는 것은 무리죠. 이 상태에서 〈자프키엘〉의 탄환을 시도 씨에게 맞추는 건 불가능해요.』

"그, 그럼, 어떻게 하라는 거야?!"

시도가 고함을 지르자, 쿠루미는 시도의 귀에 살며시 숨결을 토하듯 작게 한숨을 내쉰 후, 말을 이었다.

『—방법이 딱 하나 있을 텐데요?』

"뭐……?"

쿠루미의 말을 들은 시도는 미간을 찌푸렸다.

그리고 몇 분 후. 시도는 화재 현장 근처에 있는 빌딩의 비상계단을 올라가고 있었다.

"하아…… 하아……."

하루 종일 뛰어다닌 탓인지, 온몸이 비명을 지르고 있었다. 여름의 더위와 불꽃의 열기가 그의 체력을 사정없이 빼앗아 가고 있었다.

하지만 우는소리를 할 수는 없었다. 이 시대에 머무를 수 있는 시간이 얼마 남지 않았기 때문이다. 시도는 거친 발소리를 내면서 비상계단을 올라갔다.

그리고 잠시 후, 빌딩 옥상에 도착한 시도는 거친 숨을 내쉬면서 주위를 둘러보았다.

"여기…… 맞지……?"

『예. 아마 틀림없을 거예요.』

"아, 아마? 너……."

쿠루미의 애매한 대답을 들은 시도는 도끼눈을 떴다. 하지만 그는 호흡을 가다듬으면서 옥상 전체를 둘러보기 위해 옥상 입구 반대편을 향해 걸음을 옮겼다.

주택가를 내려다볼 수 있을 만큼 높게 지어진 빌딩의 옥상에서는 여전히 불길에 휩싸여 있는 난코쵸가 한눈에 들어왔다. 소방차와 응급차의 사이렌 소리가 불길에 휩싸인 마을 전체에 울려 퍼지고 있었다.

"……."

시도는 그런 처참한 광경에서 눈을 떼듯 시선을 돌리더니, 옥상 전체를 둘러보듯 고개를 이리저리 돌렸다.

하지만— 옥상에는 아무도 없었다.

"어이, 아무도 없잖아. 착각한 거 아냐……?"

『이상하군요. 그럴 리가—.』

바로 그때.

쿠루미가 말을 끝까지 잇기 전, 등골이 오싹해진 시도는 그 자리에서 딱딱하게 굳어버렸다.

"……아—."

—등 뒤에 누군가가 있었다.

본능적으로 그 사실을 안 시도는 마른침을 삼켰다.

그런 시도에게 반응하듯, 등 뒤에서 장난기 섞인 목소리가 들려왔다.

"—어머나, 어머나."

그것은 귀에 익은 목소리였다.

"……."

시도는 자신의 등 뒤에 선 절대적 포식자를 자극하지 않기 위해, 양손을 들면서 천천히 뒤를 돌아보았다.

—그곳에는.

"이런 위급한 상황에 옥상을 찾는 특이한 분이 다 있군요."

그렇게 말하면서 요염한 미소를 머금은, 토키사키 쿠루미가 서 있었다.

제7장 환영(팬텀)

"5년 전의— 쿠루미……?!"

빌딩 옥상에 도착하기 몇 분 전. 쿠루미의 말을 들은 시도는 경악을 금치 못했다.

『예. 조금 전에 말씀드렸다시피, 이 세계에서 시간에 간섭할 수 있는 존재는 저뿐이에요. 그리고— 이 시대에서 〈자프키엘〉을 지닌 존재 또한 단 한 명. 5년 전의 저뿐이랍니다.』

"하지만 내가 이 시대에 있을 수 있는 시간은 한정되어 있잖아? 그 사이에 이 시대의 너를 찾는 건—."

『걱정하지 마세요. 5년 전 난코쵸에 화재가 발생했을 때, 저는 그 근처에 있었으니까요.』

"이 근처에……?"

우연으로 치부하기에는 너무나도 억지스럽다는 생각이 든 시도는 미간을 찌푸렸다. 하지만 잠시 후, 그는 "아." 하고 외치면서 눈을 동그랗게 떴다.

"……혹시 쿠루미도 5년 전에 나를 만난 적……이 있는 거야?"

『아뇨. 제 기억이 확실하다면, 그런 일은 없었어요. 난코쵸 근처에 간 것도, 그곳에 발생한 화재를 보러 갔던 거랍니다.』

"화재를 보러?"

『이런 엄청난 화재가 느닷없이 발생했잖아요? 어쩌면 정령이 관여한 것일지도 모른다고 생각했었죠.』

"……."

쿠루미의 말을 들은 시도는 식은땀을 흘렸다. ……만약 자신이 코토리의 힘을 봉인하지 않았다면 쿠루미가 코토리를 잡아먹었을지도 모른다는 생각이 들었던 것이다.

시도가 침묵한 이유를 눈치챈 쿠루미는 웃음을 터뜨렸다.

『정말 실망이군요. 저는 그렇게 절조 없는 애가 아니랍니다.』

"……그, 그래?"

시도는 애매한 대답을 한 후, 가볍게 헛기침을 했다.

그리고 쿠루미는 말을 이었다.

『저는 5년 전에 그 근처에 있었지만, 시도 씨와 만나지는 않았어요……. 그건 보증할 수 있어요. 하지만— 아니, 그렇기 때문에 이 행동에는 의미가 있어요.』

"그게 무슨 소리야?"

『잘 생각해보세요. 시도 씨가, 시도 씨와 만난 적이 없는 저와 만난다면— 그것만으로도 미세하게나마 역사가 바뀐 것으로 여길 수 있지 않을까요?』

"그건…… 그래."

『아무튼 서두르죠. 조금 전에도 말씀드렸다시피, 남은 시간은 그렇게 길지 않아요.』

"그래— 알았어."

시도는 그렇게 말하면서 주먹을 쥐었다.

"쿠루미, 가르쳐줘. 나는 이제부터 어디로 가야 해?"

시도는 각오를 다지면서, 머릿속에 있는 쿠루미에게 물었다.

그리고— 현재에 이른 것이다.

"……."

시도는 두방망이질 치는 심장을 진정시키기 위해 심호흡을 하면서, 빌딩 옥상에 서 있는 한 소녀를 지그시 바라보았다.

그 소녀는 시도의 기억 속에 존재하는 모습과 완벽하게 똑같이 생긴 쿠루미였다.

아니— 정확하게 말하자면 똑같은 것은 외모만이며, 복장면에서는 약간의 차이가 존재했다. 레이스와 프릴이 달린 모노톤 블라우스와 스커트. 머리카락은 묶지 않았으며, 그 대신 장미 모양 액세서리가 달린 헤드 드레스를 쓰고 있었다.

가장 인상적인 부분은 바로 그녀의 얼굴이었다. 시계 문자판을 가리려는 것처럼 오른쪽 눈에는 의료용 안대를 쓰고 있었다.

그 모습을 본 시도는 미간을 살짝 찌푸렸다. 그리고 머릿속에 있는 쿠루미에게만 들릴 만큼 작은 목소리로 물었다.

"……쿠루미, 너 왜 안대를 하고 있는 거야?"

『신경 쓰지 말아주세요.』

"혹시 다치기라도 한 거야?"

『신경 쓰지 말아주세요.』

"하지만……."

『신·경·쓰·지·말·아·주·세·요.』

쿠루미가 강한 어조로 그렇게 말하자, 시도는 입을 다물 수밖에 없었다.

바로 그때, 눈앞에 서 있는 5년 전의 쿠루미가 반응을 보였다.

"어머나, 어머나, 어머나."

쿠루미는 그렇게 말하면서 귀엽게 고개를 갸웃거렸다.

"뭘 그렇게 혼자서 중얼거리시는 거죠? 아니, 그것보다 무슨 일로 이런 곳에 온 건지부터 물어야 하려나요?"

쿠루미는 가벼운 목소리로 그렇게 말했다. 하지만 그런 그녀에게서는 눈곱만큼의 방심도 찾아볼 수 없었다. 얼굴에는 미소가 맺혀 있지만, 그녀의 눈은 조용히, 하지만 철저하게 시도의 용모와 거동을 주시하고 있었다.

하지만 시도에게는 시간이 없었다. 각오를 다진 그는 입을 열었다.

"쿠루미! 부탁이 있어!"

"……어머나?"

시도가 이름을 부르자, 쿠루미는 미간을 살짝 찌푸렸다.

"제 이름을 아시다니…… 당신, 대체 누구죠?"

쿠루미는 그렇게 말하면서 오른손을 들었다. 그러자 쿠루미의 발치에 드리워진 그림자에서 고풍스러운 단총 하나가 튀어나오더니 쿠루미의 손에 정확하게 쥐여졌다.

그리고 쿠루미는 물 흐르는 듯한 동작으로 시도를 향해 총구를 들었다. 그러자 시도는 허둥지둥 양손을 내저었다.

"자, 잠깐만 기다려! 너랑 적대할 생각은—."

그렇게 말한 순간, 시도의 발치에 총탄이 작렬했다.

"우왓!"

"제 허락 없이 움직이지 마세요. —자, 질문 몇 가지만 하겠어요. 솔직하게 대답하지 않을 경우, 당신의 생명을 보장해줄 수 없답니다."

질문에 대답하지 않으면, 쿠루미는 그대로 시도의 심장에 총알을 박을 것만 같았다. 그런 생각이 든 시도는 두 손을 든 채 입을 열었다.

"나, 나는 이츠카 시도. 지금으로부터 5년 후의 세계에서 왔어! 쿠루미…… 네 힘을 빌려서 말이야!"

"……방금, 뭐라고 하셨죠?"

시도의 말을 들은 순간, 쿠루미의 표정이 변했다.

"방금 한 말이 농담이라면 그 대가를 톡톡히 치르게 될 거예요.”

“네 앞에서 농담 같은 걸 어떻게 하냐고……! 부탁이야, 내 이야기를 들어줘!”

“…….”

쿠루미는 시도의 진의를 캐내려는 것처럼 눈을 가늘게 떴다. 바로 그때, 시도의 머릿속에서 한숨 섞인 목소리가 울려 퍼졌다.

『어머나……. 과거의 저는 꽤나 신중했군요. ―지금은 시간 낭비를 할 때가 아니에요. 시도 씨, 어떻게든 눈앞에 있는 저의 몸에 손을 대주세요.』

“손을 대라니…… 마, 말도 안 되는 소리 하지 마.”

“……방금 뭐라고 하셨죠?”

시도를 향해 총구를 든 쿠루미는 미심쩍은 표정을 지으면서 미간을 찌푸렸다. 저런 반응을 보이는 것도 무리는 아니었다. 그녀의 입장에서 본다면 시도가 혼잣말을 지껄이고 있는 것처럼 보일 테니까 말이다.

시도는 총알이 한 방 더 날아올 것을 각오하면서 쿠루미를 향해 손을 내밀었다.

“부탁이야. 총으로 나를 겨눈 상태라도 상관없으니 내 손을 잡아줘.”

“정체불명의 상대의 말에 순순히 따를 만큼, 저는 순진무구한 처녀가 아니랍니다.”

“『쿠루미』가― 너와 이야기하고 싶대.”

"……윽!"

시도가 그렇게 말한 순간, 쿠루미의 눈썹이 높이 치솟았다. 원래 시대의 쿠루미와 시도가 감각을 공유하고 있는 것 또한 쿠루미의 능력에 의해서였다. 이 쿠루미도 그 능력에 생각이 미친 것이리라.

"흐음…… 그런가요."

쿠루미는 시도를 빈틈없이 노려보면서 걸음을 옮기더니, 시도의 손을 잡았다.

그러자.

"……아!"

마치 미약한 전류가 흐른 것처럼 쿠루미의 몸이 희미하게 떨렸다.

『오래간만……이라고 하면 되려나요? 과거의 저.』

"……흐음. 이건 분명 제 목소리……군요. ―대체 5년 후의 세계에서 무슨 일이 일어난 거죠?"

아무래도 5년 전의 쿠루미에게도 시도의 머릿속에서 울려 퍼지고 있는 쿠루미의 목소리가 들리는 것 같았다. 확실히 이 방법이라면 그 어떤 설득보다도 효과적일 것이다.

원래 세계의 쿠루미는 상황을 간결하게 설명했다. 자신이 역사를 바꾸는 데 실패했으며, 그리고― 다시 한 번 역사를 바꾸기 위해 이 시대에 존재하는 쿠루미의 힘을 빌리고 싶다는 사실 또한 밝혔다.

"……【유드·베트】를 이분에게 쏘라는 건가요? 미래의 저."

『예, 그래요. 부탁드려도 될까요? 과거의 저.』

5년 전의 쿠루미는 잠시 침묵한 후— 작게 한숨을 내쉬었다.

"……좋아요. 미력하게나마 도움을 드리도록 하죠."

"아! 저, 정말이야?!"

"예. —단, 필요한 영력은 당신에게서 징수하겠어요."

쿠루미는 시도의 손을 놓은 후 가볍게 스텝을 밟으면서 물러섰다. 그리고 두 발의 뒤꿈치를 맞부딪히면서 왼손을 치켜들었다.

"자아, 자아, 오세요, 〈자프키엘〉. 당신이 나설 차례랍니다."

쿠루미의 부름에 답하듯, 그녀의 그림자 안에서 거대한 시계 문자판이 모습을 드러냈다. 천사 〈자프키엘〉. 시도를 이 시대로 보낸, 그리고 시간을 조종하는 쿠루미의 천사다.

그리고 그 순간, 쿠루미의 발치에 존재하는 그림자가 팽창하듯 그 면적을 늘리더니 시도의 발치를 휘감았다.

"으, 윽……."

이 감각은 전에도 느낀 적이 있다. 원래 세계에서 이 시대로 보내지기 직전, 쿠루미에게 잡혔을 때 느꼈던 감각이다.

"〈자프키엘〉— 【유드·베트】."

쿠루미가 손에 든 총을 머리 위로 치켜들었다. 그러자 〈자프키엘〉의 『XII』라고 적힌 문자판에서 농밀한 그림자가 흘러나오더니, 그녀의 총구로 빨려 들어갔다.

"자아. 그럼 쏘겠어요."

쿠루미는 시도를 향해 천천히 총구를 들었다. 【유드·베트】를 맞아도 아프지 않다는 사실을 알고 있지만, 시도는 반사적으로 온몸을 경직시켰다.

그 모습을 본 쿠루미는 입 끝을 말아 올렸다.

"시도 씨……라고 했던가요? —건투를 빌겠어요."

"……그래. 고마워. —그리고, 쿠루미."

"음? 왜 그러시죠?"

"그 안대, 너한테 잘 어울려."

『……읏.』

"어머나?"

시도의 말을 들은 머릿속의 쿠루미는 숨을 삼켰고, 눈앞의 쿠루미는 미소를 지었다.

"—칭찬해줘서 감사해요. 그럼 5년 후에 다시 만나도록 하죠."

그리고 마지막으로 그렇게 말한 쿠루미는 엄청난 영력이 담긴 탓에 진동하고 있는 총의 방아쇠를 당겼다.

총구에서 뿜어져 나온 칠흑빛 궤적이 시도의 가슴을 향해 일직선으로 뻗어 나갔다.

【유드·베트】에 맞은 순간, 시도는 자신의 몸이 총탄의 회전에 휘말린 것처럼 나선을 그리며 빙글빙글 도는 듯한 느낌을 받았다.

그리고 그대로 소용돌이에 빨려 들어가듯— 시도의 시야는 어둠에 뒤덮이고 말았다.

◇

『—도 씨, 시도 씨.』

"……읏!"

머릿속에서 울려 퍼지는 목소리를 들은 시도는 눈을 치켜떴다. 다음 순간, 그는 자신이 바닥에 쓰러져 있다는 사실을 눈치챘다.

시도는 조금 전까지 그가 있었던 빌딩 옥상에 여전히 있었다. 아니, 여전히, 라는 표현에는 어폐가 있을지도 모른다. 이 옥상에는 과거의 쿠루미가 없었던 것이다. —게다가 이곳에서 보이는 난코쵸는 아직 불길에 휩싸이지 않았다.

"성공— 한 건가?"

『그런 것 같군요.』

시도의 독백을 들은 쿠루미는 고개를 끄덕였다.

그렇다. 정확한 시간은 알 수 없지만 시도는 또다시 시간을 넘어 되돌아온 것이다.

화재가 일어나기 전의 세계에.

코토리가 정령이 되기 전의 세계에.

—오리가미가, 부모님을 죽이기 전의 세계에.

『감개무량해하고 있을 시간은 없어요, 시도 씨.』

"그래…… 나도 알아."

쿠루미의 말을 들으며 몸을 일으킨 시도는 옥상에서 보이는 난코쵸를 다시 한번 둘러보았다. 그리고 주먹을 쥔 그는 목소리만 들리는 쿠루미에게 말했다.

"—역사를, 바꾸러 가자."

쿠루미는 한순간 숨을 삼키는 듯한 기색을 보인 후, 『예.』 하고 말했다. 시도는 그녀의 말을 듣자마자 비상계단을 통해 옥상에서 내려갔다.

"화재가 발생하기 전으로 돌아오는 것에는 성공했지만— 구체적으로 뭘 어떻게 하면 되지?"

『멋지게 출발해놓고 그런 소리를 하니 정말 한심해 보이네요.』

시도의 말을 들은 쿠루미는 어이없다는 듯한, 그리고 한심해 하는 듯한 목소리로 그렇게 말했다.

"크…… 어, 어쩔 수 없잖아! ……그리고 쿠루미 너, 좀 전부터 말투가 꽤나 차가워진 것 같은데?"

『그렇지 않답니다.』

쿠루미는 약간 삐친 듯한 목소리로 대답했다. ……뭔가 그녀의 심기를 불편하게 할 만한 소리라도 한 것일까.

"쿠루미, 혹시 그 안대……."

『아무튼.』

쿠루미는 시도의 말을 막듯 입을 열었다.

『아무 생각 없이 행동하다가는 또 목적을 달성하지 못할 거예요. —지금의 저희와 방금의 저희 사이에 존재하는 차이점은 앞으로 무슨 일이 일어날지 안다는 것, 그것 하나뿐이죠.

그 점을 중점에 두면서 지금 상황을 정리해보도록 해요.』

"으, 응……."

『우선 저희가 해야만 하는 일은 뭐죠?』

쿠루미는 학교 선생님 같은 말투로 물었다. 그 말을 들은 시도는 계단을 내려가는 속도를 늦추지 않은 채 생각에 잠겼다.

"그야— 오리가미가 부모님을 죽이지 못하게 하는 거잖아."

『예. 바로 그거예요. 그 목적을 달성하기 위해 시도 씨가 할 수 있는 일은 뭐죠?』

"……무슨 수를 써서라도 오리가미를 막는 것…… 아닐까?"

『확실히 그게 가장 간단한 방법이지만, 현실적인 방법이라고는 할 수 없을 것 같군요.』

"으윽…… 그, 그건 그래……."

시도는 인상을 쓰면서 그렇게 말했다.

〈팬텀〉을 부모님의 원수라 믿는 오리가미는 순수한 복수귀다. 시도가 말을 걸어본들, 그 말이 그녀의 귀에 들어갈지도 의문이었다.

게다가 정령이 된 그녀의 힘은 강력하기 그지없었다. 시도는 〈팬텀〉과 격렬한 공중전을 벌이는 그녀를 눈으로 쫓는 것조차도 힘들었다.

물론 가능성 자체가 없는 것은 아니었다. 시도가 이곳에 있다는 사실을 눈치챈 오리가미가 그의 말에 귀를 기울일 가능성도 없지는 않았다.

하지만 쿠루미가 처음 쏜 【유드·베트】의 효과 시간은 이제 얼마 남지 않았을 것이다. 아마 이것이 시도에게 주어진 마지막 기회이리라. 이런 상황에서 그런 희망적 관측에 매달리는 것은 너무나도 위험했다.

"그럼…… 오리가미의 부모님을 안전한 장소로 대피시킨다든가……."

『흐음, 그건 오리가미 양 본인을 어찌 하는 것보다는 가능성이 있을지도 모르겠군요.』

"그, 그렇지? 그럼—."

『하지만 처음 보는 소년이 여기는 위험하니 대피하라고 한다고 그 말에 순순히 따르는 사람이 이 세상에 몇이나 있을까요?』

"자, 자초지종을 설명하면—."

『나는 미래에서 왔다. 당신들은 미래에서 온 딸에게 살해당할 운명이니 내가 시키는 대로 해줬으면 한다— 고 말할 건가요?』

"윽……."

너무나도 수상쩍은 대사를 들은 시도는 식은땀을 흘렸다.

5년 전의 쿠루미가 시도의 말을 믿어준 것은 시간 역행이 쿠루미 자신의 능력인 데다— 시도의 머릿속에서 울려 퍼지고 있는 쿠루미의 목소리를 들었기 때문이다. 정령이라는 존재에 대해 전혀 알지 못하는 오리가미의 부모님에게 자초지종을 설명하려 했다간, 이야기를 끝내기도 전에 화재가 발생하고 말 것이다.

『게다가…… 설령 일이 잘 풀려 오리가미 양의 부모님을 피난시키는 데 성공하더라도, 그것만으로 사태가 해결되지 않을 가능성도 존재해요.』

"뭐……? 그, 그게 무슨 소리야?"

『만약 세계가 원래 역사를 최대한 재현하려 한다면— 오리가미 양의 광선이 그녀의 부모님이 피난한 곳을 향해 발사될 가능성도 존재하지 않을까요?』

"……윽."

시도는 말문이 막혔다. 확실히 쿠루미의 말이 옳았다. 시도가 5년 전의 쿠루미에게 도움을 받아 다시 이 시대에 돌아온 시점부터, 이미 이 세계는 시도가 아는 세계와 미묘하게 달라진 것이다. 만사가 시도의 기억대로 진행될 것이라고 생각하는 것은 위험했다.

……하지만, 그래도 납득이 되지 않은 시도는 눈을 가늘게 뜨면서 쿠루미에게 물었다.

"쿠루미. 너, 역사에 수정력이 있다는 걸 부정하지 않았어?"

『어머나, 부정한 적은 없는데요? 실제로 그것을 증명한 사람은 없다고만 말했답니다.』

"……."

왠지 말을 돌리는 것 같은 느낌이 들었지만, 지금은 그런 이야기나 할 때가 아니었다. 시도는 마음을 다잡기 위해 고개를 저었다.

"그럼 어떻게 하자는 거야?"

『글쎄요…….』

쿠루미는 생각에 잠겼는지 잠시 동안 침묵한 후, 입을 열었다.

『—오리가미 양에게 부모님을 죽인 범인이 자신이라는 것을 눈치채지 못하게 하는 건 어떨까요?』

"뭐……? 너 지금 무슨 소리를 하는 거야?!"

쿠루미의 제안을 들은 시도는 고함을 질렀다.

『어머나, 꽤 괜찮은 의견이지 않나요? 오리가미 양이 반전한 것은 부모님을 죽인 원수가 자신이라는 것을 알고 절망했기 때문이잖아요?』

"그, 그건 그렇지만……. 그럼 오리가미가 부모님을 죽였다는 사실 자체는 변하지 않잖아!"

시도는 또 고함을 내지르고 말았다.

확실히 쿠루미가 말한 방법이라면 오리가미가 반전하는 것을 막을 수 있을지도 모른다. 하지만 그래서는 오리가미가 부모님을 자신의 손으로 죽였다는 사실 자체는 변하지 않는다.

게다가 정령이 자신의 부모님을 죽였다는 사실이 존재하는 이상, 오리가미의 마음속에서 불타오르고 있는 복수심은 다른 누군가를 향할 것이다. 화재를 일으킨 코토리에게, 혹은, 그녀에게 힘을 준 〈팬텀〉에게—.

"아……."

바로 그때, 시도는 낮은 탄성을 터뜨렸다.

『어머나? 왜 갑자기 걸음을 멈추신 거죠? 무슨 일 있으신 건가요?』

쿠루미의 목소리가 머릿속에서 들려왔다. 시도는 그녀의 목소리를 듣고서야 자신이 무의식적으로 멈춰 섰다는 것을 눈치챘다.

하지만 시도는 다시 걸음을 내딛기 전에 머릿속에 떠오른 말을 입 밖으로 내뱉었다.

"저기, 쿠루미."

『왜 그러시죠?』

"—오리가미가 나타났을 때, 그 자리에 『적』이 없다면…… 어떻게 될까?"

◇

그리고 약 5분 후. 시도는 공원에 심어진 나무 뒤에 숨은 채, 그네 쪽을 지그시 바라보고 있었다.

그네에는 머리카락을 둘로 나눠 묶은 소녀가 앉아 있었다. 일곱, 여덟 살 정도로 보이는 그 소녀는 사랑스러운 얼굴을 우울함으로 가득 채운 채 힘없이 그네를 앞뒤로 흔들고 있었다.

틀림없다. —5년 전의 코토리가 분명했다.

"코토리……."

그녀의 어두운 표정을 본 시도는 가슴이 옥죄어드는 듯한 느낌을 받았다. 이 날은 코토리의 생일이었다. 시도는 코토리를 깜짝 놀라게 해주려고 옆 마을에 선물을 사러 갔는데…… 설마 자신이 없는 동안 코토리가 이렇게 쓸쓸해하고 있었을 줄이야.

시도가 쓸쓸해하는 코토리를 바라보며 가슴 아파하고 있을 때, 머릿속에서 웃음소리가 들려왔다.

『시도 씨. 그러고 있으니 변태 같아요.』

"……시끄러워."

좀 전부터 마음 한편으로 신경 쓰고 있던 점을 지적당한 시도는 퉁명스러운 목소리로 그렇게 말했다.

확실히, 남자 고교생이 공원에 심어진 나무 뒤편에 숨어 초등학교 저학년 여자애를 응시하고 있는 광경을 누군가가 봤다면 바로 무시무시한 사태가 발생할 것이다. 내일 바로 거동이 수상한 사람에 관한 정보가 실린 전단지가 마을 전체에 뿌려지리라.

하지만 시도는 어린 시절의 코토리를 망막에 새기고 있는 것이 아니었다.

시도는— 기다리고 있는 것이다.

코토리의 곁에 〈팬텀〉이 나타나기를 말이다.

『그건 그렇고— 시도 씨가 생각해낸 것 치고는 꽤나 대담한 작전이군요.』

쿠루미는 재미있어 하는 듯한 목소리로 말했다. 그 말을 들은 시도는 잠시 주저하다 말을 이었다.

“……어쩔 수 없잖아. 게다가 쿠루미도 이 작전에 찬성한 거 아니었어?”

『뭐, 반대하는 건 아니에요. —확실히, 오리가미 양이 나타나기 전에 〈팬텀〉을 쫓아낸다면 오리가미 양은 공격 목표를 잃을 테니까요.』

“—가능하다면…… 이야기를 나눠보고 싶어.”

시도는 혼잣말을 하듯 그렇게 말했다.

『이야기? 〈팬텀〉과 말인가요?』

쿠루미는 약간 놀란 듯한 목소리로 물었다.

『의외군요. 시도 씨는 〈팬텀〉에게 적의를 품고 있을 줄 알았는데 말이죠.』

“……뭐, 코토리를 정령으로 만든 녀석을 좋게 생각할 리가 없잖아. ……하지만 나는 〈팬텀〉에 관해 아무것도 몰라. 이런 상태에서 상대를 적 취급해버린다면, 토카나 요시노 같은 정령들을 재해라고 생각하는 녀석들과 다를 게 없다고.”

시도의 말을 들은 쿠루미는 잠시 동안 아무 말도 하지 못했다. 그리고—.

『후— 후훗, 아하하하.』

—더는 참지 못하겠다는 듯이 웃음을 터뜨렸다.

“왜, 왜 그러는 거야?”

『아뇨……. 시도 씨답다는 생각이 들었을 뿐이랍니다.』

그리고 또 한 번 웃음을 터뜨린 후, 쿠루미는 말을 이었다.

『하지만 가능하면 말리고 싶군요. 그분은 정말 종잡을 수가 없답니다. 사람 좋은 시도 씨라면 그저 이리저리 휘둘리기만 할지도 몰라요.』

“뭐……? 쿠루미, 너는 〈팬텀〉을…….”

바로 그때.

시도는 하던 말을 멈췄다.

이유는 단순했다. 시야 구석— 공원에서 혼자 놀고 있는 코토리를 찾아온 기묘한 방문자가 보였기 때문이다.

나이도, 성별도, 키도 알 수 없는, 『무언가』.

하지만 그것도 무리는 아니었다. 그런 겉모습에 관한 정보를 감추려는 것처럼, 『그것』은 노이즈 같은 것으로 온몸을 감싸고 있었다.

—〈팬텀〉. 코토리를, 미쿠를, 그리고 오리가미를 정령으로 만든 존재.

그 존재가 코토리 앞에 나타났다.

“……큭.”

그 모습을 본 시도는 어금니를 깨물었다. 정령 〈이프리트〉가 된 코토리. 그녀의 고통에 찬 표정이 시도의 머릿속을 스치고 지나간 것이다.

『시도 씨, 허튼 생각 하지 마세요.』

“……그래, 알아.”

쿠루미의 말을 들은 시도는 마음을 진정시키기 위해 가는 숨을 내쉰 후, 온몸의 떨림을 억누르려는 듯이 두 팔로 자신의 몸을 감싸 안았다. 손톱이 그의 팔뚝에 파고들면서 피가

배어 나왔다.

코토리가 정령이 되는 것을 막아서는 안 된다. 방금, 쿠루미는 시도에게 그렇게 말했다.

―대화 몇 마디를 나눈 후, 〈팬텀〉은 코토리를 향해 붉은 보석 같은 것을 내밀었다.

그리고 코토리가 그것을 만진 순간, 코토리의 몸에서 옅은 빛이 뿜어져 나오기 시작했다.

"아, 아, 아아아아아아……!"

바로 그때, 코토리의 입에서 고통에 찬 비명이 흘러나왔다.

그 순간, 그녀의 몸에서 뿜어져 나온 열풍이 소용돌이치면서 엄청난 크기의 불기둥을 형성했다.

"큭……!"

자세를 낮춘 시도는 숨을 참으면서 그 열풍을 견뎌냈다.

몇 초 후, 시도가 머뭇거리면서 눈을 뜨자 기모노를 연상케 하는 영장을 걸친 코토리의 모습이 눈에 들어왔다.

그렇다― 코토리는 불꽃의 정령 〈이프리트〉가 된 것이다.

"코토리…… 미안해."

시도는 안타까움에 찬 목소리로 그렇게 중얼거린 후, 시선을 날카롭게 만들었다.

"……큭!"

각오를 다진 시도는 코토리의 눈앞에 서 있는 노이즈 덩어리― 〈팬텀〉에게 다가갔다.

"―어이!"

그리고 쥐어짜내는 듯한 목소리로 〈팬텀〉을 향해 고함을 질렀다.

【……음—?】

그러자 〈팬텀〉은 성별조차 분간되지 않는 목소리를 냈다. 그와 동시에 시도의 시야에 들어온 모자이크 형태의 실루엣이 희미하게 움직이는 것처럼 보였다. 아무래도 〈팬텀〉이 시도를 향해 고개를 돌린 것 같았다.

그 광경을 본 시도는 가볍게 숨을 뱉은 후, 〈팬텀〉의 얼굴에 해당하는 부분을 노려보았다.

"여어, 만나고 싶었어. —〈팬텀〉."

그리고 차분한 목소리로 눈앞에 존재하는 노이즈의 이름을 말했다.

그 말은 비아냥거림이 아니었다.

코토리의 힘을 재봉인하면서 5년 전의 기억이 되살아난 후, 시도는 마음 한편으로 이 정체불명의 존재와의 재회를 원하고 있었다.

『인간을 정령으로 만든다』. 그런 초월적이고 불합리한 권능을 멋대로 써대는 괴물.

코토리를, 미쿠를, 그리고 오리가미를 정령으로 만들고, 세계에 혼란과 파괴를 흩뿌리는 원흉.

자신의 인생마저 뒤흔들어 버린 이 『무언가』에게서, 시도는 결코 가볍지 않은 인연과 숙명에 가까운 무언가를 느끼고 있었다.

하지만 그런 시도를 본 〈팬텀〉은 너무나도 뜻밖의 말을 입에 담았다.

【――――어?】

〈팬텀〉은 낮은 목소리로 그렇게 말하면서 온몸을 부르르 떨었다.

물론 〈팬텀〉의 몸은 노이즈에 둘러싸여 있었다. 시도의 눈에는 모자이크가 쳐진 듯 일그러진 공간이 움직인 것처럼 보였다.

하지만— 왜일까. 시도는 그 움직임이, 동요와 낭패를 나타내고 있는 것처럼 보였다.

물론 등 뒤에서 자신을 부르는 소리가 느닷없이 들려오면 보통은 그런 반응을 보일 것이다. 하지만…… 달랐다. 〈팬텀〉의 반응은 그런 것과는 명백하게 종류가 달랐다.

【……거짓말— 너는…… 왜, 네가…….】

"……뭐?"

〈팬텀〉이 뜻밖의 반응을 보이자, 시도는 미심쩍은 표정을 지었다.

"너…… 나를, 알아……?"

【——.】

시도의 말을 들은 〈팬텀〉은 침묵을 지켰다. 하지만 그 침묵은 시도의 질문을 무시하고 있다든가 쓸데없는 정보를 주지 않기 위해 조심하고 있는 것이 아니라— 망연자실한 나머지 아무 말도 하지 못하는 것처럼 보였다.

그런 상대의 반응을 본 시도는 미간을 찌푸렸다.

기억 속에 존재하는 〈팬텀〉과, 눈앞에 존재하는 『무언가』 사이에는 엄청난 갭이 존재했다. 마치 저 노이즈 너머에 전혀 다른 존재가 있는 것만 같은 느낌이 들 정도였다.

【……, ……】

〈팬텀〉은 노이즈에 뒤덮인 몸을 희미하게 움직이더니, 그대로 지면을 미끄러지듯 도망쳤다.

『시도 씨.』

"알았어!"

쿠루미의 말에 등을 떠밀린 것처럼, 시도는 〈팬텀〉을 뒤쫓았다.

그 와중에도 시도는 공원에 주저앉아 있는 코토리를 힐끔 쳐다보았다. 영문 모를 힘을 얻고 만 소녀는 애절한 목소리로 "오빠, 오빠." 하고 외치고 있었다.

"……크, 윽—."

그 모습을 본 시도는 심장이 옥죄어드는 듯한 느낌이 들었지만, 결국 코토리에게서 눈을 뗐다. 시도의 기억이 옳다면, 곧 5년 전의 시도가 이곳에 올 것이다. 이곳에서 과거의 자신과 마주칠 수는 없었다.

그리고 무엇보다— 지금 〈팬텀〉을 놓쳐서는 안 된다. 시도는 멀어져가는 노이즈 덩어리를 눈으로 쫓으면서 다리에 더욱 힘을 줬다.

〈팬텀〉을 공원에서 멀어지게 하는 것에는 성공했지만, 그것만으로는 충분하지 않았다. 시도와 쿠루미의 목적은 이 시대에 온 오리가미가 〈팬텀〉을 발견하지 못하게 하는 것이다. 그 목적을 확실하게 달성하기 위해서는 〈팬텀〉이 오리가미가 절대 찾을 수 없는 장소— 즉, 인계(隣界)로 소실(로스트)되어야만 하는 것이다.

『—하지만, 저런 반응을 보일 거라고는 꿈에도 생각하지 못했어요.』

〈팬텀〉을 쫓는 시도의 머릿속에 쿠루미의 목소리가 울려 퍼졌다.

『시도 씨. 저분과 아는 사이인가요?』

"……저, 적어도, 온몸이 모자이크 상태인, 지인은, 없어……!"

『흐음…… 그런가요.』

시도가 불길에 휩싸인 마을을 달리면서 그렇게 외치자, 쿠루미는 퉁명스러운 목소리로 대답했다.

시도는 거짓말을 하지 않았다. 〈팬텀〉과 조우한 것은 5년 전 그때 이후로 분명 처음이었다. ……뭐, 정확하게 말하자면 지금이 바로 그 『5년 전』이지만 말이다.

하지만, 〈팬텀〉은 시도를 아는 듯한 반응을 보였다.

그리고 시도는 일전에 자신의 얼굴을 보고 비슷한 반응을 보이는 인간과 만난 적이 있었다.

그 인물은 바로 DEM인더스트리 상무(Managing director) 이사, 아이작·웨스트코트였다.

시도가 납치당한 토카를 구하기 위해 DEM 일본 지사에

침입했을 때, 시도와 처음으로 얼굴을 마주한 웨스트코트는 그를 보며 웃음을 터뜨렸다.

그리고 그 자리를 벗어나는 순간, 시도를 이렇게 불렀다.

—타카미야, 라고 말이다.

"……윽."

그 순간, 시도의 심장이 옥죄어들었다. 그것은 격렬한 운동 후 심장이 수축되는 것과는 명백하게 달랐다.

타카미야. 그것은 시도의 친 동생을 자처하는 타카미야 마나와 같은 성(姓)이었다.

그리고— 이츠카 가의 양자가 된 시도는 그 이전의 기억이 없었다.

"대체…… 넌 뭘 알고 있는 거야! 〈팬텀〉……!"

시도는 불길에 휩싸인 마을 안에서 도망치고 있는 〈팬텀〉을 쫓으면서 외쳤다.

확실히 시도는 자신에 대해 모르는 부분이 있었다.

이츠카 가에 오기 전, 자신은 뭘 하고 있었던가.

왜 웨스트코트가 시도를 알고 있는가.

그리고 시도가 지닌 힘— 정령의 영력을 봉인하는 힘이란 대체 무엇인가.

일곱 명의 정령이 지닌 힘을 봉인하고 함께 생활하게 된 지금도, 시도는 그중 하나도 알지 못했다.

"크……."

시도는 어금니를 깨물면서 다리에 더욱 힘을 줬다.

바로— 그 순간. 도망치던 〈팬텀〉이 갑자기 움직임을 멈췄다. 그 모습을 본 시도도 허둥지둥 걸음을 멈췄다.

"……윽, 〈팬텀〉!"

【…….】

시도가 이름을 부르자 〈팬텀〉은 노이즈에 감싸인 몸을 움직였다. 아무래도 시도를 돌아본 것 같았다.

【……〈팬텀〉……. 나한테 그런 이름이 붙었구나.】

그리고 그 이름을 되새기듯 중얼거린 후, 작게 한숨을 내쉬었다.

【……느닷없이 도망쳐서 미안해. —그녀 앞에 계속 머무르는 건 좋지 않을 것 같았거든.】

〈팬텀〉은 말을 이었다. 〈팬텀〉이 말한 『그녀』란 아마도 코토리를 말하는 것이리라.

〈팬텀〉의 의도는 아직 알 수 없지만, 시도로서도 그편이 좋았다. 그대로 거기 있었다간 5년 전의 시도와— 정령이 된 오리가미가 맞닥뜨리고 말았을 테니까 말이다.

【…….】

〈팬텀〉은 아무 말 없이 그 자리에 서 있었다. 아무래도 시도를 살펴보고 있는 것 같았다.

【……아, 그래. 역시 넌…….】

그리고 뭔가를 납득한 것처럼 작게 고개를 끄덕이는 듯한 동작을 취했다.

그리고 그에 맞춰, 〈팬텀〉을 뒤덮고 있던 노이즈의 막이 안

개처럼 사라졌다.

“아…….”

시도는 눈을 치켜떴다.

그 노이즈 안에서 한 소녀가 모습을 드러냈다.

땋아 올린 머리카락과, 인자한 어머니를 연상케 하는 상냥한 표정. 시도는 머릿속이 빙글빙글 도는 듯한 느낌을 받았다. 그녀의 얼굴을 어딘가에서 본 적이 있는 것 같은, 한 번도 본 적이 없는 것 같은— 그런 불가사의한 느낌을 받았기 때문이다.

“그 모습은…….”

“……아직 너에게 『나』를 보여줄 수는 없으니 거짓된 모습으로 잠시 실례할게. 모처럼 너와 이야기를 나누게 되었는데 장벽 너머로 이야기하는 것도 좀 그러니까 말이야.”

시도의 말을 들은 〈팬텀〉은 방금까지와는 달리 맑고 투명한 느낌이 드는 목소리로 대답했다.

거짓된 모습. 그 말은 이 소녀가 〈팬텀〉이 아니라는 뜻일까. 하지만 그렇다면 〈팬텀〉은 왜 이렇게 번거로운 짓을—.

시도는 잠시 생각에 잠겼다. 〈팬텀〉은 그런 시도의 생각을 전부 꿰뚫어 보고 있는 것처럼 상냥한 미소를 지은 후, 벚꽃빛깔을 띤 입술을 움직였다.

“……너는 대체 『언제』에서 온 거야? 그 모습을 보아하니 5, 6년 후에서 온 것 같네?”

“읏! 그걸 어떻게…….”

그 말을 들은 시도는 얼굴을 경악으로 물들였다. 그런 반응을 보이는 것도 무리는 아니었다. 설마 〈팬텀〉이 시도뿐만 아니라 시간 역행까지 알고 있을 거라고는 꿈에도 생각하지 못한 것이다.

『……』

하지만 그런 시도와는 달리, 쿠루미는 평정을 유지하고 있었다. 마치 이렇게 되리라는 것을 알고 있었던 것처럼 말이다.

〈팬텀〉은 차분한 목소리로 말했다.

"……그런데…… 무슨 일로 나를 찾아온 거야? 시간 역행의 탄환을 이용하면서까지 이 시대에 온 걸 보면, 단순히 관광이나 하려고 온 건 아닐 것 같은데 말이야."

"……"

시도는 뒤쪽— 방금까지 〈팬텀〉이 있었던 공원 쪽을 힐끔 쳐다보았다. 그 공원의 상공에는 아직 찬란한 빛을 뿜는 정령이 나타나지 않았다.

그 사실을 확인한 시도는 입을 열었다.

"너…… 나를 알아?"

"……응, 잘 알아."

시도의 말을 들은 〈팬텀〉은 대답했다. 시도는 긴장한 탓에 손가락이 떨려왔다.

"그럼 가르쳐줘. 나는 대체…… 뭐야? 이 힘은 대체 뭐냔 말이야."

"……"

그 질문을 들은 〈팬텀〉은 몇 초 동안 침묵을 지켰다.

그리고 고개를 내젓는 듯한 시늉을 한 후, 입을 열었다.

"……마음 같아서는 대답해주고 싶지만, 미래의 네가 어떤 상황에 처해 있는지 모르는 상태에선 가르쳐줄 수 없어. ―게다가 지금은 우리 대화를 훔쳐듣고 있는 애도 있잖아."

"뭐……?"

시도가 눈을 동그랗게 뜨자 〈팬텀〉은 모든 것을 꿰뚫어 보고 있다는 듯이 말했다.

"……토키사키 쿠루미. 내 말 듣고 있지?"

『……어머나, 어머나.』

〈팬텀〉의 말에 답하듯, 쿠루미는 시도의 머릿속에서 낮은 목소리를 냈다.

"……볼일은 그게 다야? 그럼 『시간』을 꽤나 사치스럽게 낭비하는 것 같네."

"……아니."

그 말을 들은 시도는 고개를 살짝 숙이더니 고개를 내저었다.

"방금 그건 개인적인 질문이야. 너를 찾아온 이유는 따로 있어."

"……그게 뭔데?"

"지금 바로, 이 자리에서 사라져줘."

시도는 〈팬텀〉에게 하고 싶은 말이 산더미처럼 있었다. 시도의 과거를 알고 있을 법한 인물을 겨우 찾아낸 것이다. 알고 싶다. 솔직하게 말하자면, 이 『무언가』에게서 자신에 관한 정보를 알아내고 싶다.

하지만. 지금 시도가 해야 할 말은 단 하나뿐이다. 그가 가장 우선해야 하는 일은 오리가미의 반전을 저지하는 것이다.

"……그건 『너를 죽이겠다』는 말의 시적 표현?"

하지만 〈팬텀〉은 가라앉은 표정을 지으면서 한숨을 내쉬었다.

"뭐…… 이런 사태가 벌어질 것을 전혀 예상하지 못한 것은 아냐. 몇 년 후의 네가 괴팍하기 그지없는 시간의 정령에게 사랑받게 된다면, 이런 상황이 벌어질 가능성도 있다고 생각했어. ―가능하면 상상조차 하고 싶지 않았지만 말이야."

"……."

아무래도 〈팬텀〉은 시도가 시간을 넘어 자신을 죽이러 왔다고 생각하는 것 같았다. 그 말을 들은 시도는 아무 말 없이 주먹을 쥐었다.

〈팬텀〉에게 눈곱만큼의 적의도 느끼지 않는다면 아마 거짓말이리라. 어린 코토리에게 그런 고통을 준 〈팬텀〉을, 시도는 아직도 용서하지 못했다.

하지만, 시도는 지금 이 자리에서 〈팬텀〉을 어찌 할 생각은 전혀 없었다. 그는 마음을 진정시키기 위해 심호흡한 후 고개를 저었다.

"……그런 뜻에서 한 말이 아냐. 한시라도 빨리 피신해줬으면 하는 것뿐이라고. 너도 인계라는 곳에 갈 수 있지?"

"……흐음?"

〈팬텀〉은 시도의 말에 관심이 생긴 듯한 반응을 보였다.

"그런 말을 하는 이유를 물어도 돼?"

"그건……."

그 말을 들은 시도는 말끝을 흐렸다.

이유는 단순했다. 지금 자신의 눈앞에 있는 소녀의 의도와 목적을 모르기 때문이다.

오리가미가— 5년 후의 미래에서 〈팬텀〉이 정령으로 만든 소녀가 〈팬텀〉을 해치우기 위해 과거로 왔다는 걸 알려주는 것은 쉽다. 그리고 그 결과 오리가미가 반전하게 되고, 시도는 그것을 막기 위해 과거에 왔다는 사실을 전하는 것도 어렵지는 않았다.

하지만 〈팬텀〉의 목적이 DEM의 아이작·웨스트코트와 마찬가지로 정령을 반전시키는 것이라면, 이 정보를 알려주는 것 자체가 역효과를 부르게 되리라.

"……."

대체 뭐라고 말하면 좋을까. 시도가 그것을 고민하고 있을 때, 〈팬텀〉은 조바심이 난 것처럼 한숨을 내쉬었다.

"……뭐, 대답할 수 없으면 안 해도 돼. —그리고, 미안하지만 대답은 NO야. 아직 해야 할 일이 조금 남았거든."

"뭐……!"

〈팬텀〉의 대답을 들은 시도는 입에 거품을 물었다.

"기다려! 잠시 후면 이 시대에—."

시도는 오리가미에 대해 말해주기 위해 입을 열었다. 하지만— 그 순간, 시도의 몸은 보이지 않는 커다란 손에 잡힌 것처럼 꼼짝도 할 수 없었다.

감각적으로는 AST나 DEM의 마술사(위저드)가 전개한 임의 영역(테리터리)에 속박당했을 때와 비슷했다. 손가락 하나 까딱하는 것조차 힘든 데다, 목소리를 낼 수가 없었다.

『시도 씨. 왜 그러시죠?』

쿠루미가 의아한 목소리로 그렇게 말했지만, 시도는 대답할 수가 없었다.

바로 그때, 〈팬텀〉이 시도를 향해 천천히 다가왔다.

그리고 시도의 볼에 자신의 손을 살며시 댔다.

—그 순간.

"……읏?!"

말로 형용하기 힘든 감각이 시도의 온몸을 관통하고 지나갔다.

"아—."

이유는 알 수 없었다. 하지만, 시도는 확신했다.

시도는 이 감촉을 알고 있다.

—시도는, 눈앞에 있는, 소녀의 모습을 한 『무언가』를, 알고 있다.

"……오늘은 시간의 정령에게 감사해야겠네."

〈팬텀〉이 시도의 볼에 손을 댄 채 낮은 목소리로 말했다.

"때가 되면 다시 만나자. 그때는—."

시도를 바라보며, 말을 이었다.

"——절대 놓치지 않을 거야. 절대 실수하지 않을 거야."

바로 그 말을, 말이다.
"————어?!"
시도는 무심코 숨을 삼켰다.
어디서 들었는지는 알 수 없다. 언제 들었는지도 알 수 없다. 하지만 시도는 분명 그 말을 들은 적이 있었다.
"……, ……."
"너는 대체 누구야?"라고 말하고 싶었지만, 입에서 말이 나오지 않았다.
〈팬텀〉은 그런 시도의 볼에서 손을 뗐다. 그리고 다시 노이즈로 몸을 감싸더니, 지면을 박차면서 하늘로 날아올랐다.
그리고 몇 초 후. 시도가 아무리 점프를 해도 닿지 않을 높이까지 〈팬텀〉이 날아오른 순간, 드디어 시도의 몸을 옭아매고 있던 보이지 않는 힘이 약해졌다.
"크, 윽…… 코, 콜록, 콜록……."
무너지듯 지면에 무릎을 댄 시도는 기침을 토했다. 하지만 지금은 그런 짓을 할 때가 아니었다. 시도는 얼굴을 들어 하늘을 올려다보았다.
"저 녀석은— 대, 체……."
하지만, 바로 그때.

동쪽 하늘에서 공중에 떠 있는 〈팬텀〉을 향해 한줄기 광선이 뿜어졌다.

“……아! 저건―!”

어깨를 부르르 떨면서 광선이 뿜어져 나온 방향을 쳐다본 시도는 그 자리에서 얼어붙고 말았다.

그곳에는 한 소녀가 있었다. 찬란하게 빛나는 순백의 영장. 소녀의 살의를 구현하듯 원수를 조준하고 있는 『깃털』들. 파멸을 흩뿌리는 빛의 정령이 그곳에 있었다.

그렇다. ―토비이치 오리가미가 온 것이다.

“오리가미……!”

시도는 비명에 가까운 목소리로 오리가미의 이름을 불렀다.

하지만 자신의 목소리가 그녀에게 닿을 리가 없었다. 오리가미가 〈팬텀〉을 포착하자, 깃털 형태 천사의 끝에서 수많은 광선이 비처럼 뿜어져 나왔다.

〈팬텀〉은 믿기지 않을 만큼 가벼운 움직임으로 그 광선들을 피하면서 하늘 위를 미끄러지듯 이동했다. 하지만 오리가미는 포기하지 않았다. 도망치는 〈팬텀〉을 쫓으면서 하늘에 쉴 새 없이 빛으로 된 선을 그었다.

하늘 위에서 펼쳐지고 있는 것은 몇 분 전― 시도가 5년 전의 쿠루미에 의해 두 번째 시간 역행을 하기 전에 본 것과 똑같은 광경이었다.

조금 전에 쿠루미가 했던 말이 시도의 머릿속을 스치고 지나갔다.

—만약 세계가, 원래 역사를 최대한 재현하려 한다면—.

"젠장……!"

머릿속에 떠오른 체념이라는 단어를 떨쳐내려는 듯이 고개를 세차게 흔든 시도는 두 사람을 쫓기 위해 필사적으로 내달렸다.

"그런 결말이 되풀이되게— 놔둘 수는 없어……!"

조금 전에 본 광경이 시도의 뇌리를 스치고 지나갔다.

하늘에서 뿜어진 빛. 산산조각 난 채 주위에 흩뿌려진 인간의 잔해.

그리고 증오와 복수에 물들어 버리고 만, 조그마한 소녀의 눈동자.

오리가미는 부모님을 지키려 하는 것뿐이다. 정해지고 만 운명을 바꾸려 하는 것뿐이다.

그것이, 그런 순수한 감정이, 이런 비극을 부르는 것을 용납할 수 없다.

그런 결말은—.

"내가…… 바꿔주겠어!"

시도는 고함을 지르면서 발에 더욱 힘을 줬다.

엄청난 속도로 공중전을 벌이는 오리가미와 〈팬텀〉을, 두 발로 뛰는 시도가 제대로 쫓을 수 있을 리가 없다.

하지만— 시도의 목적은 저 두 사람을 쫓는 것이 아니었다. 그는 망설임 없이 불꽃에 휩싸인 마을 안을 내달렸다.

그리고 잠시 후, 시도는 목적지에 도착했다.

『일전의 세계』에서, 오리가미의 부모님이 죽은 장소에 말이다.

그렇다. 시도가 막아야 하는 것은 오리가미와 〈팬텀〉의 싸움이 아니다. 오리가미가 부모님을 자기 손으로 죽이는 것을 막아야만 했다.

"……아! 찾았다……!"

붉은색으로 물든 마을 안을 내달리던 시도는 눈을 치켜떴다.

그의 눈에 5년 전의 오리가미— 그리고 약간 떨어진 곳에 있는 그녀의 부모님이 들어온 것이다.

이제 시도에게 남은 방법은 하나뿐이다. 오리가미와 〈팬텀〉이 마주치는 것을 저지하지 못한 이상, 오리가미의 부모님을 안전한 장소로 대피시키는 것 외에는 역사를 바꿀 방법이 없다.

불행 중 다행인 것은, 화재가 마을 전체를 뒤덮고 있다는 점이다. 이런 비상시국에는 처음 보는 남자가 대피를 도와도 결코 이상해 보이지는 않을 것이다. 오리가미의 부모님이 시도의 지시에 따라 이 자리를 벗어날 가능성은 충분히 있었다.

하지만—.

"……윽! 아—."

시도는 눈을 치켜뜨면서 온몸을 딱딱하게 굳혔다.

이유는 매우 단순했다. 어느새 상공— 오리가미 부모님의 머리 위에, 정령·오리가미와 〈팬텀〉이 떠 있었던 것이다. 격렬한 난전을 벌이던 둘은 자신들도 모르는 사이에 이곳까지 이동하고 만 것 같았다.

"크……!"

시도가 이를 간 순간, 오리가미가 몇 발의 광선을 발사해서 〈팬텀〉의 퇴로를 차단했다.

그리고 그와 동시에 깃털 형태의 천사를 결집시켜 만든 포문을 아래쪽— 지상을 향하게 했다.

『조금 전』과 완벽하게 똑같은 광경을 본 시도의 얼굴은 새파랗게 질렸다.

"안 돼, 오리가미!"

고함을 질렀지만, 그의 목소리는 오리가미에게 전해지지 않았다.

이제 오리가미의 부모님을 피난시킬 시간은 없다. 다음 순간이면 필멸(必滅)의 일격이 고통을 느낄 시간조차 주지 않고 저 두 사람을 천국으로 보내버리리라.

"빌어먹을……!"

시도는 다리에 힘을 주면서 지면을 박찼다.

『시도 씨?!』

시도가 예상치 못한 행동을 취하자, 쿠루미의 놀란 목소리가 그의 머릿속에 울려 퍼졌다.

하지만 시도는 이것 외의 다른 방법이 생각나지 않았다.

—그 순간, 결집된 천사가 지상을 향해 거대한 광선을 뿜었다.

"우오오오오오오오오오오오오오오오오오오오오오오오오—!"

시도는 그와 동시에 목청껏 고함을 지르면서 오리가미의 부모님을 향해 몸을 날리더니— 있는 힘껏 두 사람을 밀쳐냈다.

"우왓……?!"

"꺄아—."

느닷없이 밀쳐진 오리가미의 아버지와 어머니가 비명을 질렀다.

혼신의 힘을 다해 밀쳐냈으니, 어쩌면 무릎 정도는 까질지도 모른다.

—하지만 그 정도는 이해해줄 것이다.

자신이 생각해도 정말 바보 같은 방법을 선택하고 말았다. 그런 생각이 든 시도는 시야가 새하얀 색으로 물들어가는 와중에 자조하듯 입술을 일그러뜨렸다.

"——아!"

바로 그때, 누군가의 목소리가 그의 고막을 흔들었다.

한순간, 쿠루미의 목소리라고 생각했지만 그렇지 않았다. 그 목소리는 머릿속에서 들려온 것이 아니었다.

그리고 시야가 새하얀 빛으로 가득 차기 직전, 시도는 눈치챘다. 그것은 눈앞에 있는 어린 오리가미의 입에서 나온 목소리였다.

한순간, 시도와 오리가미의 시선이 마주쳤다.

그녀의 눈동자에서는 아직 복수의 불꽃이 타오르고 있지 않았다. 증오의 응어리로 가득 차 있지 않았다.

"아아— 다행이야."

시도는 그렇게 중얼거린 후, 새하얀 빛에 휩싸이면서 의식을 잃었다.

제8장 데빌

"으응……."

시도는 낮은 신음을 흘리면서 눈을 떴다.

아무래도 시도는 침대에 엎드려 있는 것 같았다. 왼쪽 볼에 닿은 베개가 왼쪽 눈을 뜨지 못하게 하고 있었다. 왼팔은 오랫동안 시도의 몸 밑에 깔려 있었는지 감각이 없었다.

"하아암……."

시도는 하품을 하면서 침대 위에서 몸을 뒤집은 후, 상체를 일으켰다.

몸 밑에 깔려 있던 탓에 감각이 없었던 왼팔이 점점 저리기 시작했다. 시도는 "아야야야……." 하고 중얼거리면서 주위를 둘러보였다.

그러자 평소와 다름없는 자신의 방이 눈에 들어왔다. 눈에 익은 벽과 바닥, 천장, 그리고 가구. 어제는 피곤했었는지 시도의 교복 상의가 의자에 아무렇게나 걸쳐져 있었다. 평소의 그라면 옷걸이에 단정하게 걸어놨을 것이다.

바로 그때.

"……어라?"

위화감을 느낀 시도는 눈을 깜빡였다.

어제 자신이 어떻게 이부자리에 들어갔는지 기억이 나지 않았다. 아니, 어제가 몇 월 며칠 무슨 요일이었는지도 생각이 나지 않았다. 분명 잠들기 전에는—.

"……앗!"

시도의 머릿속에서, 산산조각 나 있던 정보가 하나로 규합되었다. 그리고 그가 의식을 잃기 전에 본 광경이 그의 머릿속에 떠올랐다.

불길에 휩싸인 마을. 자신을 향해 뿜어진 빛. —시도는 깜짝 놀라면서 자신의 몸을 쳐다보았다.

겉보기에는…… 딱히 다친 구석이 없어 보였다. 강력하기 그지없는 천사의 일격을 정통으로 맞았는데도 시도의 몸에는 아무런 이상도 없었다. 치유의 불꽃 덕분에 무사한 것일까. 아니면— 빛이 시도를 불태우기 직전, 【유드·베트】의 효과 시간이 끝나면서 시도의 몸이 강제적으로 원래 세계로 돌아온 것일까.

뭐, 어느 쪽이든 간에 시도가 살아남았다는 사실에는 변함이 없었다. 시도는 그렇게 생각하면서 한숨을 내쉬었다.

하지만 다음 순간, 다음 의문이 시도의 머릿속에 떠올랐다. 그는 허둥지둥 침대에서 나온 후, 방의 커튼을 걷고 창문을 활짝 열었다.

"여기는……."

시도는 낮은 목소리로 그렇게 중얼거리면서 창밖을 쳐다보았다. 창밖에 펼쳐져 있는 것은 텐구 시 동(東) 텐구에 존재하는 주택가였다. 오른쪽을 쳐다보자 정령들이 사는 거대한 맨션이 눈에 들어왔다.

"—쿠루미! 쿠루미!"

시도는 관자놀이에 손을 댄 후, 자기 자신의 머릿속을 향해 말했다.

하지만 아무리 기다려도 쿠루미의 목소리는 들리지 않았다.

하지만 그것도 무리는 아니었다. 【테트】는 다른 시간 축에 있는 대상과 의식을 이어주는 탄환이라고 쿠루미는 말했다. 그 말은 그 탄환을 쏜 쿠루미와 같은 시간에 존재하는 자를 상대로는 효과를 발휘하지 않는다는 뜻이리라.

그렇다. 시도는 돌아오고 만 것이다.

5년 전의 텐구 시에서, 원래 세계로 말이다.

"아니……."

시도는 낮은 목소리로 그렇게 중얼거렸다. —정확하게 말하면 달랐다.

시도의 시야에 들어온 것은 **시도가 평소 자주 봐온 광경**이었다.

주택가에 세워진 가옥들도, 도로도, 전부 무사했다. 즉—

반전한 오리가미에 의해 파괴된 텐구 시가 아닌 것이다.

"……윽!"

그 사실을 인식하는 것과 동시에, 창문을 열어놓은 채 방에서 뛰쳐나온 시도는 허겁지겁 계단을 내려갔다. 그리고 그대로 거실로 뛰어가 거실 문을 열어젖혔다.

그러자 거실 소파에 앉아 텔레비전을 보던 조그마한 소녀 — 코토리가 깜짝 놀랐는지 도토리 같은 눈을 더욱 동그랗게 뜨면서 시도를 쳐다보았다.

"오~? 오빠~ 아침부터 힘이 넘치네~."

새하얀 리본으로 긴 머리카락을 둘로 나눠 묶은, 활발해 보이는 소녀였다. 시도보다도 일찍 일어난 듯한 그녀는 이미 등교 준비를 마쳤는지 교복을 입고 있었다.

여동생의 느긋한 목소리를 들은 시도는 그대로 고함을 질렀다.

"코토리……! 너, 무사했구나!"

"……뭐?"

시도가 숨을 헐떡이면서 그렇게 말하자, 코토리는 무슨 소리를 하는 건지 모르겠다는 듯이 고개를 갸웃거렸다.

"……오빠, 잠 덜 깼어?"

그 말을 들은 시도는 어깨를 부르르 떨었다.

하지만 시도가 이러는 것도 무리는 아니었다. 『원래 세계』에서는 오리가미가 〈프락시너스〉를 격추한 이후, 안에 타고 있던 코토리와 승무원들의 안부가 불확실했던 것이다.

“……코토리. 오늘은 몇 월 며칠이야?”

“응? 11월 8일인데, 그게 왜?”

코토리는 걱정스러운 눈빛으로 시도를 쳐다보면서 말했다.

하지만 코토리가 방금 한 말은, 시도에게 있어 최고의 보고였다. 시도의 기억이 옳다면, 그 날은— 반전한 오리가미가 마을을 파괴한 날의, 다음 날인 것이다.

“——아아—.”

시도는 금방이라도 울음을 터뜨릴 것 같은 표정을 지으면서 코토리에게 다가가더니, 그대로 그녀를 양손으로 꼭 끌어안았다. 그러자 깜짝 놀란 코토리의 눈이 휘둥그레졌다.

“꺄앗?!”

“코토리…… 코토리……! 다행이야…… 정말—.”

“꺄앗! 꺄앗!”

코토리는 시도에게 안긴 채 버둥거렸다. 그 와중에 코토리에게 배를 걷어차인 시도는 그대로 몸을 웅크렸다.

하지만 지금은 그 고통조차도 반가웠다. 달성감과 안도감이 끝없이 시도의 마음속에서 샘솟았다.

“……왜 그래? 오빠, 좀 이상해.”

볼을 붉힌 코토리는 양손으로 자신의 가슴을 가리면서 그렇게 말했다. 뭐, 시도가 역사를 바꾼 세계에서 살아온 코토리의 입장에서는 시도가 이상해 보일 것이다.

“……어이, 코토리. 내가 어제 세계의 운명을 바꿨다면 믿겠어?”

"뭐?"

코토리는 눈을 치켜뜬 후, 미간을 살짝 찌푸렸다.

"오빠, 무슨 소리 하는 거야? 과대망상증이 재발한 거야?"

그리고 손가락으로 턱 언저리를 긁적이면서 그렇게 말했다. 시도의 말을 믿지 않는……다기보다, 무슨 말을 하는 것인지 모르는 듯한 눈치였다.

하지만― 그걸로 충분하다. 시도는 쓴웃음을 지으면서 손을 가볍게 내저었다.

"으음…… 아무래도 잠이 좀 덜 깬 것 같아. ―금방 아침 만들 테니까 잠시만 기다려."

"으, 응……."

코토리는 미심쩍은 표정을 지으면서 고개를 끄덕였다. 시도는 가볍게 어깨를 으쓱한 후 얼굴을 씻기 위해 세면대로 향했다.

때를 봐서 코토리에게도 자신이 과거를 바꿨다는 사실을 보고해야만 할 것이다. 그것도 그럴 것이, 시도에 의해 세계 그 자체가 바뀌고 만 것이다. 앞으로의 일을 생각하면 〈라타토스크〉 측에도 이 사실을 알려야만 할 것이다.

하지만 아무리 생각해도 망상이나 잠꼬대 같은 이 일을 대체 어떻게 설명하면 믿어줄까. 시도는 볼을 긁적이면서 낮은 신음을 흘렸다.

코토리와 함께 아침을 먹은 시도가 등교 준비를 하고 집에서 나와 보니, 눈에 익은 소녀가 그의 집 앞에 서 있었다.

"오오, 왔느냐, 시도! 좋은 아침이다!"

칠흑빛 머리카락과 수정을 연상케 하는 눈동자를 지닌 아름다운 소녀가 시도를 향해 힘차게 손을 흔들고 있었다. —야토가미 토카. 시도의 클래스메이트 겸 이웃사촌이다.

"안녕, 토카. 좋은 아침이야. 많이 기다렸지?"

"실은 나도 방금 집에서 나오는 길이다. 타이밍이 딱 맞았구나!"

토카는 만면에 미소를 지으면서 그렇게 말했다. 그녀의 순진무구한 표정을 본 시도는 무심코 웃음을 터뜨렸다.

"음? 왜 그러느냐?"

"아, 아무것도 아냐. ……그것보다 자, 받아."

시도는 그렇게 말하면서 들고 있던 도시락 가방을 토카에게 건넸다. 자신과 코토리의 도시락과 함께 토카의 도시락을 싸는 것이 시도의 일과였다. 오늘은 늦게 일어났기 때문에 매점에서 간단히 사 먹을까 생각했지만…… 오랜만에 맞이한 『일상』을 조금이라도 평소와 가깝게 만들기 위해 서둘러 도시락을 준비했다.

"오오……! 고맙다, 시도! 참, 그러고 보니 오늘 반찬은 한입 돈가스겠구나."

하지만 토카가 한 말을 들은 시도는 고개를 갸웃거렸다.

"뭐?"

"음……? 왜 그러느냐? 어제 헤어질 때, 오늘 반찬은 한입 돈가스라고 네가 말했다만……."

미간을 살짝 모은 토카는 턱에 손을 댄 채 생각에 잠겼다.

시도는 그 모습을 보고 눈치챘다. 자신은 그런 말을 한 적이 없지만, 아마 토카는 시도에게서 그 말을 들은 것이리라.

이 세계는, 시도가 5년 전에 오리가미의 부모님을 구한 덕분에 그녀가 반전하지 않은 세계다.

그렇기 때문에 텐구 시는 파괴되지 않았다. 그리고 그 결과 시도는『어제』, 평범한 일상을 영위했다.

하지만 몇 시간 전까지 5년 전 세계에 있었던 시도는 이 세계에서의『어제』에 해당하는 기억을 가지고 있지 않았다.

토카와 코토리를 보아하니, 이 세계는 원래 세계와 크게 다르지 않은 것 같았다. 하지만 세세한 부분에서는 꽤 차이를 보이고 있는 듯했다. ……가능한 한 빨리 그런 점들을 확인해 보는 편이 좋을지도 모른다.

"아…… 미안, 토카. 재료가 다 떨어져서 메뉴를 바꿨어."

"으음, 그런 것이냐. 하지만 미안해할 필요는 없다. 시도가 만든 음식은 뭐든 맛있으니까 말이다! 그럼 오늘 도시락 반찬은 무엇이냐?"

"아, 다진 고기볶음과 스크램블 에그, 완두콩으로 3색 도시락을 만들어봤어. 참, 달걀은 설탕으로 간했어."

"뭐, 뭐어……?! 그, 그야말로 최강의 도시락이지 않느냐!"

볼이 빨갛게 달아오른 토카는 흥분한 어조로 말했다. 아무래도 변경된 메뉴도 꽤 마음에 든 것 같았다.

토카가 도시락 가방을 끌어안고 덩실덩실 춤추고 있을 때, 맨션에서 이쪽을 향해 걸어오는 두 소녀의 모습이 시도의 눈에 들어왔다.

"크큭, 아침부터 마중 나오느라 수고 많았다. 나의 종복이여."

"해석. 좋은 아침이에요. 시도, 토카."

야마이 카구야와 야마이 유즈루. 판으로 찍어낸 것처럼 똑같이 생긴 쌍둥이다. 언뜻 보기에는 누가 누구인지 알 수 없을 만큼 똑같이 생겼다. 하지만 유심히 보면 헤어스타일과 표정 차이, 그리고 신의 장난이라고 해도 과언이 아닐 정도로 비극적인 체형 차이를 통해 두 사람을 구분할 수 있었다.

"……응? 시도. 그대, 지금 무척 무례한 생각을 하고 있는 것 아니냐?"

자신만만한 표정을 짓고 있는 호리호리한 체구의 소녀— 카구야가 양손으로 어깨를 감싸는 듯한 자세를 취하면서 도끼눈을 떴다. 그 모습을 본 시도는 허둥지둥 고개를 저었다.

"무, 무슨 소리 하는 거야. 아무 생각도 안 했어."

"정말이냐……? 방금 그 말이 허언이라면 대역죄로 다스리겠느니라."

"충고. 과민 반응하지 마세요, 카구야."

이번에는 머리카락을 땋은 글래머러스한 소녀— 유즈루가 카구야의 어깨에 손을 얹으면서 말했다.

"하지만 방금, 찰나에 가까운 시간 동안 시도의 눈이 나와 유즈루의 가슴을 왕복한 것 같았단 말이다."

"설명. 그건 남자에게 있어 조건 반사적인 행동이에요."

"……어이."

변호 축에도 들어가지 못할 듯한 유즈루의 발언을 들은 시도는 식은땀을 흘렸다.

"오호라. 우리의 매력에 몸이 반응하고 말았다는 게냐. 크큭, 그렇다면 용서해줄 수밖에 없겠구나. 야마이의 매력을 거부하는 것 자체가 불가능에 가까운 일이니 말이야."

"동의. 맞아요. 카구야가 평소 시도를 보면서 이런저런 망상을 한다고 해서 남들도 다 그럴 거라고 생각하는 건 좋지 않아요."

"그, 그런 망상 한 적 없느니라~!"

카구야가 얼굴을 새빨갛게 붉히면서 고함을 질렀다. 그러자 유즈루는 그런 카구야의 반응을 재미있어 하듯 "미소. 푸푸풉."이라고 말하면서 손으로 입을 가렸다.

"의문. 정말인가요? 그럼 카구야가 매일 밤 쓰는 일기의—."

"자…… 잠깐! 꺄아~! 꺄아아아아앗!"

카구야가 갑자기 날뛰기 시작하며 유즈루의 어깨를 양손으로 두드려대기 시작했다.

"도주. 꺄아~."

긴장감이라고는 눈곱만큼도 느껴지지 않는 목소리로 그렇게 말한 유즈루는 그 자리에서 도망치기 시작했다. 그런 그녀를 카구야가 쫓기 시작했고, 두 사람은 시도의 주위를 빙글빙글 돌기 시작했다.

"……하하."

그런 두 사람을 본 시도는 무심코 웃음을 터뜨렸다.

시도의 반응을 본 카구야와 유즈루는 영문을 모르겠다는 표정을 지었다.

"시, 시도 왜 그래? 마치 인생을 달관한 것 같은 표정인데……."

"동의. 하룻밤 사이에 확 늙어버린 것 같아요."

시도를 사이에 둔 카구야와 유즈루는 미간을 살짝 찌푸리면서 그렇게 말했다. 두 사람의 말을 들은 시도는 얼버무리듯 고개를 저었다.

"아무것도 아냐. —그것보다 계속 이러고 있다간 지각할 거야."

시도의 말을 들은 카구야와 유즈루는 서로를 바라본 후, 동시에 한숨을 내쉬면서 어깨를 으쓱했다.

"흥…… 완전히 김새버렸구나. 좋다. 시도를 봐서 특별히 용서해주겠노라. 하지만 다음에는 봐주지 않겠느니라. 나의 어둠을 파헤치려는 자에게는 저승사자의 손길이 닿을 줄 알거라."

"조소. 나의 어둠(웃음). 어둠이란 카구야의 침대 밑에 숨겨져 있는 그걸 말하는 건가요?"

"뭐……. 어, 어떻게 그걸 아는 거야아아아아아아앗!"

"도주. 먼저 갈게요."

유즈루는 그렇게 말하면서 시도와 토카를 향해 손을 흔들더니, 학교를 향해 뛰어가기 시작했다.

"기다려어어어엇! 지, 진짜로 어떻게 안 거야?! 어떻게 안 거냐구우우우웃!"

그리고 카구야는 비명에 가까운 고함을 지르면서 유즈루를 쫓았다. 영력이 봉인되었다고는 해도, 역시 바람의 정령은 빨랐다. 그녀들의 모습은 순식간에 시도의 시야에서 사라졌다.

"……우리도 가자."

"음? 좋다. 그러자꾸나!"

시도가 어깨를 으쓱이며 그렇게 말하자, 토카는 눈을 깜빡이면서 고개를 끄덕였다.

그 후, 나란히 서서 통학로를 걷던 두 사람은— 이윽고 학교에 도착했다.

교문을 통과한 시도는 실내화로 갈아 신은 후, 복도와 계단을 통해 2학년 4반 교실 앞으로 이동했다.

"……."

하지만 교실 문의 손잡이를 잡은 시도는 갑자기 움직임을 멈췄다.

이유는 단순했다. 시도의 왼쪽 옆자리에 앉는 소녀— 오리가미에게 무슨 말을 해야 할지 감이 오지 않았기 때문이다.

역사를 바꾼 영향을 가장 크게 받은 사람은 분명 오리가미일 것이다. 토카처럼 기억이 약간 바뀐 정도가 아니라, 더욱 큰 변화를 경험했을지도 모른다.

"시도. 들어가지 않을 것이냐?"

"으, 으응…… 들어가야지."

토카의 말을 들은 시도는 문손잡이를 잡은 손에 힘을 줬다.

그리고 불안감과 고양감이 뒤섞여 만들어진 기묘한 감각을 맛보면서 문을 열었다.

하지만—.

"……뭐야."

문을 열고 교실 안을 둘러본 시도는 쓴웃음을 지으면서 한숨을 내쉬었다.

시도의 왼쪽 옆자리에는 아무도 앉아 있지 않았다. 아무래도 오리가미는 아직 등교하지 않은 것 같았다.

괜히 긴장한 자신이 바보 같다는 생각이 든 시도는 머리를 긁적였다. 그리고 자신의 자리에 앉아 가방에서 1교시 수업 시간에 쓸 교과서와 공책을 꺼냈다.

하지만 그 후로 꽤 시간이 흘렀는데도 오리가미는 등교하지 않았다.

"으음……."

바로 그때, 토카가 낮은 신음을 흘리며 표정을 굳혔다.

"어? 토카, 왜 그래?"

"으음…… 왠지 뭔가가 부족한 것 같은…… 느낌이 드는구나."

"……부족하다고?"

토카의 말을 들은 시도는 고개를 갸웃거렸다. 하지만 시도가 토카에게 무슨 말을 하기도 전에 수업 시작을 알리는 벨이 울렸다.

그리고 교실 문이 열리더니, 안경을 쓴 조그마한 체구의 여성이 출석부를 안아 든 채 교실 안으로 들어왔다. 시도의 담임인 오카미네 타마에 선생님, 통칭 타마 선생님이었다.

그녀를 본 시도는 무심코 옅은 미소를 지었다.

왜냐하면 5년 전 세계에서 만났던 타마 선생님과 용모가 완벽하게 똑같았기 때문이다.

"이츠카 군? 제 얼굴에 뭐라도 묻었나요?"

"……아! 아, 아뇨. 죄송합니다."

타마 선생님이 의아한 표정을 지으면서 시도에게 질문을 던지자, 그는 허둥지둥 그렇게 대답했다. 그 말을 들은 타마 선생님은 가볍게 헛기침을 한 후, 출석을 부르기 시작했다.

시도의 성은『이츠카』이기 때문에 일본어 표기순인 출석 번호가 비교적 앞이다. 시도는 대답을 한 후, 아직 비어 있는 자신의 왼쪽 자리를 쳐다보았다.

"오리가미……."

결국 조례가 시작되었는데도 오리가미는 나타나지 않았다. 오늘은 결석하려는 걸까. 아니면 무슨 일이 있어서 지각이라도 하게 된 것일까.

시도가 그런 생각을 하고 있는 동안에도 타마 선생님은 계속 학생들의 이름을 불렀다.

"으음, 토노마치 군은 출석했군요. ……그럼 다음은 나카하라 양?"

"—어?"

타마 선생님이 부른 이름을 들은 시도는 무심코 얼빠진 소리를 내고 말았다.

하지만 그것도 무리는 아니었다. 남녀를 구분하지 않고 이름순으로 출석 번호를 매긴다면, 『토노마치 히로토』 다음은 『토비이치 오리가미』여야만 하기 때문이다. 결석을 했더라도 이름은 불러야 했다.

아무래도 시도의 얼빠진 소리는 꽤 컸던 것 같았다. 타마 선생님은 약간 놀란 듯한 표정을 지으면서 시도를 쳐다보았다.

"어머? 제가 무슨 실수라도 했나요~?"

"저, 저기……."

타마 선생님의 말을 들은 시도는 반사적으로 그 자리에서 벌떡 일어났다.

하지만 시도는 바로 입을 열 수가 없었다.

그 순간, 그의 머릿속을 스쳤던 것이다. —원래 세계에서, 오리가미가 『전학』을 갔었다는 사실이 말이다.

하지만 이대로 입을 다물고 있어서는 아무것도 알 수가 없다. 각오를 다진 시도는 입을 열었다.

"선생님, 오리가미는…… 어떻게 됐죠?"

두근, 두근 하는 소리를 내면서 심장이 뛰었다.

원래 세계의 오리가미가 『전학』을 갔던 것은 DEM인더스트리에 들어갔기 때문이다. 하지만 이 세계에 존재하는, 정령을 증오하지 않게 된 오리가미는 DEM에 들어갈 이유가 없었다. 그 사실을 알고 있는데도 불구하고, 시도의 머릿속에서는 타마 선생님의 입에서 흘러나올지도 모르는 최악의 대답이 소용돌이치고 있었다. ―"오리가미 양은 얼마 전에 전학 갔잖아요."라는 말이…….

하지만― 타마 선생님의 대답은 시도의 예상과 완벽하게 달랐다.

"―오리가미…… 씨? **그게, 대체 누구죠?**"

타마 선생님은 영문을 모르겠다는 표정을 지으면서 그렇게 말했다.

"예―?"

그 말을 들은 시도는 눈을 동그랗게 뜨면서 주위를 둘러보았다.

느닷없이 자리에서 일어나 입을 연 시도를 모든 클래스메이트가 주목하고 있었다. 그리고 그들은…… 시도가 입에 담은 이름을 듣고 의아해하고 있었다.

"……오리가미? 그게 뭐지? 사람 이름인 걸까?"

"이츠카 군이 선생님에게 학을 천 마리 접어서 선물한 건가[#1]?"

#1 이츠카 군이 선생님에게 학을 천 마리 접어서 선물한 건가 오리가미(折紙)라는 이름은 일본어로 종이접기를 가리킨다는 점을 이용한 언어유희.

"이츠카 군이 왜? 그리고 혼자서 천 마리나 접는 건 무리 아냐?"

"하지만 이츠카 군이라면 할 수 있을지도 몰라."

"아~ 그건 그래."

……이런 말들을 하고 있었다.

클래스메이트들을 둘러보던 시도는 자신의 호흡이 점점 거칠어져 가는 것이 느껴졌다.

그들이 농담을 하는 것 같지는 않았다.

즉, 다들 토비이치 오리가미라는 이름의 소녀를 모르는 것이다.

"……아— 그렇, 구나—."

시도는 숨을 가늘게 내쉬었다. 그와 동시에 온몸에서 힘이 빠져나가 양손을 축 늘어뜨렸다.

—지금 생각해보니 말도 안 되는 일은 아니었다. 가능성 자체는 충분했기 때문이다. 하지만 시도는 머릿속 한편으로 그 가능성을 부정하고 있었던 것일지도 모른다.

어린 오리가미가 부모님과 함께 무사히 화재 현장에서 빠져나왔다면, 가족들과 함께 새로운 집으로 이사했을 것이다. 어쩌면 아직도 난코쵸에서 살고 있을지도 모르고, 이츠카 가처럼 다른 동네로 이사갔을지도 모른다. 그렇다면 오리가미가 라이젠 고교 외의 다른 학교에 다닐 가능성이 충분히 존재했다.

5년 전, 시도는 분명 역사를 바꿨다. 과거에 발생했던 참극을, 발생하기 전에 저지하는 데 성공한 것이다.

하지만 그렇다고 해서 모든 역사가 시도의 의향에 맞게 변했을 거라고 볼 수는 없었다.

이 세상에서 발생하는 모든 일은 보이지 않는 선으로 이어져 있다.

시도가 해낸 일을 계기 삼아 이 세상에서 그가 의도하지 않은 일이 발생하는 것은 필연이라 해도 과언이 아니었다.

"……선생님, 죄송합니다. 제가 잠시 착각한 것 같아요. 정말 죄송합니다."

시도는 그렇게 말한 후, 무너지듯 의자에 주저앉았다.

그런 시도를 본 타마 선생님은 잠시 걱정스러운 표정을 지은 후, 다시 출석을 부르기 시작했다.

"……."

시도는 그런 타마 선생님의 목소리를 멍하니 들으면서 아무 말 없이 왼쪽에 있는 빈자리를 쳐다보았다.

―슬퍼할 일도, 걱정할 일도 아니다.

5년 전에 죽었어야 할 부모님이 살아남았으니, 오리가미가 정령을 증오할 이유가 없다.

오리가미는 분명 이 세계의 어딘가에서 행복하게 살고 있으리라. 그녀는 그야말로 해피엔딩을 맞이한 것이다.

오리가미에게 있어 원래 세계는 그야말로 악몽이나 다름없었다. 그녀는 행복으로 가득 찬 세계에서 살아야만 하는 여자애다. 부모님에게 사랑 받으면서 자라야만 하는 소녀인 것이다.

그렇다. 잘된 일이다.

세계는— 처음부터 이랬어야만 했다.

"……시도?"

바로 그때, 오른쪽 자리에서 토카의 목소리가 들렸다. 그녀의 목소리에는 의아함과 걱정이 담겨 있었다.

"아…… 토카, 왜 그래?"

"그건…… 내가 할 말이다. 어디 아픈 것이냐……?"

"뭐……?"

그 말을 듣고서야 시도는 눈치챘다.

—자신의 볼을 타고 흘러내린 눈물이 책상에 떨어지고 있다는 것을…….

"아……."

허둥지둥 교복 소매로 눈물을 닦은 시도는 토카를 향해 "괜찮아." 하고 말했다.

토카는 눈썹을 살짝 찌푸리긴 했지만, 괜찮다고 말하는 시도를 추궁하는 것은 좀 그렇다고 생각했는지 더는 아무 말도 하지 않았다.

"왜……."

—눈물이 나는 것일까.

시도는 독백하듯 중얼거렸다.

오리가미가 행복하게 살고 있다는 사실을 알고 기쁨의 눈물이 나는 것일까. 아니면— 오리가미와 더는 만날 수 없게 되었다는 사실 때문에 슬픔의 눈물이 나는 것일까. 시도는

알 수 없었다.

하지만.

시도는 생각했다.

그렇다. 생각하고 말았다.

과거, 복수심에 사로잡혀, 평범한 소녀로서 살 수 없었던 오리가미.

눈물과 미소를 버린 채, 항상 전장에 몸을 두며 살아온 오리가미.

그런 그녀가 평범하게 웃는 모습을, 단 한 번이라도 좋으니 보고 싶다고— 말이다.

◇

"……."

저녁. 검은색 리본으로 머리카락을 묶은 코토리는 자택 거실에 있는 소파에 거꾸로 앉아 부엌을 지그시 바라보고 있었다.

부엌에서는 그녀의 오빠이자 짜증 날 정도로 하늘색 앞치마가 잘 어울리는 시도가 저녁 준비를 하고 있었다.

그 광경 자체에는 딱히 이상한 점이 없었다. 하지만 그녀가 이렇게 시도를 쳐다보는 것에는 다 이유가 있었다. 시도가 오늘 아침부터 조금 이상했기 때문이다.

아침에 일어나자마자 엄청난 기세로 계단을 뛰어내려오더

니, 날짜를 확인한 후 코토리를 꼭 끌어안은 채 아직 꿈나라를 헤매고 있는 듯한 소리를 해댔다. 그리고 저녁에는 가라앉을 대로 가라앉은 얼굴로 학교에서 돌아온 것이다. 대체 무슨 일이 있었기에 이렇게 텐션이 극과 극을 달리고 있는 것일까.

"……흥."

코토리는 가볍게 코웃음을 친 후, 물고 있던 막대 사탕의 막대 부분을 흔들면서 돌아앉았다.

왠지 기분이 나빴다.

—자신이 모르는 사이에 시도의 마음을 저렇게 뒤흔드는 일이 일어났다는 게 왠지 마음에 들지 않은 것이다.

코토리가 언짢은 표정을 지으며 다리를 바꿔 꼬자, 그녀와 마찬가지로 시도를 바라보고 있던 요시노가 걱정스러운 목소리로 입을 열었다.

"시도 씨…… 무슨 일 있었던 걸까요?"

부드러워 보이는 머리카락과 사파이어 같은 눈동자, 그리고 코토리와 비슷한 체격을 지닌 그 소녀는 옅은 색 원피스를 걸치고 있었다.

『글쎄~. 하지만 기운이 없는 건 틀림없는 것 같네~.』

요시노가 왼손에 낀 토끼 모양 퍼핏 인형 『요시농』이 그녀의 말에 대답하듯 입을 움직였다.

그러자 요시노의 옆에 앉은 또 다른 소녀— 나츠미가 흥미없다는 듯한 표정을 지으면서(본인의 말에 따르면 딱히 흥미없는 건 아니라는 것 같지만) 턱에 손을 댄 채 말했다.

"……저 권태로운 분위기로 볼 때— 여자 문제가 분명해."

"뭐—?!"

"예……?"

나츠미의 말을 들은 코토리와 요시노는 눈을 치켜떴다.

"자, 잠깐만, 그게 무슨 소리야?"

"여자 문제……라고요?"

코토리와 요시노가 묻자, 나츠미는 갑자기 자신감을 잃은 듯한 표정을 지으며 고개를 획 돌렸다.

"……아, 그게 말이야. 잘못 짚은 걸 수도 있으니까 신경 쓰지 마……."

"이제 와서 꽁무니 빼지 말고 빨리 말해봐."

코토리가 나츠미의 머리를 양손으로 잡고 자신을 향해 돌렸다. 그러자 나츠미는 불안에 찬 눈빛을 띠면서 고개를 끄덕였다.

"……사춘기 남자애가 고민에 빠졌다면 그건 십중팔구 여자 때문일 거야."

"그럼 시도가 누군가에게 차였다는 거야……?"

"그것까지는 모르겠지만…… 저 또래 남자애들의 머릿속은 기본적으로 여자애들이 자신을 어떻게 생각하는지에 대한 걸로 가득 차 있잖아. ……여자애들 사이에서 자신에 대한 이상한 소문이 돌고 있다든가, 옆자리에 앉은 여자애가 자신을 차갑게 대한다든가 하는 일로도 얼마든지 가라앉을 수 있단 말이야."

"그, 그런가요……."

요시노가 놀란 표정으로 그렇게 말하자, 나츠미는 고개를 끄덕이면서 말을 이었다.

"응. 그 외에도 여자애에게 한 조가 되자고 했더니 그 여자애가 질색을 했다든가, 떨어진 지우개를 주워줬더니 "아…… 그거 이제 필요 없으니까 너 가져……." 같은 말을 들었다든가……."

"나, 나츠미 씨……?"

"학교 서클이 신입 멤버 모집을 하고 있을 때, 입부서를 가지고 갔더니 "아, 우리 부는 아침 훈련을 정말 혹독하게 하는데 괜찮겠어? 잘 생각해보고 판단해." 같은 말을 듣는다든가, 체육 수업 때 피구를 하게 됐는데 내가 공을 던진 순간 여자애가 "꺄아아아아아아앗!" 하고 진심 어린 비명을 질러댄다든가…… 아앗, 젠장!"

"지, 진정해!"

후반부는 나츠미의 신세 한탄에 가까웠다. ……뭐랄까, 학교생활에 대해 묘하게 해박한 정령이다.

"……아, 아무튼. 학교에서 무슨 일이 있었던 건 틀림없는 것 같아……."

나츠미는 거친 숨을 내쉬면서 말했다. 그 의견에는 코토리도 동감이었다. 왠지 쓸쓸함이 묻어나는 듯한 시도의 등을 힐끔힐끔 쳐다보면서 코토리는 고개를 끄덕였다.

"뭐, 저 정도면 그냥 놔둬도 별문제는 없겠지만……."

"하지만 기운 없는 시도 씨를 보니…… 가슴이 아파요. 뭔가 좋은 방법이 없을까요……?"

요시노의 말을 들은 코토리는 볼을 긁적였다.

"뭐, 나도 어떻게 해주고 싶기는 하지만, 딱히 좋은 방법이 생각 안 난다고나 할까……."

코토리가 한숨을 내쉬자, 나츠미는 인상을 쓰면서 말했다.

"……남자 고교생의 마음에 상처를 주는 이가 여자라면, 그 상처를 치유해주는 이 또한 여자 아닐까?"

나츠미의 말을 들은 코토리는 어깨를 부르르 떨었다.

"여자, 라니…… 으음, 그 말은…… 어?"

"……윽."

『꺄아~! 나츠미, 너무 노골적이야~!』

요시노와 『요시농』도 그 말이 무슨 뜻인지 이해한 것 같았다. 요시노는 볼을 붉혔고, 『요시농』은 양손으로 얼굴을 가렸다.

코토리는 미간을 좁히더니 손가락으로 관자놀이 언저리를 두드리면서 막대 사탕의 막대 부분을 꼿꼿이 세웠다.

"잠깐만. 왜 내가 시도를 위해 그런—."

"저, 저는…… 하겠어요. 시도 씨가 기운을 되찾을, 수만 있다면……."

"요시노?!"

요시노의 입에서 흘러나온 뜻밖의 말을 들은 코토리는 깜짝 놀라고 말았다.

"으음…… 알았어. 나도 도와줄게. 요시노가 나서주면 시도도 금방 기운을 찾을 거야. 그럼 지금 바로—."

"자, 잠깐 기다려!"

코토리가 나츠미의 말을 막듯 손을 펼쳐 들었다.

"……왜, 왜 그래?"

나츠미는 그 말을 듣고 놀랐는지 몸을 움츠렸다.

"나, 나도 안 한다고는 안 했거든……?!"

"그, 그래? ……그럼 코토리도 참가하는 거지?"

"……흥, 어쩔 수 없지. —그런데 뭘 하려는 거야?"

코토리가 팔짱을 끼면서 묻자, 나츠미는 손가락 하나를 세우면서 말했다.

"……실은 나, 조금 전의 상상 때문에 아주 약간이지만 영력을 쓸 수 있게 됐어."

"뭐?"

코토리는 눈을 동그랗게 떴다. 하지만 곧 나츠미가 한 말의 의미를 이해했다.

그렇다. 나츠미는 정령 중에서도 특히 멘탈이 약하기 때문에 이런 사소한 일로도 정신 상태가 흐트러져 영력이 역류하고 마는 것이다.

그리고— 나츠미의 힘은 대상의 형태를 바꾸는 변신 능력이다.

"자, 잠깐만 기다려. 혹시 우리를 다시 어린애로 만들어서 『나만의 유치원』을 또 벌이려는 건 아니지? 그건 안 돼. 시도에게 또 우리를 돌보게 해서 괜한 부담을 줄 수는 없어."

코토리가 주의를 주는 듯한 목소리로 그렇게 말했다. 실은 코토리와 요시노는 예전에 나츠미의 힘에 의해 어린애가 되었을 뿐만 아니라, 동물 귀가 달린 레오타드 스타일 복장을 하게 된 적이 있었다.

하지만 코토리의 말을 들은 나츠미는 고개를 저었다.

"이번에는…… 반대야."

"뭐?"

"반대……라고요?"

코토리와 요시노는 영문을 모르겠다는 듯이 서로의 얼굴을 바라보았다.

"……아, 큰일 날 뻔했네."

저녁 준비를 하던 시도는 어깨를 부르르 떨었다.

생각에 잠긴 채 칼질을 하다 실수로 손가락을 잘라버릴 뻔했던 것이다.

"아…… 정신 차려야지."

시도는 하아 하고 한숨을 내쉰 후 가볍게 고개를 저었다. 오리가미 일이 계속 마음에서 떠나지 않고 있었다.

하지만 계속 이러고 있을 수는 없었다. 또 딴생각에 잠긴 채 요리를 하다간, 식탁 위에 시도의 피로 범벅이 된 채소를 올려놓게 될 것이다.

"좋아……."

시도는 심호흡을 한 뒤, 식칼을 고쳐 쥐었다.

바로 그때.

"—시, 시도. 우리도 도울게."

등 뒤에서 코토리의 목소리가 들려왔다.

"응? 아, 고마워. 그럼 저쪽에 있는—."

그렇게 말하면서 뒤를 돌아본 시도는— 그대로 그 자리에서 딱딱하게 굳어버리고 말았다. 극도로 동요한 나머지 손이 떨리기 시작했고, 그 탓에 놓친 식칼이 바닥에 꽂혔다.

하지만 그것도 무리는 아니었다. 뒤를 돌아본 시도의 시야에 코토리와 요시노가 들어왔다. 그런데— 그 두 사람은 시도가 익히 아는 앳된 모습이 아니라, 그와 비슷한 연령대로 성장해 있었다.

조금 전까지만 해도 앳되어 보였던 두 사람은 어느새 어른의 문턱에 한 발 걸친 듯한 소녀 특유의 아름다움을 지니고 있었다. 참고로, 순조롭게 가슴이 커진 요시노와 달리 코토리의 가슴은 그다지 달라지지 않았다.

하지만 시도가 놀란 이유는 그것만이 아니었다. 두 사람의 현재 옷차림 또한 한몫하고 있었다.

이유는 모르겠지만 두 사람은 수영복 위에 프릴이 달린 앞치마를 입고, 머리에는 헤드 드레스를 쓰고 있었다. 즉, 한여름의 메이드 양 스타일을 하고 있었던 것이다. 게다가 두 사람 다 부끄러움을 타는지 볼을 붉힌 채 온몸을 움츠리고 있었다.

"두, 두 사람 다 옷차림이 그게 뭐야?! 게다가 몸이—."

시도가 당황한 목소리로 그렇게 말하자, 두 사람은 한순간 시선을 교환했다. 그리고 우물쭈물 시도의 양편에 서더니 살며시 그에게 몸을 기댔다.

"그, 그런 건 아무래도 상관없잖아."

"그래……요. 그것보다, 저희도 요리를…… 도울, 게요."

"도, 돕겠다니……."

코토리와 요시노의 말을 들은 시도는 식은땀을 흘렸다. 두 사람이 시도와 팔짱을 낀 탓에, 팔을 조금만 움직였다간 팔꿈치가 두 사람의 가슴에 닿을 것만 같았다. 요시노 쪽은 특히 위험했다. 코토리 쪽은 아직 여유가 있었다.

"……시도? 혹시 지금 엄청 무례한 생각하고 있는 거 아냐?"

"……윽!"

눈치 좋은 코토리가 시도를 노려보면서 그렇게 말했다. 그 말을 들은 시도는 허둥지둥 고개를 저었다. 그러고 보니 오늘 아침 카구야에게도 비슷한 말을 들었다. "가슴이 작은 사람은 감이 좋은 건가."라는 말이 입 밖으로 나올 뻔했다. 하지만 그런 소리를 했다간 오늘 저녁 식탁에 시도 활어회가 올라올 것 같았기에 그 말은 하지 않았다.

마치 꿈이라도 꾸고 있는 것 같은 기분이 들었다. 하지만…… 시도는 이 상황이 어떻게 된 것인지 짐작이 되었다.

그것도 그럴 것이 시도의 체감 시간상으로 본다면 바로 어제, 그는 이 힘을 써서 위기를 모면했었던 것이다.

"나츠미! 네 짓이지?!"

시도가 고함을 지르자, 소파 뒤편에서 이쪽을 쳐다보고 있던 소녀의 정수리 부분이 희미하게 떨렸다.

잠시 침묵이 이어진 후, 나츠미는 자포자기했는지 얼굴을 내밀었다. 역시 소파 뒤편에서 이쪽을 쳐다보고 있었던 이는 변신 능력을 지닌 정령·나츠미였다.

나츠미 또한 코토리, 요시노와 마찬가지로 고교생 정도의 나이대로 성장해 있었다. 하지만…… 그녀가 입은 것은 평범한 메이드복이었다. 다른 두 사람과 달리 자극적인 복장이 아니었던 것이다.

"—자, 잠깐만!"

그리고 나츠미의 모습을 본 코토리가 고함을 질렀다.

"나츠미! 왜 너만 수영복이 아닌 건데! 너희도 수영복 차림으로 간다고 해서 나도 승낙했던 거란 말이야!"

코토리의 말을 들은 나츠미는 거북한 표정을 지으며 고개를 돌렸다.

"……아니, 그게…… 잘 생각해보니 그렇게 부끄러운 꼴은 못 하겠다고나 할까, 왠지 바보 같다고나 할까……."

"네가 우리를 이런 바보 같은 꼴로 만들었잖아!"

"코, 코토리 씨…… 진정해요……."

요시노가 말렸지만, 코토리의 분노는 가라앉지 않았다. 코토리는 있지도 않은 소매를 걷어붙이는 시늉을 한 후, 그대로 나츠미에게 달려들었다.

“너도 우리랑 같은 꼴로 만들어주겠어!”

“우, 우와아앗!”

나츠미는 새된 비명을 지르면서 허둥지둥 도망쳤다. 하지만 코토리는 포기하지 않았다. 두 사람은 술래잡기를 하듯 거실 안을 뛰어다녔다.

“그 메이드복, 홀랑 벗겨줄 테니까 거기 서……!”

“꺄아아앗! 강~간~마~!”

“누가 그딴 짓 한데?!”

울먹거리면서 도망 다니는 나츠미를 향해 코토리가 고함을 질렀다. 두 사람이 뛰어다니자 거실 안에서 먼지가 피어올랐다.

“어, 어이! 두 사람 다 진정해!”

“싸우지…… 마, 세요…….”

앞치마에 손을 닦은 시도는 두 사람을 말리기 위해 거실 안으로 들어갔다. 그리고 요시노가 난처한 표정으로 시도의 뒤를 따랐다.

하지만 그 행동이 참사를 불렀다. 장애물이 많은 거실 안에서 도망 다니던 나츠미가 카펫에 발이 걸려 시도와 요시노가 있는 곳을 향해 쓰러지고 만 것이다. 그리고 나츠미를 쫓던 코토리는 그대로 나츠미의 등을 향해 있는 힘껏 다이빙을 했다.

“우, 우와앗!”

“앗—!”

“꺄아……!”

"자, 잠깐—."

각양각색의 비명을 지르면서 충돌한 네 사람은 테이블과 소파를 넘어뜨리면서 그대로 바닥을 뒹굴었다. 코토리와 나츠미가 술래잡기 할 때와는 비교도 되지 않을 정도로 많은 먼지가 거실에 날렸다.

"아야야…… 다들, 괜찮— 으윽?!"

신음을 흘리면서 몸을 일으키던 시도는— 그대로 비명을 질렀다.

쓰러지는 와중에 나츠미의 치마 안에 자신의 얼굴을 집어넣고 말았기 때문이다. 얇은 천에 감싸인 나츠미의 엉덩이가 시야를 가득 채우고 있다는 사실을 깨달은 시도는 무심코 숨을 삼켰다.

"꺄아——!"

"우, 우와아아아앗?!"

시도와 함께 비명을 지른 나츠미는 그 자리에서 벌떡 몸을 일으켰다. 그리고 무심코 시도의 안면을 밟아버리고 말았다.

"시, 시도 너, 뭐하는 거야?!"

"시, 시도 씨, 괜찮으세요……?"

"으, 응—."

코토리와 요시노의 말에 대답한 시도는 또 말문이 막히고 말았다. 넘어지는 과정에서 어딘가에 걸렸는지 코토리의 수영복 하의가 반쯤 벗겨졌고— 요시노가 입은 수영복 상의 끈이 풀리면서, 그녀의 풍만한 가슴이 앞치마 사이로 보인 것이

다(참고로 요시농 덕분에 중요 부위는 보이지 않았다).

잠시 후, 그 사실을 깨달은 두 사람은 자신의 몸을 쳐다본 후, 얼굴을 새빨갛게 붉혔다.

""꺄아아아아아아아아아앗?!""

그리고 두 사람은 일제히 비명을 지르면서 한 명은 가슴을, 다른 한 사람은 엉덩이를 가리기 위해 그 자리에서 몸을 웅크렸다.

그리고 그 과정에서 두 사람과 부딪힌 나츠미는 균형을 잃으며 쓰러졌고, 그 결과 그녀의 엉덩이가 또다시 시도의 얼굴을 향해 접근했다.

"우꺄아아아아아앗!!"

"……으윽?!"

세 명의 비명과 한 명의 소리 없는 외침이 이츠카 가의 거실에서 울려 퍼졌다.

"하아…… 죽는 줄 알았어……."

그리고 몇 분 후. 시도는 젖은 수건으로 콧등을 식히면서 땅이 꺼져라 한숨을 내쉬었다.

참고로 코토리, 요시노, 나츠미는 원래 모습으로 돌아와 있었다. 그녀들은 미안해하듯 고개를 푹 숙이고 있었다.

"흥…… 미안해."

"죄송해요…… 시도 씨."

“……미안.”

그리고 오른쪽에 있는 코토리부터 차례차례 사과했다. 그 말을 들은 시도는 한 번 더 한숨을 내쉰 후, 쓴웃음을 지었다.

“괜찮으니까 신경 쓰지 마. —나야말로 너희에게 괜한 걱정을 끼친 것 같네. 정말 미안해. 너희들, 내 기운을 북돋아주려고 그런 거지?”

시도의 말을 들은 세 소녀는 미안한 표정을 지으면서 고개를 끄덕였다.

그 모습을 본 시도는 머리를 긁적였다. 아무래도 그녀들이 걱정할 정도로 자신은 의기소침해 있었던 것 같았다. 정령들의 정신 상태가 흐트러지지 않도록 조심하라는 말을 항상 들어왔으면서, 그녀들에게 걱정을 끼치고 만 것이다. 시도는 수건을 테이블 위에 둔 후, 마음을 다잡듯 양손으로 볼을 두드렸다.

“—고마워. 너희 덕분에 정신이 번쩍 들었어. 이제 괜찮으니까 걱정하지 마.”

시도의 말을 들은 세 사람의 표정이 아주 조금 부드러워졌다.

다음 순간, 코토리는 자기 자신에게 놀란 것처럼 눈을 치켜뜨더니 코웃음 치면서 팔짱을 꼈다.

“흐, 흥……. 그럼 됐어. 무슨 일이 있었는지 캐물을 생각은 없지만, 네가 계속 그러고 있으면 정령들이 불안해할 거라구.”

“응. 정말 잘못했어.”

강한 체하는 코토리가 귀여워 보인 시도는 쓴웃음을 지으면서 어깨를 으쓱했다.

하지만 코토리는 시도에게 얕잡아 보이는 것이 마음에 들지 않는 것 같았다. 그녀는 입술을 삐죽 내밀면서 말을 이었다.

"네가 계속 축 처져 있으면 곤란하다구. 언제 또 정령이 나타날지 모르니까 말이야. 미지의 정령은 물론이고, 쿠루미도 있는 데다, 그 〈데빌〉도—."

"어?"

코토리가 입에 담은 식별명을 들은 시도는 무심코 미간을 찌푸렸다.

"자, 잠깐만, 코토리. 〈데빌〉……? 그런 정령도 있었어?"

시도는 코토리를 바라보면서 물었다.

〈데빌〉. 적어도 시도는 단 한 번도 들어본 적이 없는 식별명이었다.

하지만 그의 말을 들은 코토리는 의아하다는 표정을 지었다.

"무슨 소리 하는 거야, 시도. 정령 사냥꾼 〈데빌〉 말이야. 〈나이트메어〉 토키사키 쿠루미에 버금가는 초 중요 경계 대상이잖아. 설마 잊은 건 아니겠지?"

"쿠루미에…… 버금가는?"

시도의 이마에 땀방울이 맺혔다.

이 세계는 시도가 아는 세계와 미묘하게 다르다. 그 사실은 오늘 하루 동안 지긋지긋할 정도로 이해했다. 그렇다면 시도가 모르는 정령이 존재할 가능성도 없지는 않았다.

하지만— 최악의 정령·쿠루미에 버금갈 만큼 위험한 정령이 출현했다는 사실이 솔직히 믿기지 않았다.

그런 시도의 반응을 본 코토리는 더욱 미심쩍은 표정을 지으면서 팔짱을 꼈다.

“시도, 너…… 정말 모르는 거야? 오늘 대체 왜 이러는 거야. 마치 어제까지의 기억이 다 사라져버린 것 같잖아.”

“……미, 미안.”

맞지도 않지만 틀리지도 않은 코토리의 말을 들은 시도는 고개를 숙였다. 그러자 그녀는 한숨을 내쉬면서 물고 있는 막대 사탕의 막대 부분을 꼿꼿이 세웠다.

“……정말 기억나지 않는 거야?”

“응……. 그래서 말인데, 설명해주지 않겠어? 그— 〈데빌〉이라는 정령에 대해서 말이야.”

시도의 말을 들은 코토리는 한 번 더 한숨을 내쉰 후 고개를 끄덕였다.

“〈데빌〉. 현현(顯現) 자체는 확인됐지만, 접촉에는 한 번도 성공하지 못한 정체불명의 정령이야. 그리고—.”

코토리는 말을 잠시 멈춘 후, 입을 열었다.

“—아마 반전체일 거야.”

“뭐……?!”

그 말을 들은 시도는 눈을 치켜떴다.

“반전체……? 그게 무슨 소리야. 반전한 정령이 이 세계에 출현했다는 거야?”

"우리도 그 녀석에 대해서는 아는 게 거의 없어."

코토리는 짜증 섞인 어조로 말했다. 분명 이것은 이 세계의 시도라면 반드시 알고 있어야만 하는 정보이리라.

왜 반전한 정령이 출현한 것일까— 의문이 꼬리에 꼬리를 물었지만, 그 외에도 시도가 알지 못하는 점은 산더미처럼 존재했다. 시도는 마음을 진정시키면서 질문을 던졌다.

"……좀 전에 말한『정령 사냥꾼』이라는 건 무슨 소리야?"

"말 그대로야. —〈데빌〉은 단독으로 출현하지 않아. 다른 정령이 현현했을 때 나타나서…… 그 정령에게 공격을 퍼부어대. 나츠미도 그 녀석에게 공격 받은 적이 있어. 그때 토카와 다른 애들이 도와주지 않았다면 위험했을 거야."

코토리는 그렇게 말하면서 나츠미를 힐끔 쳐다보았다. 당시의 일을 떠올렸는지 나츠미는 어깨를 희미하게 떨었다.

"자, 잠깐만. 정령을 공격한다는 거야? 그럼……."

"응. 마치 AST나 DEM 같지? —처음에는 우리도 그런 조직들이 관여하고 있다고 여겼어. 어쩌면 정령을 길들여서 정령을 사냥하게 하고 있는 것은 아닐까…… 하고 생각했지. 하지만 〈데빌〉과 AST, DEM은 아무런 관련도 없는 것 같아. 두 조직 다 〈데빌〉을 공격하고 있거든."

"그런데…… 〈데빌〉은 왜 정령을 공격하는 거야?"

"글쎄. 이유야 당연히 있겠지만, 그것만은 본인에게 물어보지 않으면 알 수 없어. 그리고 금방 모습을 감추기 때문에 〈라타토스크〉도 아직 접촉해본 적이 한 번도 없어."

코토리는 어깨를 으쓱하면서 말했다. 시도는 식은땀을 흘리며 턱에 손을 댔다.

정령을 사냥하는 정령 〈데빌〉. 그 이름을 들은 순간, 기묘한 위화감이 시도의 마음을 사로잡았다.

"저기…… 그 〈데빌〉의 영상이나 사진이 있으면 좀 보여주지 않겠어……?"

"있긴 한데…… 봐도 딱히 의미가 없을 것 같은데?"

"뭐? 그게 무슨 소리야?"

시도가 묻자, 코토리는 머리를 긁적이면서 막대 사탕의 막대 부분을 아래위로 흔들었다.

"뭐…… 백문이 불여일견이겠지. 잠깐만 기다려."

코토리는 그 말을 남긴 후 거실에서 나갔다. 그리고 자기 방에서 B5 사이즈의 단말기를 가지고 왔다.

"자, 이거야."

그리고 코토리는 테이블 위에 그 단말기를 놓더니 영상을 재생했다.

그러자 단말기 화면에 엉망진창으로 파괴된 마을이 나왔다. 주위를 가득 채운 폭음과 연기가 전투 중이라는 것을 여실히 알려주고 있었다.

—그, 화면 안에.

『그것』이, 있었다.

어둠을 온몸에 두른 듯한 실루엣이었다. 확실히 코토리가 "딱히 의미가 없다."라고 말하는 것도 무리가 아니었다. 겨우

겨우 인간의 형태를 하고 있다는 것은 판별할 수 있지만, 얼굴이 어둠에 뒤덮인 탓에 알아볼 수는 없었다. 하지만 그 실루엣의 주위에 떠 있는 깃털 같은 부품은 그 실루엣이 〈데빌〉이라 불리기에 충분할 정도의 설득력이 있었다.

그것을 본 시도는—.

"……아……."

—낮은 신음을 흘렸다.

저 정령의 기묘한 모습을 보고 놀라서가 아니었다.

—저 정령이, 눈에 익었기 때문이다.

확실히 얼굴이나 표정은 알아볼 수 없었다.

하지만 시도는 저 정령이 누구인지 눈치챘다. 저 정령을 두 눈으로 직접 본 적이 있기 때문이다.

"말도…… 안 돼……."

시도의 치아가 딱딱 소리를 내며 맞부딪혔다. 그의 온몸이 부들부들 떨리기 시작했다.

그것도 그럴 것이—.

"……오리, 가미……."

그렇다. 저 정령은 바로 반전체가 된 오리가미였다.

◇

다음 날. 어제와 마찬가지로 토카와 함께 등교한 시도는 자기 자리에 앉자마자 하암 하고 하품을 토했다.

그러자 시도의 오른편에 앉은 토카가 눈을 동그랗게 떴다.

"음? 시도, 잠이 오는 것이냐?"

"응……. 어젯밤에 잠을 거의 못 잤거든."

"으음, 그거 큰일이구나. 괜찮겠느냐?"

"하하, 뭐…… 학교가 끝난 후에 집에 가서 눈 좀 붙이면 괜찮을 거야."

쓴웃음을 지은 시도는 눈가를 대충 비빈 후, 작게 하품을 뱉으면서 자신의 왼편에 있는 빈자리를 멍하니 바라보았다. 그 자리는 원래 세계에서 오리가미가 앉던 자리였다.

"……."

—어젯밤, 시도는 잠자는 시간을 아껴가며 두 가지 일을 했다.

그중 하나는 외출이다. 시도는 저녁을 먹은 후, 혼자서 집을 나와 어떤 장소로 향했다.

그곳은 바로 원래 세계에서 오리가미가 살던 맨션, 그리고 5년 전에 화재가 일어났던 텐구 시 난코쵸에 있는 주택가였다.

시도가 그 두 곳에 간 이유는 하나였다. 어쩌면 오리가미가 그곳에 살고 있을지도 모른다고 생각한 것이다.

하지만 현실은 그렇게 무르지 않았다.

오리가미가 살던 맨션에는 아무도 살고 있지 않았고, 과거 토비이치가 가족들과 함께 살았던 집에는 다른 사람의 이름이 적힌 문패가 걸려 있었다. 현재 그 집에 사는 이에게 토비이치 일가에 대해 물어봤지만, 자세한 행방은 알지 못했다.

"오리가미……."

시도는 아무도 앉아 있지 않은 자리를 바라보면서 그녀의 이름을 중얼거렸다.

어제 코토리가 보여준 영상에 나온 정체불명의 정령 〈데빌〉은 틀림없는 토비이치 오리가미였다. 게다가 단순한 정령이 아니라— 반전체였던 것이다.

시도는 어금니를 깨물었다.

—영문을, 알 수가 없었다.

5년 전의 세계에 간 시도는 역사를 바꾸는 데 성공했다. 오리가미는 평범한 소녀로서, 평범한 세계에서 살게 된 것이다.

그렇다면…… 대체 왜 오리가미는 정령이 된 것일까. 그리고 왜 반전하고 만 것일까.

게다가 코토리의 말에 따르면, 오리가미는 다른 정령을 공격한다고 한다. 그럼 AST 대원일 때와 달라진 것이 전혀 없지 않은가.

그리고 정령이 로스트되어 모습을 감추면 〈데빌〉 또한 모습을 감춘다고 한다. 그 덕분에 도시는 심각한 피해를 입지 않는다고 코토리는 말했다.

영문 모를 일투성이인지라 머릿속이 혼란스러웠다. 대체 5년 동안 이 세계에 무슨 일이 일어났던 걸까. 시도는 머리를 거칠게 긁적였다.

"젠장…… 왜 하필이면……."

시도는 짜증 섞인 목소리로 그렇게 중얼거리면서 어제 자신이 했던 또 하나의 일을 떠올렸다.

시도가 한 또 하나의 일. 그것은 바로 가능한 한 이 세계에 관한 정보를 모으는 것이었다.

—이 세계의 오리가미에 대해 안 순간, 시도의 머릿속에서 바닥 모를 불안과 의문이 소용돌이치기 시작했다.

어쩌면 오리가미 외에도 시도의 기억 속에 존재하지 않는 일이 이 세상에서 벌어지고 있는 것은 아닐까. 혹은— 원래 세계에서 일어났던 일이 이 세상에서는 일어나지 않았던 것은 아닐까 생각한 것이다.

시도는 돌아오자마자 집에 있던 소녀들에게 이야기를 듣고 (코토리는 꽤나 미심쩍은 표정을 지었다), 간단하게나마 〈프락시너스〉의 데이터베이스도 살펴봤다.

그 결과, 이 세계에서는 시도의 기억과 거의 상충되지 않는 역사가 펼쳐져왔다는 사실을 알았다.

5년 전, 정령이 된 코토리를 〈라타토스크〉가 발견한 것도.

4월 10일, 토카와 만난 시도가 그녀를 봉인한 것도.

그 후, 요시노를 봉인한 것도, 쿠루미와 마나와 만난 것도, 야마이 자매를 봉인한 것도, DEM과 싸운 것도, 미쿠와 나츠미를 봉인한 것도……. 시도의 기억 속에 존재하는 일들이 이 세계에서도 일어났다.

그렇다— 토비이치 오리가미와 관련된 일들만 전부 빠진 채 말이다.

그런 생각을 하고 있을 때, 조례 시작을 알리는 벨이 울리더니 교실 문이 열리면서 담임인 타마 선생님이 안으로 들어왔다. 반장의 목소리에 맞춰 기립한 학생들은 인사를 한 후 다시 자리에 앉았다.

"여러분, 좋은 아침이에요. 오늘도 힘찬 하루를 보내도록 해요."

타마 선생님이 그렇게 말하면서 미소 지었다. 하지만 시도는 그녀의 말에 거의 귀를 기울이지 않았다. 그는 턱을 괸 채 멍하니 창밖을 바라보았다.

"……."

—역시 오리가미를 한번 만나봐야 할 것 같다. 밤새도록 고민한 시도는 그런 결론을 내렸다.

어제, 다들 오리가미를 기억하지 못한다는 것을 안 순간. 이 세계에서 자신이 오리가미와 만난 적조차 없다는 것을 안 시도는 그녀와 만날 일은 평생 없을 거라 생각했다. 그리고— 그편이 오리가미를 위해서도 좋을지 모른다는 생각까지 했다. 행복한 삶을 살고 있을 오리가미의 인생에 시도가 끼어들어서는 안 된다고 여긴 것이다. 이 세상 어딘가에서 평온한 삶을 살고 있을 오리가미를 위해서도 만나지 않는 편이 좋을 거라고 생각했다.

하지만 그 영상을 본 이상 그럴 수도 없게 되었다.

오리가미를 휘감고 있는 불행은 아직 끝나지 않았다. 시도의 사명 또한 아직 끝나지 않았다. 악랄하기 그지없는 이 세계는 아직도 그 소녀에게 가혹한 운명을 강요하고 있는 것이다.

하지만 시도는 현재 이 세계에 대해 아는 것이 너무 없었다. 우선 오리가미를 만나 이야기를 들어보지 않으면 아무것도 시작할 수 없을 것이다.

하지만 시도가 그 목적을 달성하기 위해서는 자신을 막고 있는 벽들을 넘어야 한다.

우선 이 세계의 오리가미는 시도를 모른다. 게다가 오리가미가 어디에 있는지도 모르는 것이다.

"……역시 나 혼자서는 무리야."

시도는 아무에게도 들리지 않을 만큼 낮은 목소리로 그렇게 중얼거리면서 손가락 끝으로 책상을 두드렸다.

역시 〈라타토스크〉에 협력을 받아야만 할 것 같았다. 오늘 집에 돌아가면, 코토리에게 자초지종을 설명한 후, 오리가미를 찾아달라고 할 수밖에 없을 것 같았다.

……시간 이동을 해서 역사를 바꿨다는 말을 믿어줄지는 의문이지만, 정령 〈데빌〉과 관련된 일이니 헛소리로 치부하지는 않을 것이다.

"좋아……."

창밖을 바라보던 시도는 결의를 다지듯 주먹을 쥐었다.

하지만— 바로 그때.

"아, 맞아요. 오늘부터 여러분과 한 반에서 지내게 될 새로운 친구를 소개할게요~. —자, 들어오세요."

타마 선생님이 그렇게 말한 순간, 드르륵 하는 소리를 내면서 교실 문이 열리더니 한 소녀가 안으로 들어왔다. 아무래도 전학생인 것 같았다.

이런 시기에 전학생이 온 게 조금 신기하기는 했지만, 지금은 그런 걸 신경 쓸 때가 아니었다. 시도는 고개를 돌리지 않은 채 눈동자만 움직여 교단 쪽을 힐끔 쳐다보았다.

하지만—.

"……어?"

교탁 앞에 선 소녀의 모습을 본 순간, 시도는 경악한 나머지 눈을 치켜떴다.

인형처럼 아름다운 얼굴을 지닌, 선이 가는 느낌의 소녀였다. 등을 감싸고 있는 머리카락의 색소가 약간 옅어서 그런지 마치 공주님 같아 보였다.

그 소녀가 등장한 순간, 교실 전체가 술렁거렸다. 남자들은 "오옷?!" 하고 탄성을 지르며 몸을 앞으로 내밀었고, 여자들은 눈을 반짝였다.

하지만 시도는 아연실색한 채, 그 소녀의 얼굴을 뚫어져라 응시했다.

이유는 단순했다. 그 소녀의 얼굴이 눈에 익었기 때문이다.

"자, 그럼 자기 소개를 해주세요."

타마 선생님이 전학생을 향해 말했다.

그러자 그녀는 고개를 끄덕인 후, 정면을 바라보면서 조용한 목소리로 말했다.

"—토비이치 오리가미라고 합니다. 여러분, 잘 부탁드려요."

그리고 고개를 깊이 숙였다. 그 순간, 교실 전체가 활기를 띠었다.

일부 학생들은 『오리가미』라는 특이한 이름을 시도가 어제 입에 담았다는 사실을 떠올린 것 같았다. 그들은 이상하다는 듯이 고개를 갸웃거리다 엉큼한 착각을 했는지, 장난기 어린 미소를 지으며 시도를 쳐다보기도 했다.

하지만 시도에게는 그런 반응을 받아줄 여유가 없었다.

"아……."

눈을 치켜뜬 그의 입에서 떨리는 목소리가 흘러나왔다.

그의 눈앞에 있는 이는, 머리카락 길이가 달라지기는 했지만 시도의 기억 속에 존재하는 토비이치 오리가미 본인이 틀림없었다.

시도가 경악한 나머지 아무 말도 못하고 있을 때, 타마 선생님이 교실을 둘러보면서 입을 열었다.

"으음, 그럼 토비이치 양의 자리는…… 아, 이츠카 군 옆자리가 비어 있군요. 저기 앉아주겠어요?"

"예."

오리가미는 고개를 끄덕인 후, 차분한 걸음걸이로 시도에게 다가갔다.

하지만 걸음을 내딛던 오리가미는 갑자기 그 자리에서 멈춰 섰다.

이유는 단순했다. 자신을 뚫어져라 바라보고 있는 시도와 시선이 마주쳤기 때문이다.

"어—."

"아……?"

시도의 목에서 짧은 신음이 흘러나온 순간, 오리가미는 눈을 동그랗게 떴다.

자신을 지그시 응시하고 있는 소년과 눈이 마주쳤으니 놀라는 것도 무리는 아니리라.

하지만 왜일까. 오리가미의 반응은 그런 것과는 조금 다른 듯한 느낌이 들었다.

"—마, 말도 안 돼. 당신은……."

그렇다. 마치 시도의 얼굴을 아는 듯한 반응을 보이고 있었던 것이다.

하지만 다음 순간 고개를 가로저은 오리가미는 우연히 시선이 마주친 타인에게 그러듯 가볍게 고개를 숙인 후, 타마 선생님이 지정해준 자리에 앉았다.

"——."

오리가미가 취한 일련의 행동을 본 시도는 심장 고동이 빨라지는 것을 느꼈다.

—방금 왜 그런 반응을 보인 것일까? 설마 오리가미는 시도를 알고 있는 걸까?

일반적으로 생각해보면 그럴 리가 없었다. 하지만, 그렇다면 방금 오리가미가 보인 반응은 대체—.

"자! 그럼 출석을 부를게요~!"

타마 선생님이 힘찬 목소리로 학생들의 이름을 불렀지만, 시도는 그 목소리가 전혀 들리지 않았다.

제9장 본능

『……뭐?』

전화 너머에서 들려온 코토리의 목소리는 의아함으로 가득 차 있었다.

하지만 그것도 무리는 아니었다. 쉬는 시간에 전화를 받았더니 『그런 소리』를 듣는다면, 시도도 비슷한 반응을 보일 것이다.

그렇다. 조례가 끝나자마자 교실에서 빠져나온 시도는 인적이 없는 장소에서 코토리에게 전화를 걸었다.

전화를 받은 코토리는 느긋한 목소리로 맞장구를 쳤다. 하지만 리본을 바꿔 매는 듯한 소리가 들린 직후, 방금과 같은 반응을 보인 것이다.

『잠깐만. 대체 무슨 소리를 하는 거야? 자세하게 설명해 봐.』

"……방금 말한 대로야. 〈데빌〉이 우리 반으로 전학 왔어."

시도는 방금 코토리에게 한 말을 한 번 더 곱씹듯이 말했다.

『그러니까 그 말이 이해가 안 된다는 거잖아. 대체 왜 〈데빌〉이 시도의 학교로 전학을 온 건데? ……아니, 애초에 〈데빌〉은 정체불명의 정령이잖아. 이름도, 얼굴조차도 확인되지 않았다구. 그런데 어떻게 그 전학생이 〈데빌〉이라는 걸 안 거야?』

"그건……."

코토리는 지당하기 그지없는 의문을 입에 담았지만 시도는 바로 대답하지 못했다.

"지금은 시간이 없으니까 자세한 건 집에 돌아가서 설명해 줄게. 하지만…… 방금 내가 한 말은 사실이야. 믿어줘."

『…….』

시도의 말을 들은 코토리는 한동안 침묵을 지킨 후, 하아 하고 한숨을 내쉬었다.

『……알았어. 일단 관측기를 보낼게. 그 후의 대응은 관측 결과를 보고 결정하겠어. 그래도 불만은 없지?』

"……내, 내 말을 믿어주는 거야?!"

시도는 코토리가 순순히 자신의 말에 따라주는 것이 약간 뜻밖이었다. 시도가 그런 반응을 보이자, 코토리는 가볍게 한 숨을 내쉬면서 말했다.

『솔직히 말해 아직 반신반의 중이야. —하지만 아무런 정보도 없던 〈데빌〉의 정체를 알았다는 말을 듣고 가만히 손 놓고 있을 수는 없잖아.』

그리고, 하고 코토리는 말했다.

『시도가 아무런 근거도 없이 그런 소리를 했을 것 같지도 않거든. 아니…… 설령 그게 시도의 직감일지라도, 너는 지금까지 그 말을 믿게 만들기에 충분한 일들을 해왔어.』

"코토리……."

『하지만 조금 신경 쓰이는 여자애에 관한 정보를 〈라타토스크〉의 힘을 빌려 알아내는 게 목적이라면 가만두지 않을 거야.』

"그, 그딴 짓 안 해!"

시도가 고함을 지르자, 코토리는 『나도 알아.』라고 말했다.

『그럼 금방 조사해줄게. 그 여학생의 이름이 뭐라고 했지?』

"오리가미야. 토비이치 오리가미."

『토비이치 오리가미구나. 토비이치—.』

바로 그때, 코토리는 말을 멈췄다. 그리고 뭔가가 생각난 듯한 목소리로 말했다.

『그 애…… 혹시, AST 대원인 토비이치 오리가미야?』

"뭐……?!"

코토리의 말을 들은 시도는 눈을 동그랗게 떴다. AST. 그것은 육상 자위대 내부에 있는 대(對) 정령 부대의 약칭이다.

확실히 오리가미는 그 조직에 소속되어 있었다. 하지만 그것은 원래 세계에서의 일이니, 코토리가 알고 있을 리가 없—.

거기까지 생각이 미친 시도는 어깨를 부르르 떨었다.

"코토리. 너 설마, 원래 세계의 기억을 가지고 있는 거야……?"

『응? 무슨 소리 하는 거야. 잠이 아직 덜 깬 거야?』

하지만 코토리는 태연한 목소리로 이렇게 말했다.

『확실히 AST에는 그런 이름의 대원이 있었어. 토카와도 교전한 적이 몇 번 있을걸? 하지만 얼마 전에 AST를 관둔 걸로 알고 있어.』

"뭐―."

시도는 말문이 막히고 말았다. 코토리는 원래 세계의 기억을 떠올린 것이 아니었다. 그런데도 오리가미가 AST에 소속되어 있었다고 말했다.

그 두 가지가 가리키는 사실. 그것은 매우 단순했다.

―이 세계에서도, 오리가미는 AST에 들어갔던 것이다.

"대체, 왜……."

『왜냐니…… AST를 관둔 이유? 그건 몰라.』

시도의 혼잣말을 질문으로 착각한 코토리는 흥 하고 코웃음을 치면서 말했다.

『그러고 보니 토비이치 오리가미가 AST를 관둔 시기와 〈데빌〉이 출현하기 시작한 시기가 거의 일치하네. 흠, 정령이 되었기 때문에 AST를 관둔 거라면…….』

코토리는 으음 하고 낮은 신음을 흘리면서 혼잣말을 계속했다.

하지만 시도는 그녀의 말을 흘려듣고 있었다. ―시도의 머릿속에서는 오리가미가 AST에 들어갔었다는 사실이 소용돌이치고 있었기 때문이다.

원래 세계에서 오리가미가 AST에 들어간 것은 부모님을 죽인 정령을 쓰러뜨리기 위해서였다. 부모님이 무사한 이 세계의 오리가미는, 대체 어떤 이유로 AST에 들어가게 된 것일까.

『—저기, 시도. 내 말 듣고 있어?』

"……읏! 아, 그게…… 미안."

코토리의 말을 들은 시도는 깜짝 놀랐다.

『하아, 정신 좀 차려. 아무튼, 토비이치 오리가미가 정령인지 아닌지는 이쪽에서 조사해볼게. 시도도 뭔가 눈치챈 게 있으면 보고해줘. —하지만 〈데빌〉은 매우 위험한 반전체야. 그러니까 무모한 짓은 하지 마.』

"으, 응…… 알았어."

시도는 그렇게 말한 후, 전화를 끊었다.

"……."

핸드폰을 호주머니에 집어넣은 시도는 벽에 등을 기댔다. 머릿속에 들어 있는 여러 정보들이 뒤죽박죽 뒤섞여 있는 탓에 생각을 정리할 수가 없었다.

하지만 이대로는 아무것도 시작할 수 없다고 생각한 시도는 크게 심호흡을 한 후, 2학년 4반 교실로 돌아갔다.

교실에 들어가 보니 클래스메이트들이 창가 자리에 몰려 있었다. 아무래도 다들 귀여운 전학생에게 관심이 있는 것 같았다. 클래스메이트들에게 둘러싸인 오리가미는 당혹스러운 표정을 짓고 있었다.

바로 그때, 수업 시작을 알리는 벨이 울리자 클래스메이트들은 손을 흔들며 자기 자리로 돌아갔다. 오리가미가 그들을 향해 손을 흔든 후 가볍게 한숨을 내쉬는 모습이 시도의 눈에 들어왔다.

"……하하."

눈에 익지 않은 광경을 본 시도는 무심코 웃음을 터뜨렸다. 시도가 아는 오리가미라면 눈곱만큼도 표정을 바꾸지 않았으리라.

하지만…… 그렇기에 이해가 되지 않았다.

왜 오리가미는 이 세계에서도 AST에 들어간 것일까. 왜 정령이 된 것일까. 왜— 반전하고 만 것일까. 그리고, 왜 반전했는데도 불구하고 자아를 유지한 채 원래 모습으로 돌아올 수 있는 것일까. 그야말로 의문이 꼬리를 이었다.

시도가 생각에 잠겨 있을 때, 선생님이 교실 안으로 들어왔다.

"수업 시작할 거니까 자리에 앉도록."

"아…… 죄송합니다."

서둘러 자리에 앉은 시도는 교과서와 공책을 펼쳤다.

하지만 그는 수업에 집중하지 못했다. 시도는 눈동자만을 움직여 오리가미를 계속 쳐다보았다.

—역시 이야기를 해봐야 할 것 같았다. 시도는 이 세계의 오리가미에 대해 아는 것이 너무나도 없었다.

하지만 쉬는 시간이 되면 또 방금처럼 클래스메이트들이 오리가미에게 몰려올 것이다. 그 상황에서 시도가 오리가미와 대화를 나누는 것은 힘들리라.

"……."

시도는 잠시 생각에 잠긴 후, 공책 가장자리에 글자를 적었다.

그리고 공책을 찢어서 작게 접은 후, 선생님 몰래 오리가미의 책상 위에 올려놓았다.

"……어?"

그 종이를 본 오리가미는 고개를 살짝 갸웃거렸다.

그리고 그 종이를 펼쳐본 오리가미는 깜짝 놀란 것처럼 눈을 동그랗게 떴다.

그 날 점심시간. 교실에서 빠져나온 시도는 옥상 앞 계단으로 향했다.

교실에서 꽤 떨어진 곳이기 때문에 이곳을 찾는 학생은 거의 없었다. 점심시간이라 학교 전체가 시끌벅적한데도 불구하고 이곳에는 정적이 흐르고 있었다.

하지만 그 정적이 이곳에 아무도 없다는 것을 뜻하지는 않았다.

이곳에는 한 소녀가 있었다. —바로 오늘 전학 온 여학생, 토비이치 오리가미였다.

이런 구석진 곳이 있다는 걸 알지도 못한 채 이 학교를 졸업하는 학생도 적지 않을 것이다. 그런 장소에 오늘 전학 온 학생이 있다는 것을 알면 보통은 놀랄 것이다.

하지만 시도는 놀라지 않았다. 왜냐하면—.

"저기, 이거……."

오리가미는 호주머니에서 종잇조각을 꺼내 시도에게 보여줬다. 그 종이에는 시도의 필체로, 점심시간에 이 장소로 와 달라는 글이 적혀 있었다.

그렇다. 시도가 오리가미를 이곳으로 불러낸 것이다.

"아, 느닷없이 불러내서 미안."

"아, 그건 딱히 상관없는데…… 저한테 무슨 볼일이라도 있나요?"

오리가미는 약간 굳은 표정으로 시도를 바라보며 물었다.

하지만 오리가미가 저런 반응을 보이는 것도 무리는 아니리라. 처음 만난 남학생이 이렇게 으슥한 장소로 자신을 불러낸 것이다. 그녀가 시도를 경계하더라도 이상할 것은 없었다. 오히려 시도는 자신의 요구대로 혼자서 이곳에 와준 오리가미에게 감사해야 할 판이었다.

하지만 뭐랄까…… 시도는 오리가미가 자신을 경계하고 있는 이 상황에서 신선한 느낌을 받았다.

"으음……."

시도는 무슨 이야기부터 할지 고민하면서 볼을 긁적였다. 묻고 싶은 것은 산더미처럼 있었지만, 이 상황에서 심각한 이야기를 꺼내면 자신을 더욱 경계하게 될 가능성이 있었다.

바로 그때, 시도는 오리가미가 아침에 했던 말을 떠올렸다.

"저기, 오리가미."

"예?"

오리가미는 의외라는 듯한 표정을 지었다. 시도는 그녀가 왜 저런 반응을 보이는 것인지 눈치채지 못했지만, 곧 그 이유를 깨달았다.

"아, 미안. 토비이치…… 양. 초면인데 이름으로 부르는 건 실례지?"

"아뇨. 조금 놀랐을 뿐이에요. 저기…… 이츠카 군."

오리가미는 시도를 성으로 불렀다. 귀에 익지 않은 호칭을 들은 시도는 쓴웃음을 지었다.

"왜 그러죠?"

"아무것도 아냐. 그것보다 토비이치 양. 오늘 아침에 내 얼굴을 보고 깜짝 놀랐지? 왜 그랬던 거야?"

"아……."

시도의 말을 들은 오리가미는 무언가를 떠올린 듯한 표정을 지었다.

"불쾌하게 했다면 사과할게요. 제가 어렸을 적에 만났던 사람과 이츠카 군이 너무 닮아서 조금 놀랐어요."

"뭐……?"

그 말을 들은 시도는 무심코 미간을 찌푸렸다.

"그 사람— 설마 나야……?"

"아뇨. 그럴 리가 없어요. 저는 5년 전에 그 사람을 만났으니까요. 5년 전이라면 이츠카 군은 초등학생이었을 거잖아요? 게다가—."

오리가미는 고개를 살짝 숙였다.

"—그 사람은 이미 이 세상을 떠났어요. 5년 전에, 제가 보는 앞에서요."

"……읏!"

그 말을 들은 시도는 눈치챘다. 오리가미가 말한 그 인물의 정체를 말이다.

그 인물은 분명 시도다. 5년 전, 시도는 오리가미의 부모님을 구하는 과정에서 아주 잠시 동안이기는 하지만 오리가미와 눈이 마주쳤다.

"할 이야기는 그것뿐인가요? 그럼 저는 먼저 교실로 돌아갈게요……."

"……읏! 자, 잠깐만 기다려."

시도는 계단을 내려가려 하는 오리가미를 허둥지둥 불러세웠다. 그는 아직 원하는 정보를 얻지 못한 것이다.

하지만 자초지종을 전혀 모르는 학생을 연기하기만 해서는 아무런 정보도 얻어낼 수 없을 것 같았다. 시도는 각오를 다지면서 입을 열었다.

"5년 전, 네가 그 사람과 만난 건— 혹시 난코쵸에 화재가 발생했을 때 아냐?"

"예—?"

시도의 말을 들은 오리가미는 눈을 동그랗게 떴다.
"그걸 어떻게……."
말을 하다 멈춘 오리가미는 깜짝 놀란 듯한 표정을 지었다.
"혹시— 그 사람은 이츠카 군의 형인가요……?"
"뭐?"
오리가미의 입에서 나온 뜻밖의 말을 들은 시도는 당황하고 말았다. 아무래도 오리가미는 자신이 5년 전에 만난 인물이 시도의 형제라고 생각하는 것 같았다. 하지만 그것도 무리는 아닐 것이다. 만약 시도가 그 사람은 자신이라고 주장해본들 그녀는 믿어주지 않으리라.
그녀가 괜한 착각을 하게 만들 생각은 없었지만…… 이걸로 그녀와의 대화가 원만하게 진행된다면 어쩔 수 없다. 그렇게 판단한 시도는 고개를 끄덕였다.
"뭐…… 그래."
시도의 말을 들은 순간, 오리가미의 표정이 변했다. 눈썹이 일그러진 그녀는 금방이라도 울음을 터뜨릴 것 같은 표정을 지었다.
"토, 토비이치…… 양?"
"……으!"
오리가미는 시도에게 다가가더니 그의 손을 부여잡으며 고개를 깊숙이 숙였다.
"당신의 형은 제 아버지와 어머니를 구해주셨어요. 그분이 계시지 않았다면 제 부모님은 그때 돌아가셨을 거예요. 말만으로는 이 마음을 전부 전할 수 없겠지만, 그래도 이 말은 꼭 하고 싶어요. 정말— 고마워요……!"

"으, 응……."

오리가미의 반응을 보고 당황한 시도는 애매한 대답을 할 수밖에 없었다.

하지만 그녀의 말 안에는 중요한 정보가 담겨 있었다. 역시 시도는 5년 전에 오리가미의 부모님을 구하는 데 성공한 것이다. 그 사실을 안 시도는 안도의 한숨을 내쉬었다.

"아."

바로 그때, 오리가미가 화들짝 놀라면서 시도의 손을 놓더니 볼을 붉히면서 또 고개를 숙였다.

"아, 죄, 죄송해요."

"아니…… 괜찮아."

오리가미답지 않은 반응을 본 시도는 기묘한 감정을 느끼면서 쓴웃음을 지었다.

하지만 한 가지 사실이 밝혀지는 것과 동시에, 시도의 마음속에 존재하는 수수께끼는 더욱 깊어졌다.

"으음…… 토비이치 양. 토비이치 양의 부모님은 그때 살아남으신 거지?"

"예."

오리가미는 고개를 끄덕였다. 시도는 작게 한숨을 내쉬면서 말을 이었다.

"그럼 지금도 같이 살고 있어?"

“……아뇨. 제 부모님은 4년 전에 교통사고로 돌아가셨어요.”

“—윽?! 뭐……?!”

오리가미가 고개를 숙이면서 한 말을 들은 시도는 경악하고 말았다.

“그럴, 수가…….”

역사의 수정력, 이라는 말이 시도의 머릿속을 스치고 지나갔다. 쿠루미는 그것을 부정하지도, 긍정하지도 않았다. 그리고 거기까지 생각이 미친 순간— 자신이 무엇을 하든 오리가미의 부모님은 죽음이라는 결말에서 벗어나지 못했다는 사실에서 비롯된 무력감이 시도를 짓눌렀다.

“이츠카 군……?”

엄청난 충격을 받은 듯한 시도를 본 오리가미는 의아한 표정을 지으며 눈썹을 살짝 찌푸렸다. 그것도 무리는 아니리라. 오늘 처음 만난 남자 클래스메이트가 이런 반응을 보인다면, 누구나 저런 반응을 보일 것이다.

하지만 오리가미는 고개를 잠시 동안 저은 후, 머리를 숙였다.

“죄송해요. ……이츠카 군의 형이 목숨을 바쳐가면서 구해주셨는데…….”

“아, 그건…….”

“하지만.”

고개를 든 오리가미는 당당한 얼굴로 말했다.

"이츠카 군의 형이 아버지와 어머니를 구해준 후부터 1년 동안, 저는 두 분에게서 많은 것을 받았어요. 그건 이츠카 군의 형이 목숨을 바쳐가며 제 부모님을 구해주지 않았다면 받을 수 없었을, 그 무엇과도 바꿀 수 없을 만큼 소중한 것들이에요. 정말— 고마, 워요."

그렇게 말하는 오리가미의 얼굴에는 진심이 어려 있었다.

"그, 그랬, 구나……."

시도는 고개를 옆으로 돌리면서 말했다. 오리가미의 부모님이 돌아가신 것은 유감이며, 안타깝게 생각하고 있었다. 하지만…… 방금 오리가미가 한 말을 듣고, 시도는 자신이 한 일이 헛되지 않았다고 생각하며 구원받은 듯한 기분을 맛봤다.

하지만 오리가미는 조금 전, 자신의 부모님은 교통사고로 돌아가셨다고 말했다. 그 말이 사실이라면—.

시도는 고개를 들어 오리가미의 눈을 지그시 바라보았다. 그리고 마른침을 삼키며 각오를 다진 후, 입을 열었다.

"그럼— 토비이치 양은 왜 AST에 들어간 거야?"

"아……."

시도의 말을 들은 오리가미는 숨을 삼켰다.

그렇다. 시도는 그 점이 이해되지 않았다. 5년 전 대화재가 발생한 날, 오리가미의 부모님은 천사에게서 뿜어져 나온 일격을 피했다. 그렇다면 오리가미가 정령을 증오할 이유가 없는데…….

"어떻게 AST를—."

말을 하던 오리가미는 무언가를 깨달았는지 미간을 살짝 찌푸렸다.

"저기, 이츠카 군. 혹시 공간진 경보가 울릴 때, 셸터 밖에 있었던 적이 있나요?"

"뭐……? 아—."

오리가미의 말을 듣고 그녀의 얼굴에 맺힌 미심쩍은 표정을 본 시도는 짧은 탄성을 터뜨렸다.

그렇다. 이 세계에서도 오리가미가 AST에 소속되어 있다면, 정령과 이야기를 나누려 하는 시도의 모습을 그녀가 목격했을 가능성도 충분히 있었다.

"으, 응…… 몇 번 있어."

"……역시 그랬군요. 잘못 본 게 아니었던 거네요."

"뭐?"

"실은 말이죠. 위험 지대에 있는 일반인을 봤다는 이야기가 부대 안에서 화제가 된 적이 있어요. —『그때』 그 사람과 비슷하다고 생각하기는 했지만, 역시 이츠카 군이었군요."

그렇게 말한 오리가미는 눈빛을 날카롭게 만들면서 말했다.

"매우 위험한 짓이에요. 앞으로는 절대 그러지 마세요."

"으, 으음……."

대답이 궁해진 시도는 애매하게 대답했다. 〈라타토스크〉가 내리는 임무를 수행해야 하는 시도는 앞으로도 정령이 출현하면 그 정령과 접촉해야만 했다.

그 반응을 어떻게 받아들인 것인지는 모르겠지만, 오리가미는 작게 한숨을 내쉬었다.

시도는 오리가미가 더 추궁할 것이라고 생각했지만, 그녀는 캐물으려 하지 않았다.

그 대신, 강한 의지가 어린 표정을 지으면서 시도를 바라보았다.

"제가 AST에 들어간 이유……를 물었죠?"

"응. 괜찮다면 가르쳐주지 않겠어?"

시도의 말을 들은 오리가미는 고개를 끄덕였다.

"이츠카 군. AST를 알고 있다면 공간진의 원인이 뭔지도 알고 있죠?"

"……정령."

"맞아요. 특수 재해 지정 생명체, 정령. ―그리고 이미 알고 있을지도 모르지만, 5년 전 화재가 발생했을 때 당신의 형을 죽인 것도 정령이에요."

"그건―."

시도는 말끝을 흐렸다. 시도는 이렇게 살아 있지만, 당시의 오리가미가 보기에는 눈앞에서 인간이 소멸된 것처럼 보였으리라.

오리가미는 주먹을 쥐면서 말을 이었다.

"그 사람은 제 아버지와 어머니를 구하기 위해 목숨을 잃었어요. 지금의 제가 존재할 수 있는 건 그 사람 덕분이에요. ―그래서, 저는 생각했어요. 더는 당신의 형 같은 사람이 생기지 않게 하겠다고요. 정령으로부터 사람들을 지키는 이가 되자……고요."

"아……."

시도는 무심코 낮은 신음을 흘리고 말았다.

흩어져 있던 퍼즐 조각이 완벽하게 맞춰진 것 같은 느낌이 들었다.

원래 세계의 오리가미는 자신의 부모님을 죽인 정령을 향한 증오심 때문에 정령을 쓰러뜨리기로 맹세했다.

그것을 막기 위해 5년 전의 세계로 간 시도는 오리가미의 부모님을 구하는 데 성공했다.

하지만, 『부모님의 죽음』을 막는 과정에서 부차적으로 발생한 『시도의 죽음』이 오리가미가 새로운 결의를 하게 되는 계기가 된 것이다.

너무나도— 아이러니했다. 이 운명의 장난을 안 시도는 엄청난 충격을 받고 말았다.

"……이츠카 군?"

시도가 꿀 먹은 벙어리처럼 아무 말도 하지 않자, 오리가미는 고개를 갸웃거렸다. 그런 그녀를 바라보고 있는 시도의 손가락 끝이 희미하게 떨렸다.

"아, 아무것도 아냐……."

물론 아무것도 아니지 않았다. 하지만 지금은 그렇게 말할 수밖에 없었다.

시도는 역사를 바꾸는 데 성공했다. 하지만 결국 오리가미는 목격하고 만 것이다. 정령이— 사람을 죽이는 모습을.

하지만 그것이 의미하는 것은 절망만이 아니었다.

원래 세계와 이 세계는 같은 결과를 맞이한 것 같지만 그 결과로 이어지는 과정에서 일어난 일이 달랐다. 원래 세계에서 죽은 이는 오랜 시간을 함께해온 부모님이었지만, 이 세계에서 오리가미가 목격한 것은 이름도 모르는 소녀의 죽음이었던 것이다.

게다가 그 소녀는 지금도 살아 있다. 그 사실을 설명한다면—.

하지만. 시도는 입술을 깨물었다. 자신이 중요한 사실을 잊고 있다는 것을 깨달은 것이다.

그렇다. 이 세계의 오리가미는 정령이 되었을 뿐만 아니라 반전까지 하고 만 것이다.

『반전』이라는 현상에 대해 자세하게 알지는 못했다. 하지만 정령이 절망에 빠졌을 때 그 현상이 일어난다는 사실은 알고 있었다.

"……."

시도는 다시 오리가미를 바라보았다. 그녀는 시도가 아는 오리가미와는 말투와 분위기가 달랐다. 하지만 지금 자신의 눈앞에 있는 소녀는 이 세상에 절망한 것처럼 보이지는 않았다.

코토리는 시도에게 무모한 짓을 하지 말라고 말했다. 하지만— 시도는 물어볼 수밖에 없었다.

"뭐 하나만…… 물어봐도 될까?"

"아, 예. 물어보세요."

오리가미는 고개를 갸웃거리면서 대답했다. 그런 그녀를 본 시도는 각오를 다지면서 질문을 던졌다.

"—토비이치 양은 왜…… 정령이 된 거야?"

하지만.

"예?"

시도의 말을 들은 오리가미는 영문을 모르겠다는 듯이 눈을 동그랗게 떴다.

"으음, 정령이 되었다고요……? 제가? 그게 무슨 말이죠?"

"뭐?"

그녀의 반응을 본 시도 또한 눈을 동그랗게 뜨고 말았다.

한순간 오리가미가 시치미를 떼고 있다고 생각했지만…… 그렇지 않았다. 오리가미는 진심으로, 시도가 무슨 말을 하는 것인지 모르겠다는 표정을 짓고 있었다.

"뭐가 어떻게 된 거지……? 그건 분명……."

시도가 혼잣말을 중얼거리면서 생각에 잠겨 있을 때, 학교 전체에 벨 소리가 울려 퍼졌다. 아무래도 점심시간이 끝난 것 같았다.

"점심시간이 끝났나 보네요. 저 먼저 돌아갈게요. —이츠카 군과 이야기를 나눌 수 있어서 정말 좋았어요. 고마워요."

오리가미는 그렇게 말한 후, 계단을 내려갔다.

"아—."

시도는 그런 그녀를 잡듯 입을 열었다. 시도의 머릿속은 의문으로 가득 차 있었다. 이런 상태에서 오리가미를 돌려보내서는 안 된다는 느낌이 들었다.

"조, 조금만 더— 이야기하지 않겠어?"

"예? 곧 수업이 시작될 텐데요?"

"오, 오늘이 아니라도 괜찮아! 네가 시간 날 때라도 괜찮으니까, 또— 나와 만나주면 안 될까?"

"예? 그 말은—."

오리가미는 깜짝 놀란 듯한 표정을 지은 후, 갑자기 볼을 붉혔다.

그 반응을 보고서야 자신이 무슨 말을 했는지 깨달은 시도는 "아." 하고 탄성을 터뜨리며 얼굴을 붉혔다.

—방금 그 말은, 영락없는 데이트 신청인 것이다……!

"으음……."

시도가 무슨 말로 오해를 풀지 고민하고 있을 때, 오리가미는 고개를 살짝 돌리면서 입을 열었다.

"……저기, 생각할 시간을 조금만 주지 않겠어요?"

"응? 무, 물론이지……!"

시도가 반사적으로 그렇게 대답하자, 오리가미는 그를 향해 고개를 숙였다.

"그럼 먼저 실례할게요."

그리고 그 말을 남기고 빠른 걸음으로 계단을 내려갔다.

"……."

……그 모습을 보면서 시도는 의외라고 생각했다. 여성스러운…… 이런 소리를 하면 원래 세계의 오리가미에게 조금 미

안하지만, 그래도 그녀답지 않은 반응이었던 것이다.

"아냐……."

시도는 천천히 고개를 저으며 자신이 방금 한 생각을 부정했다. 오리가미는 원래 이런 소녀다. 하지만 부모님을 잃은 탓에 합리적이면서도 냉정한 성격으로 변하고 만 것이다.

하지만…… 시도는 지금의 오리가미가 귀엽다고 생각하면서도, 마음 한편으로 쓸쓸함 혹은 아쉬움에 가까운 감정을 느끼고 있었다.

"……으음, 예전의 오리가미에게 너무 익숙해졌던 걸까."

시도는 자조하듯 그렇게 말한 후, 오리가미의 뒤를 쫓아 계단을 내려갔다.

혼잣말을 중얼거리면서 복도를 나아간 시도는 2학년 4반 교실로 돌아갔다. 그 직후 영어 과목 선생님이 교실로 들어오면서 5교시 수업이 시작되었다.

그리고— 수업이 시작된 후 어느 정도의 시간이 흘렀을까.

갑자기 시도의 왼편에 앉은 오리가미가 묘한 행동을 하기 시작했다.

"응……?"

시도가 영문을 모르겠다는 표정을 지으면서 고개를 돌려보니, 오리가미는 공책 구석을 찢은 후 거기에 글자를 적고 있었다.

그리고 그 종이를 접더니, 선생님의 눈을 피해 시도의 책상 가장자리에 놓았다. 마치 1교시 수업 중에 시도가 했던 것처럼 말이다.

"이건……."

"……아!"

시도가 그 종이를 쥐는 것을 본 오리가미는 볼을 붉히면서 약간 당황한 후, 교과서를 들어서 자신의 얼굴을 가렸다.

◇

"……."

그날 방과 후. 학교 옥상에 간 시도는 바닥에 드러누운 채 하늘을 떠다니는 구름을 바라보았다.

그리고 호주머니에서 종이를 꺼내 햇빛에 비춰보듯 하늘을 향해 들었다.

—『이번 주 토요일이라면 괜찮아요.』

그 종이는 좀 전에 오리가미가 준 것이다. 아무래도 시도의 제안에 대한 대답 같았다. 그 밑에는 조그마한 글씨로 메일 주소가 적혀 있었다.

"토요일……."

시도는 그렇게 중얼거리면서 종이를 호주머니에 넣고 가볍게 기지개를 켰다.

일단 따로 만나자는 약속을 하는 것에는 성공했다. 〈라타토스크〉의 도움을 받지 않은 데다 상대가 처음 만나는 것이나 다름없는 소녀라는 점을 고려하면, 기적 같은 일이라고 해도 과언이 아니리라.

하지만 문제는 아직 산더미처럼 남아 있었다.

정령이 되었을 뿐만 아니라 반전까지 한 오리가미가 그 사실을 전혀 자각하지 못하고 있다는 것부터가 믿기지 않았다.

시도는 머릿속으로 여러 가지 가능성을 생각해봤다.

가장 어이없으면서도 현실성 있는 가능성은 시도가 착각을 했다는 것이다.

코토리가 보여준 영상에 찍힌 이는 확실히 오리가미처럼 보였다. 하지만 오리가미와 비슷한 영장을 지닌 정령이 없다고 단언할 수는 없었다.

그리고 오리가미가 거짓말을 했을 가능성 또한 있었다. 시도의 눈에는 그렇게 보이지 않았지만, 그는 범죄 심리학에 조예가 있지도 않고 유명 겜블러도 아니다. 오리가미의 연기에 속았을 가능성 또한 충분히 존재했다.

그 외에는—.

"설마 오리가미가 두 명……인 건 아니겠지……?"

시도는 그렇게 중얼거린 후, 헛웃음을 흘렸다.

아무튼, 방금 일을 포함해 〈라타토스크〉 측과 상의해야만 할 것 같았다.

하지만…… 몸을 일으키려던 시도의 입에서 하암 하고 하품이 흘러나왔다. 그와 동시에 몸에서 점점 힘이 빠져 나갔다.

하지만 그것도 무리는 아니었다. 그는 어젯밤에 〈라타토스크〉의 데이터베이스를 살펴보느라 잠을 거의 못 잤던 것이다.

"오리……가미……."

시도는 그녀의 이름을 중얼거리면서 천천히 눈을 감았다.

그 후로 어느 정도의 시간이 흘렀을까.

"으음……."

시도는 신음을 흘리면서 눈을 떴다.

잠시 후, 서서히 잠에서 깨어나기 시작한 시도는 자신이 어느새 잠들어버렸다는 사실을 깨달았다. 아무래도 생각했던 것보다 피로가 더 많이 쌓였던 것 같았다.

"아…… 큰일 났네. 지금 몇 시지?"

현재 시각을 확인하기 위해 호주머니에서 핸드폰을 꺼내려던 시도는 위화감을 느끼고 미간을 찌푸렸다.

"어……?"

잠들기 전과 뭔가가 달라진 것 같은 느낌이 들었다.

그는 잠시 동안 생각에 잠긴 후, 그 위화감의 정체를 눈치챘다. ―베개다. 잠들기 전까지만 해도 시도의 머리 밑에는 아무것도 없었는데, 지금은 뒤통수에서 부드러운 감촉이 느껴졌다.

시도가 그 감촉의 정체를 확인하기 위해 머리 뒤편으로 손을 내민 순간, 그의 시야에 한 소녀의 얼굴이 불쑥 들어왔다.

"—어머나, 엉큼한 짓은 자제해주시지 않겠어요?"

"우왓?!"

그 목소리를 듣고 깜짝 놀란 시도는 눈을 동그랗게 떴다.

다음 순간, 그는 자신의 뒤통수에서 느껴지는 감촉이 무엇인지— 그리고, 이 소녀가 누구인지 눈치챘다.

"쿠…… 쿠루미?!"

그는 당황한 목소리로 그 소녀의 이름을 외쳤다.

그렇다. 시도의 시야에 들어온 이는, 그를 5년 전의 세계로 보냈던 정령 토키사키 쿠루미였다.

아무래도 쿠루미는 잠든 시도에게 무릎베개를 해주고 있었던 것 같았다.

"우후후. 안녕하세요, 시도 씨. 시도 씨가 잠자는 모습, 정말 귀여웠답니다."

"……윽!"

그 말을 듣고 부끄러움을 느낀 시도는 그대로 그녀의 허벅지에서 머리를 떼며 벌떡 일어났다.

"어머나, 어머나."

쿠루미는 그런 시도의 반응이 재미있다는 듯이 웃음을 터뜨리면서 우아한 동작으로 자리에서 일어났다.

쿠루미는 영장을 걸치고 있지 않았다. 시도가 그녀를 처음 만났을 때처럼 라이젠 고교의 교복을 입고 있었던 것이다. 참고로 시계 문자판이 새겨진 왼쪽 눈은 앞 머리카락으로 가리고 있었다.

"쿠루미, 너……."

말을 멈춘 시도는 마른침을 삼키며 긴장했다.

생각해보니, 이 세계에 존재하는 쿠루미가 시도가 알고 있는 쿠루미와 같은 기억을 지녔을 거라는 보장이 없었다. 시도는 오늘 하루 동안 그 사실을 지긋지긋할 정도로 실감했다. 그러니 최악의 정령인 쿠루미를 경계하는 것은 어찌 보면 당연했다.

하지만 시도의 반응을 보고 눈을 동그랗게 뜬 쿠루미는 한 손으로 입가를 가린 채 웃음을 터뜨렸다.

"시도 씨, 그렇게 경계하지 않아도 된답니다. 만약 시도 씨를 『잡아먹을』 생각이었다면 당신이 무방비한 얼굴로 자고 있는 동안 볼일을 끝마쳤을 거예요."

"으……."

쿠루미의 말이 옳다고 생각한 시도의 볼을 타고 식은땀이 흘렀다.

하지만 그렇다고 해서 긴장을 풀어도 되는 상황은 아니었다. 시도는 쿠루미의 말에 동의하면서도 경계심 섞인 눈빛으로 그녀를 빈틈없이 살폈다.

"어머나, 어머나. 의심이 많으시군요. ―함께 세계를 바꾼 사이인데, 너무한 것 아닌가요?"

쿠루미는 그렇게 말한 후, 어깨를 으쓱했다.

그 말을 들은 시도는 눈을 치켜떴다.

"……아! 쿠루미, 너―."

"예. 기억하고 있답니다. 원래 세계도— 그리고 오리가미 양도 말이죠."

"……윽!"

쿠루미의 입에서 나온 말을 들은 시도는 온몸의 솜털이 쭈뼛 서는 듯한 느낌을 받았다.

그것도 무리는 아니었다. 이 세계에 온 후, 처음으로 자신 외에도 오리가미를 기억하는 이와 만난 것이다. 사막을 방황하다 겨우 이정표를 발견한 여행자가 된 듯한 느낌이었다. 시도는 쿠루미를 덥석 끌어안고 싶은 마음을 억누르며 입을 열었다.

"내 말 좀 들어봐, 쿠루미. 이 세계는 좀 이상해. 오리가미가—."

"—정령이 되어 있었죠?"

시도의 말을 잇듯 쿠루미가 말했다. 그 말을 들은 시도는 깜짝 놀란 표정을 지으며 눈을 동그랗게 떴다.

"……아, 알고 있었어?"

"예. 조금 전에 알았답니다."

"그랬구나……."

시도는 잠시 고개를 숙인 후, 말을 이었다.

"대체…… 어째서 이렇게 된 거지? 오리가미에게 무슨 일이 있었던 걸까?"

"그건 저도 알 수 없어요. 하, 지, 만—."

쿠루미는 그 자리에서 몸을 빙글 회전시킨 후 말했다.

“그걸 오리가미 양에게서 알아낼 방법이라면…… 있어요.”
“저, 정말이야?”
“예.”
쿠루미는 웃음을 흘린 후, 스텝을 밟듯 발뒤꿈치로 옥상 바닥을 살짝 걷어찼다. 그러자 쿠루미의 발치에 있는 그림자가 그녀의 몸을 감싸더니, 이윽고 붉은색과 검은색으로 된 드레스로 변했다.
영장. 정령을 지키는 갑옷이자 성(城). 느닷없이 그것을 현현시키는 쿠루미를 본 시도는 경계심 어린 시선으로 그녀를 쳐다보았다.
“우후후. 그렇게 무서워하실 필요는 없답니다.”
쿠루미는 그렇게 말하면서 오른손을 내밀었다. 그러자 그림자 안에서 한 자루의 단총이 튀어나와 그녀의 손에 쥐어졌다.
쿠루미는 혀로 입술을 살짝 핥으면서 말했다.
“이 【열 번째(유드) 탄환】을 오리가미 양에게 맞추면, 그녀가 이 세계에서 어떤 인생을 살았는지 알 수 있어요. 물론 모든 것을 다 알아낼 수 있는 것은 아니지만, 어째서 정령이 되었는지에 초점을 맞추면 시도 씨가 원하는 정보를 손에 넣을 수 있을 거랍니다.”
“【유드】…… 그래!”
시도는 눈을 치켜떴다. 【유드】. 그것은 탄환에 맞은 대상이 지닌 과거의 기억을 쿠루미에게 전달해주는 능력이었다. 그것을 쓰면 오리가미에게 무슨 일이 있었는지 알 수 있으리라.

“하지만…… 그렇다면 원래 세계에서 오리가미가 반전했을 때도 【유드】로 원인을 알 수 있었던 것 아냐?”

시도가 머릿속을 스친 의문을 말하자, 쿠루미는 어깨를 으쓱하면서 말했다.

“뭐— 이론상으로는 그렇게 되겠죠. **바로 그** 오리가미 양에게 다가가서 【유드】를 맞출 수 있다면 말이에요.”

“으…….”

시도의 볼이 희미하게 떨렸다. 반전한 오리가미에게 그런 짓을 하는 것은 불가능에 가깝다는 것을 깨달은 것이다.

“아, 아무튼 그거면 이 세계의 오리가미가 반전한 원인을 알 수 있는 거지? 부탁이야, 쿠루미. 도와줘!”

“우후후, 어떻게 할까요.”

쿠루미는 이 상황을 재미있어 하는 것처럼 웃음을 흘리면서 총구에 입술을 댔다.

방과 후. 하교했던 오리가미는 다시 라이젠 고교로 돌아왔다.

이유는 단순했다. 하교하는 도중에 자신이 항상 하고 다니던 머리핀이 어느새 없어졌다는 사실을 눈치챈 것이다.

딱히 비싸지도 않은 머리핀이지만— 옛날에 어머니가 사준 소중한 물건이기에 잃어버릴 수는 없었다.

하지만 그 머리핀을 어디서 흘렸는지 기억이 나지 않았다.

결국 오리가미는 왔던 길을 되돌아가기로 했다. 결국 고등학교까지 돌아간 그녀는 입구, 복도, 교실을 지나 점심시간에 이츠카 시도와 이야기를 나눴던 옥상 앞 계단까지 갔다.

"아— 여기 있었구나."

오리가미는 몸을 숙여 바닥에 떨어져 있던 머리핀을 주웠다.

아무래도 시도와 대화를 나누다 떨어뜨린 것 같았다. 아마 시도가 부모님을 구해준 소년의 동생이라는 사실을 알고 그의 손을 움켜잡았을 때 흘렸으리라.

"앞으로는 안 흘리게 조심해야지……."

오리가미는 그렇게 중얼거리며 손가락으로 머리핀을 닦은 후, 머리카락에 꽂았다.

바로 그때였다.

"어……?"

문에 달린 유리창 너머로 보이는 옥상을 문뜩 바라본 오리가미는 그곳에 있는 두 사람을 보았다.

한 사람은 클래스메이트인 이츠카 시도였다.

그리고 다른 한 사람은— 붉은색과 검은색으로 된 영장을 걸친, 정령 〈나이트메어〉였다.

"아————."

그 사실을 인식한 순간.

오리가미의 의식은 마치 전원이 꺼진 것처럼 끊어졌다.

"어……?"

시도는 옥상 입구가 열리는 소리를 들었다.

그쪽을 향해 고개를 돌려보니, 고개를 숙인 채 서 있는 한 소녀가 눈에 들어왔다.

"어라…… 오리가미?"

그렇다. 고개를 숙이고 있기 때문에 바로 알아보지 못했지만— 그 소녀는 바로 토비이치 오리가미였다. 수업이 끝나고 한참이 지났는데 이런 곳에는 무슨 일로 온 것일까.

그 이유를 물어보려던 시도는 갑자기 말을 멈췄다.

이유는 단순했다. 자신의 옆에 정령인 쿠루미가 서 있다는 사실을 떠올린 것이다.

이 세계의 오리가미도 얼마 전까지 AST에 소속되어 있었다. 그렇다면 쿠루미를 알아볼지도 모른다. 적어도 자료 영상을 통해 쿠루미를 본 적은 있으리라.

"오, 오리가미. 이건 말이야……."

겨우 오리가미와 만나기로 약속을 잡았는데, 그녀가 이상한 오해라도 하면 곤란했다. 그렇게 생각한 시도는 어떻게든 이 상황을 얼버무리기 위해 입을 열었다.

하지만 오리가미는 시도의 목소리가 들리지 않는 것 같았다. 고개를 푹 숙인 그녀는 양손을 축 늘어뜨린 채 천천히 다가왔다.

"오리가미……?"

"어머나, 어머나."

시도가 오리가미의 이름을 입에 담은 순간, 쿠루미가 미간을 찌푸렸다. 그리고 그림자가 쿠루미의 몸을 감싸듯 검은색으로 물들인 직후, 그녀는 교복 차림으로 되돌아왔다.

"이 세계에서는 처음 뵙는…… 걸려나요? 오리가미 양. 뭐, 당신은 저와 만난 적이 있을지도 모르지만—."

"정, 령……."

—그 순간.

쿠루미의 말을 끊듯 오리가미가 작게 중얼거린 순간, 칠흑빛 어둠이 거미줄처럼 그녀의 몸 주위로 퍼져나갔다.

마치 오리가미의 주위만이 밤이 되어버린 듯한 광경이었다. 그 광경을 본 시도는 무심코 눈을 치켜떴다.

"앗—?!"

다음 순간, 그 어둠은 소용돌이치듯 오리가미의 몸을 감싸더니 마치 상복을 연상케 하는 드레스로 변했다.

그것은 바로—.

"영장……?!"

시도는 경악으로 가득 찬 목소리로 그렇게 외쳤다.

그렇다. 옥상에 나타난 오리가미의 몸을 감싸고 있는 것은, 정령의 갑옷인 영장이었다.

게다가 시도가 일전에 본 새하얀 신부 드레스 같은 영장이 아니라, 반전한 그녀가 걸치고 있던 칠흑빛 영장이었다.

그 순간, 숨 막힐 정도의 긴장감과 중압감이 주위를 가득 채웠다. 다리가 덜덜 떨리기 시작하더니, 잠시라도 긴장을 풀었다간 그 자리에서 그대로 주저앉을 것만 같았다.

하지만 그것도 무리는 아니었다. 절대적인 힘을 지닌 파괴의 화신, 『마왕』. 그런 존재가 지금 시도의 눈앞에 나타난 것이다.

“역시— 네가 〈데빌〉이었던 거야……?!”

시도가 물어도 오리가미는 대답하지 않았다.

하지만 눈앞에서 펼쳐지고 있는 광경을 본 이상, 그렇게 생각할 수밖에 없었다. 코토리가 보여준 영상에 찍힌 〈데빌〉은 바로 오리가미 본인이었던 것이다. 하지만 오늘 낮에 시도가 오리가미에게 왜 정령이 되었는지 물었을 때, 그녀는 영문을 모르겠다는 반응을 보였다. 그렇다면 오리가미가 거짓말을 한 것일까. 하지만 거짓말을 하는 것처럼 보이지는 않았는데—.

“시도 씨. 거기 계시면 위험하답니다.”

시도가 경악을 금치 못하면서 생각에 잠겨 있을 때, 쿠루미가 느닷없이 입을 열었다.

다음 순간, 침묵에 잠긴 오리가미의 주위에 어둠으로 이루어진 덩어리가 무수히 생겨났다. 그리고 갑자기 팽창하기 시작한 그것들은 거대한 『깃털』 같은 형태로 변했다.

시도는 그것들을 본 적이 있었다. 원래 세계에서 비처럼 광선을 뿜어내 마을을 초토화시켰던— 반전 상태의 천사였다.

사탄
“……〈구세마왕(救世魔王)〉…….”

오리가미가 중얼거리듯 그렇게 말한 순간, 수많은 『깃털』의

끝 부분이 마치 조준이라도 하듯 시도와 쿠루미를 향했다.

"……윽!"

그 광경을 본 시도는 그 자리에서 딱딱하게 굳어버렸다. 그리고 다음 순간, 그는 옆으로 밀쳐졌다.

그 직후, 시도는 쿠루미가 자신을 옆으로 밀쳐냈다는 사실을 눈치챘다.

"큭……!"

그 사실을 인식한 시도가 고개를 돌려보니, 쿠루미는 이미 공중으로 도약한 상태였다. 그리고 『깃털』에서 뿜어져 나온 광선들은 방금까지 쿠루미가 있었던 장소를 파괴한 후, 그대로 하늘 너머로 뻗어나갔다.

"꽤나— 거친 인사군요!"

쿠루미는 그렇게 외치면서 들고 있는 단총의 방아쇠를 당겼다. 그러자 그림자를 응축시켜 만든 듯한 탄환이 총구에서 발사되어 오리가미를 노렸다.

하지만 오리가미의 주위에 떠 있는 『깃털』이 방패처럼 그 일격을 가볍게 막아냈다.

그리고 다른 『깃털』들의 끝이 공중에 있는 쿠루미를 향하더니—.

"큭—."

무방비 상태인 쿠루미를 향해 칠흑빛 광선이 뻗어나갔다.

쿠루미의 가슴을, 복부를 광선이 관통했고 그녀의 목과 손발이 떨어져 나갔다. 아름다운 외모를 지닌 소녀가 순식간에 처참한 주검으로 변하고 만 것이다.

"쿠루미……?!"

시도가 고함을 지르기를 기다리기라도 한 것처럼, 방금까지 쿠루미라는 존재를 구성했던 것들이 하늘에서 후두두 떨어졌다. 그것들은 옥상 바닥에 떨어지자마자 다 타버린 숯처럼 가루가 되었다.

"오, 오리가미, 너—."

고개를 든 시도는 말을 멈췄다.

"어—?"

그리고 망연자실한 표정을 짓고 말았다.

그것도 무리는 아니었다. 쿠루미를 죽인 오리가미가 무너지듯 그 자리에 무릎을 꿇더니 주위에 떠 있던 수많은 『깃털』이 입자로 변해 공기에 녹아들 듯 사라져버린 것이다.

그리고 그 뒤를 이어 오리가미의 몸을 감싸고 있던 칠흑빛 영장이 사라지더니, 그녀는 교복 차림으로 돌아왔다.

마치— 쿠루미를 죽인다는 목적을 달성했기 때문에 더는 그 형태를 유지할 필요가 없다는 것처럼 말이다.

"이게…… 대체……."

시도가 눈앞에서 일어난 일을 이해하지 못하고 있을 때, 오리가미가 천천히 고개를 들었다.

그리고.

"……어머, 이츠카 군? 이런 데서 뭘 하고 있는 거예요?"

시도를 본 오리가미가 고개를 갸웃거리면서 그렇게 말했다.

“뭐……?”

뜻밖의 반응을 본 시도는 눈을 동그랗게 떴다.

방금 시도가 보는 앞에서 쿠루미를 죽인 오리가미의 표정과 목소리에서는 눈곱만큼의 독기도 느껴지지 않았다. 만약 오리가미가 지금 연기를 하고 있는 거라면, 그녀는 역사에 이름을 남기고도 남을 정도의 명배우나 천재 사기꾼이 될 수 있으리라.

“대체 뭐가…… 어떻게 된 거야…….”

시도가 망연자실한 표정을 지으며 그렇게 중얼거리자, 오리가미는 영문을 모르겠다는 듯이 고개를 갸웃거렸다. 하지만 그녀는 시도의 반응을 보고 의아해하는 것이 아니라, 자신이 옥상에 있는 이유를 떠올리려 하는 듯한 눈치였다.

“혹시, 또…….”

오리가미는 낮은 목소리로 그렇게 중얼거린 후, 손으로 무릎을 털면서 몸을 일으켰다.

“또? 무, 무슨 소리야……?”

“예? 아…… 방금 제가 한 말, 들렸나요?”

시도의 말을 들은 오리가미는 머리를 긁적였다.

“실은 얼마 전부터 때때로 의식을 잃을 때가 있어요. 아무래도 빈혈 때문인 것 같은데…….”

“의식을……?”

시도는 미간을 모으면서 마른침을 삼켰다.

오리가미는 그런 시도를 이해가 안 된다는 듯이 바라본 후,

뭔가를 떠올린 것처럼 "아." 하고 말했다.

"저기, 제가 수업 중에 드렸던 종이는 읽어봤어요?"

"뭐……? 으, 응…… 읽긴, 했는데……."

시도의 대답을 들은 오리가미는 뒤돌아섰다.

"으음, 그럼…… 약속한 걸로 알게요."

오리가미는 그렇게 말한 후, 서둘러 옥상에서 내려갔다.

"아—."

시도는 그녀를 불러 세우고 싶었지만 그럴 수 없었다. 오리가미가 옥상에서 나간 후 그대로 계단을 통해 아래로 내려가고 말았기 때문이다.

홀로 남겨진 시도는 잠시 동안 망연자실한 표정을 지은 채 멍하니 서 있을 수밖에 없었다.

오리가미가 나타나, 반전한 정령으로 변하더니, 쿠루미를 죽인 후, 아무 일도 없었다는 듯한 얼굴로 사라졌다. 그 일들은 5분도 채 되지 않는 시간 동안 벌어졌다. 하지만 그 짧은 시간 동안, 시도를 둘러싼 세계는 그야말로 일변하고 말았다.

"쿠루미……."

시도가 중얼거리듯이 그녀의 이름을 부르자—.

"……예. 부르셨나요?"

—시도 옆에 있던 그림자가 술렁이더니, 그 안에서 방금 오리가미에게 살해당한 쿠루미가 얼굴을 내밀었다.

"……."

"어머나, 그렇게 놀라신 것 같지는 않네요."

"……전에도 비슷한 일이 있었잖아."

그렇게 대답한 시도는 머리를 거칠게 긁적였다. 아마 오리가미가 나타난 순간 분신과 본체를 바꿔치기한 것이리라.

"……분신을 총알받이로 쓰는 듯한 너의 그 방식이 마음에 안 들어. 분신이라고 해도 살아 있다고."

"우후후, 시도 씨는 상냥하시군요. 하지만 그렇게 생각하실 필요 없답니다. 【여덟 번째 탄환(헤트)】을 쓰면 방금 죽은 『저』를 재현하는 것도 가능하니까요."

"……."

시도는 아무 말 없이 한숨을 내쉬었다. 자신과 쿠루미는 생명에 대한 가치관이 달라도 너무 달랐다.

쿠루미는 그 점에 대해 더는 이야기할 생각이 없는 것 같았다. 그녀는 화제를 바꾸듯 오리가미가 사라진 옥상 입구 쪽을 쳐다보았다.

"조금 전의 오리가미 양에 대해 어떻게 생각하죠?"

"글쎄……."

솔직히 말해 뭐가 어떻게 된 건지 알 수가 없었다. 시도는 당혹스러운 표정으로 턱에 손을 댔다.

"뭐, 딱 하나 확실한 점은 【유드】로 오리가미 양의 기억을 확인해보는 것은 힘들 것 같다……는 거군요."

"그건…… 그렇겠지."

이 세계의 오리가미가 어떤 상태인지는 알 수 없지만, 쿠루미를 보고 정령의 형태가 된 것은 틀림없다. 그렇다면 그녀에게 접근하는 것조차 힘들 것이다.

"어째서…… 이렇게 된 거야. 내가— 내가 잘못된 짓을 한 거야……?"

시도가 절망에 찬 목소리로 한 말을 들은 쿠루미는 휴우 하고 한숨을 내쉬었다.

"그렇지는 않다고 봐요. 그때 오리가미 양의 부모님을 구하지 않았다면, 이 세계의 텐구 시도 반전한 그녀에게 유린당했을 테니까요. —그렇게 생각한다면, 지금 이 상황도 『최악』……은 아니라고 할 수 있지 않을까요?"

"그, 그건 그럴지도 모르지만……."

쿠루미의 말을 들은 시도는 말끝을 흐렸다.

쿠루미가 하는 말이 틀리다고 생각하는 것은 아니다. 원래 세계에서 일어난 일을 생각하면, 이 세계는 아직 평화롭다고 할 수 있었다.

하지만…… 역시 시도는 납득이 되지 않았다. 그때 오리가미에게 무슨 일이 있었던 걸까. 그 점이 신경 쓰여서 견딜 수가 없었다.

그런 시도의 표정을 본 쿠루미는 빙긋 웃었다.

"뭐, 시도 씨라면 그렇게 생각할 줄 알았어요. —실은 저도 과거가 변했을 때 세계가 어떤 식으로 변하고 마는지에 대해서는 꽤 흥미가 있답니다."

"뭐?! 그럼—."

시도는 말을 이으려다 멈췄다. 쿠루미가 손가락을 하나 세워 시도의 입술에 댔기 때문이다.

“하, 지, 만…… 저도 그렇게 사람이 좋지만은 않답니다. 여기서부터는 별도 요금인데, 괜찮겠어요?”

쿠루미는 그렇게 말한 후, 입술을 일그러뜨렸다. 그녀의 처절한 미소를 본 시도는 무심코 숨을 삼켰다.

“후후—.”

그런 시도를 본 쿠루미는 어깨를 으쓱했다. 그리고 그 자리에서 빙글 돌았다.

“그럼 저는 이만 가보겠어요. —또 만나요, 시도 씨.”

그 말만을 남긴 후, 쿠루미는 그림자 속으로 사라졌다.

◇

“—자아.”

시도가 집에 돌아오자, 검은색 리본으로 머리카락을 묶은 사령관 모드 코토리가 입에 문 막대 사탕의 막대 부분을 꼿꼿이 세우면서 말했다.

“어떻게 된 건지 말해줄 거지? 시도.”

그렇게 말한 코토리는 시도를 노려보았다.

그녀가 저러는 이유는 시도도 알고 있었다. —바로 오리가미 때문인 것이다.

시도의 집 거실에는 세 사람이 있었다. 그 세 사람은 시도와 코토리, 그리고 소형 단말기 앞에 앉아 있는 졸려 보이는 여성이었다. 그녀는 바로 〈라타토스크〉의 해석관인 무라사메 레이네다.

"레, 레이네 씨도 왔어요?"

"……응. 뭐, 서기(書記) 대신이라고 생각해. 혹시 나에게 하기 힘든 이야기면 자리를 비켜줄게."

"아, 그런 건 아닌데……."

시도는 그렇게 말하면서 볼을 긁적였다.

토카와 요시노를 비롯한 다른 정령들이 여기 없는 것을 보면, 맨션에서 기다리고 있으라고 말해둔 것이리라. 아무래도 코토리는 시도를 심문하기로 작정한 것 같았다.

"자아. 그럼 자초지종을 말해봐, 시도."

코토리는 시도를 향해 턱짓을 하면서 말했다.

"으, 응……."

하지만, 시도는 코토리의 분위기에 압도당하면서도 입을 떼지 못했다.

오전에는 〈라타토스크〉의 협력을 받기 위해 자초지종은 집에 돌아가서 설명하겠다고 말했다. 하지만 설명을 시작하려고 하니, 자신에게 일어난 일을 어떻게 설명하면 좋을지 감이 오지 않았다.

바로 그때, 시도가 무슨 생각을 하고 있는 것인지 눈치챈 코토리가 언짢음 섞인 코웃음을 쳤다.

"……흥. 뭐야? 아직도 설명할 마음이 들지 않는 거야? 아니면 내가 시도의 말을 이해하지 못할까 봐 불안한 거야? 얕

잡아보지 마. 시도 눈에는 내가 그렇게 못미더운 사령관 같아 보이는 거야?"

"그, 그런 건 아닌데……."

시도가 고개를 젓자, 코토리는 삐친 것처럼 입술을 삐죽 내밀더니 작은 목소리로 말했다.

"……조금은 믿고 기대줘도 된단 말이야…… 오빠."

"……!"

코토리의 말을 들은 시도는 눈을 치켜떴다.

그리고 머리를 거칠게 긁적인 뒤 하아 하고 한숨을 내쉬었다.

"……네 말이 맞아. 미안해, 코토리."

자책하듯 그렇게 말한 시도는 그녀를 향해 고개를 숙였다.

—대체 뭘 이렇게 걱정하고 있는 걸까. 코토리는, 시도의 눈앞에 있는 조그마한 소녀는 시도보다 훨씬 똑똑하고, 훨씬 강한데 말이다.

"이상한 이야기처럼 들릴지도 모르지만, 지금부터 내가 하는 이야기는 전부 사실이야. —들어주겠어?"

시도가 그렇게 말한 순간, 코토리의 표정이 환해졌다. 하지만 곧 눈썹을 희미하게 모으면서 사령관 모드로 돌아가 고개를 끄덕였다.

"물론이지."

시도는 그런 코토리를 향해 쓴웃음을 지으면서 이야기를 시작했다.

오리가미라는 소녀와 자신은 아는 사이다.

그 오리가미가 정령이 되었을 뿐만 아니라, 반전체가 되어 마을을 파괴했다.

시도는 그것을 막기 위해 쿠루미의 힘을 빌려 5년 전 세계에 갔고, 오리가미의 부모님을 구함으로써 세계가 나아가야 할 역사를 바꿨다.

하지만 오리가미는 〈데빌〉이라는 이름의 정령으로서 이 세계에 존재하고 있다.

—약 15분 동안.

시도는 코토리와 레이네에게 자신이 경험한 일을 전부 털어놓았다.

"……이렇게 된 거야."

"……."

이야기를 끝까지 들은 코토리는 낮은 신음을 흘리면서 작게 고개를 끄덕였다.

"—과거를 바꿨다, 라……. 흐음, 시도가 어제부터 좀 이상했던 이유를 이제 알겠어."

코토리는 그렇게 말하면서 턱에 손을 댔다.

"뭐, 일단 믿어줄게. 시도가 나에게 거짓말을 할 이유가 없으니까 말이야. 게다가—."

코토리가 레이네에게 눈짓을 보냈다. 그러자 레이네는 "……응." 하고 작게 말하면서 눈앞에 있는 단말기를 조작한 후, 그 단말기의 화면을 시도와 코토리에게 보여줬다.

"어……?"

그 화면을 본 시도는 숨을 삼켰다.

그 화면에는 라이젠 고교 옥상에 서 있는, 반전한 오리가미의 모습이 있었다. 화면 구석에는 시도와 쿠루미도 있었다. 오늘 오후, 시도가 학교 옥상에서 경험한 상황을 찍은 영상이었다.

"이건—."

"오늘 오후에 자율(自律) 카메라가 찍은 영상이야. ……토비이치 오리가미에 관한 정보를 수집하기 위해 보낸 카메라가 이런 결정적인 순간을 포착할 거라고는 꿈에도 생각하지 못했어."

코토리는 표정을 굳히면서 말했다.

"토비이치 오리가미가 〈데빌〉인 건 틀림없어. 하지만 본인은 그 사실을 자각하지 못하고 있는 것 같아. ……그녀의 파라미터를 레이네가 해석해봤는데, 거짓말을 하고 있는 것 같지는 않았어."

"그럼, 역시……."

"응. 토비이치 오리가미는 자신이 정령이라는 사실을 눈치채지 못했을 가능성이 커."

시도는 코토리의 말을 듣고 숨을 삼켰다.

"그게…… 가능한 거야?"

"우리도 처음 보는 패턴이지만…… 당사자가 이렇게 존재하는데 어떻게 부정하냐구. 뭐, 어쩌다 저렇게 된 것인지는 모르겠지만 말이야."

코토리가 그렇게 말한 후, 단말기를 조작하던 레이네가 작게 한숨을 내쉬면서 자신의 턱을 매만졌다.

"……저기 말이야."

"응? 레이네, 왜 그래?"

"……어디까지나 가설, 아니, 추론에 지나지 않지만, 신의 이야기를 듣고 의문이 든 점이 있어."

"의문……? 그게 뭐죠?"

시도의 말을 들은 레이네는 고개를 끄덕이면서 말했다.

"……신은 세계를 바꾸는 데 성공했어. 그리고 다른 사람들은 원래 세계의 기억을 가지고 있지 않아. ……그렇지?"

"예. 원래 세계를 기억하는 사람은 저와 쿠루미뿐이에요."

"……바로 그 점이야."

"예?"

시도가 고개를 갸웃거리자, 레이네는 손가락 하나를 세우면서 말했다.

"……너와 쿠루미는 왜 원래 세계의 기억을 가지고 있는 걸까? 쿠루미는 그녀가 지닌 능력 덕분에 그런 걸지도 모르지만, 신도 그 기억을 가지고 있는 이유는 모르겠어."

"으음……."

듣고 보니 그랬다. 시도가 세계를 바꾼 장본인이기 때문에 그런 거라고 생각하고 있었지만, 지금 이 자리에 있는 자신은 새롭게 구축된 세계에서 살아온 이츠카 시도다. 하지만 그 기억은 가지고 있지 않고 원래 세계의 기억만 가지고 있는 명확한 이유를 알 수가 없었다.

"……어쩌면, 원래 세계의 기억을 지니기 위한 조건이 있는 걸지도 몰라."

"조건……. 어떤 거죠?"

"……자세한 건 몰라. 쿠루미를 예외로 친다면 샘플로 삼을 케이스가 너무 적거든. 하지만 만약 그 조건이 『쿠루미가 쏜 【유드·베트】를 맞은 적이 있다』, 『영력을 지녔다』…… 같은 거라면 어떨까?"

"예? 그럼……."

시도가 당혹스러운 표정을 지었을 때, 맞은편에 앉은 코토리가 "아." 하고 외치면서 눈을 동그랗게 떴다.

"그래. 만약 복수의 조건이 필요하다면…… 토비이치 오리가미는 〈팬텀〉에 의해 영력을 지니게 된 순간 원래 세계에서 있었던 일을 떠올렸을 수도 있어. 이 세계에서의 기억을 가지고 있으면서도 말이야……!"

"아……!"

코토리의 설명을 듣고서야, 시도는 이해했다.

"자, 잠깐만요, 레이네 씨. 그 말은…… 반전한 오리가미는 『원래 세계의 기억을 되찾은 오리가미』라는 건가요……?!"

시도의 말을 들은 레이네는 눈을 내리뜨면서 말했다.

"……조금 전에도 말했듯이 이건 어디까지나 가설이야. 그럴 가능성도 있다는 이야기지. 하지만…… 그렇게 보면 앞뒤가 맞는 것도 사실이야."

"하, 하지만…… 오늘 낮에 본 오리가미는 평범— 그러니까, 이 세계의 기억만을 가진 오리가미였다고요."

"……자세한 건 쿠루미에게 물어봐야만 알 수 있겠지만, 원래 세계의 기억만을 지니고 있는 신과는 달리 오리가미는 이 세계의 기억만을 가지고 있어. 그런 그녀에게 원래 세계의 기억이 강제적으로 주입되면 어떻게 될까? ……적어도 이 세계의 오리가미에게 좋은 영향을 주지는 않을 거야. 자기 자신을 유지하기 위해, 이 세계의 기억을 지닌 오리가미와 원래 세계의 기억을 지닌 오리가미로 분리되었을지도 몰라."

그리고 레이네는 말을 이었다.

"……그리고 원래 세계의 기억을 지닌 오리가미를 깨우는 스위치가—."

"—정령……인 거네."

코토리는 막대 사탕의 막대 부분을 꼿꼿이 세우면서 말했다. 그 말을 들은 레이네는 "……아마 그럴 거야."라고 말하면서 고개를 끄덕였다.

"……교실에서 토카를 보고도 반응하지 않은 것을 보면, 영력에 반응하는 걸지도 몰라. 그렇다면…… 그녀 앞에서 한정영장을 현현시키는 것은 매우 위험할 것 같네."

그리고 보니 오리가미는 쿠루미를 보고 정령으로 변했다. 그리고 쿠루미를 죽인 후 다시 원래의 오리가미로 돌아왔던 것이다.

"하, 하지만…… 만약 그게 사실이라면 대체 어떻게 해야—."

"그걸 몰라서 묻는 거야?"

코토리는 시도가 떨리는 목소리로 뱉은 말을 끊으면서 말했다.

"상대는 최악의 반전 영령 〈데빌〉이야. 하지만 강대한 영력을 지녔으면서도 특수한 조건이 달성되지 않으면 모습을 드러내지 않는 존재라구."

"그 말은……."

말을 하다 만 시도는 주먹을 쥐었다. —코토리가 무슨 말을 하려는 것인지 눈치챘기 때문이다. 그렇다. 도망치기만 해서는 아무것도 시작할 수 없는 것이다.

"—변칙적인 케이스이기는 해도 토비이치 오리가미가 〈데빌〉이라는 것을 안 이상, 〈라타토스크〉가 할 일은 하나야."

코토리는 시도를 쳐다보았다.

그녀의 말을 이해한 시도는 입술을 꾹 다물면서 고개를 끄덕였다.

〈라타토스크〉의 이념은 공간진의 발생 원인인 정령을 평화적 수단으로 무력화시키는 것이다.

그리고 그 방법은 단 하나뿐이다.

즉—『데이트를 해서, 반하게 만드는 것』이다.

시도의 반응을 보고 고개를 끄덕인 코토리는 막대 사탕을 입에서 빼더니 사탕으로 그를 가리키면서 말했다.

"……그럼 내일부터 본격적인 활동을 시작하자. 우선 시도는 무슨 수를 써서라도 오리가미와 데이트 약속을 잡아. 이번 주 안에 말이야."

"으, 응…… 알았어."

바로 그때, 뭔가가 생각난 시도는 "아." 하고 탄성을 터뜨렸다.

"응? 왜 그래?"

"시, 실은…… 이번 주 토요일에 데이트하기로 약속했어……."

"뭐어?!"

시도의 대답이 너무나도 의외였는지, 코토리는 깜짝 놀란 표정으로 고함을 질렀다.

"그, 그게 무슨 소리야. 관측 결과가 나오기도 전에 벌써 꼬신 거야? 다른 사람도 아니고, 시도가?"

"아, 아니…… 딱히 꼬신 건 아닌데……."

"……그럼 왜 데이트하기로 한 건데?"

"그게, 그러니까……."

시도가 대답을 못하자, 코토리가 그를 노려보기 시작했다.

"흐음…… 원래 세계에서 시도와 토비이치 오리가미가 어떤 사이였는지 자세히 들어봐야 할 것 같네."

"대, 대체 왜……."

코토리는 쥐를 가지고 노는 새끼 고양이를 연상케 하는 손놀림으로 시도의 턱을 매만졌다. 그 미묘한 감촉을 느낀 시도의 얼굴은 어느새 새파랗게 질리고 말았다.

◇

"……아아아아."

밤. 자기 방 침대에 누운 오리가미는 베개를 끌어안은 채 침대를 데굴데굴 굴러다녔다.

그녀가 그러는 이유는 단순했다. 오늘 자신이 한 행동이 이제 와서 부끄러워진 것이다.

아무리 상대가 데이트 신청을 했어도 그렇지, 그렇게 순정 만화틱한 방법으로 데이트를 받아들이는 건 좀 그랬다. 게다가 그 후 옥상에서 그와 재회하고 말았던 것이다. '네가 무슨 순정 만화의 주인공이야?' 하고 자기 자신에게 외치고 싶을 지경이었다.

—하지만. 한숨을 내쉰 오리가미는 침대에 누운 채 천장을 바라보았다.

그 소년…… 이츠카 시도의 얼굴을 봤을 때는 정말 놀랐다.

오리가미의 기억 깊은 곳에 새겨진 소년. 시도는 5년 전에 자신의 목숨을 바쳐 오리가미의 부모님을 구한 그와, 판박이처럼 똑같이 생겼던 것이다.

그래서 그럴까. 오리가미는 시도의 얼굴을 본 순간, 기묘한 감회에 잠겼다.

아니— 그것만이 아니다.

그의 목소리를 들었을 때.

그의 향기를 맡았을 때.

그의 손을 잡았을 때.

—오리가미의 마음은 형용하기 힘든 감정으로 가득 찼다.

대체 그 감정은 무엇일까. 결코 불쾌하지 않은, 하지만, 마음속 깊은 곳이 자극받는 듯한, 그런 불가사의한 감각이었다.

"……설마, 이게……."

오리가미는 낮은 목소리로 말했다. 이 정체불명의 감정. 지금까지 한 번도 느껴본 적이 없는 이 마음. 혹시 이게—.

바로 그때. 베갯머리에 둔 핸드폰에서 메일 착신음이 흘러나왔다.

"……아!"

느닷없이 들려온 전자음 때문에 깜짝 놀란 오리가미는 몸을 벌떡 일으켰다.

그리고 호흡을 진정시킨 후, 베갯머리에 놓아둔 핸드폰의 화면을 본 오리가미는 시도에게서 메일이 왔다는 사실을 깨달았다.

"——!"

그 사실을 인식한 순간, 심장이 미친 듯이 뛰기 시작한 오리가미는 그대로 딱딱하게 굳어버렸다.

하지만 이대로 가만히 있을 수는 없었다. 크게 심호흡을 하면서 마음을 진정시킨 오리가미는 핸드폰을 조작해 그 메일의 내용을 확인했다.

그 메일에는 오늘 범한 무례에 대한 사과, 시간을 내준 것에 대한 감사, 그리고 약속 장소와 약속 시간이 적혀 있었다.

"아, 아앗……."

오리가미는 빨갛게 달궈진 돌이라도 든 것처럼 핸드폰을 양손으로 번갈아 든 후, 또 침대 위를 데굴데굴 굴러다니기 시작했다.

왠지 마음이 진정되지 않았다. 오늘 처음 만난 남자애에게서 메일을 한 통 받았을 뿐인데, 회오리가 부는 것처럼 머릿속이 뒤죽박죽이 되었다.

"……아! 마, 맞아. 답장을 보내야지—."

몇십 초간 허둥댄 후에야 거기까지 생각이 미친 오리가미는 핸드폰에 글자를 입력했다.

"……약속 장소와 시간, 확인했습니다. 이렇게 보내면 되겠—."

하지만. 메일을 보내려던 오리가미는 갑자기 손가락을 멈췄다.

—정말 이대로 보내도 괜찮은 걸까. 너무 간결한 것은 아닐까. 지극히 사무적인 이 답장을 보고 마음 상한 시도가 토요일에 만나기로 한 약속을 취소하는 건 아닐까…….

"……."

오리가미는 문장을 삭제한 후, 다시 메일을 작성하기 시작했다.

시도가 보낸 메일에 적힌 내용에 성심성의를 다해 답했다. 그가 말을 걸어줘서 기뻤으며, 토요일이 너무 기다려질 뿐만 아니라, 시도를 생각할 때마다 불가사의한 마음이 든다는 내용을 시적 표현을 섞어 가며 적었다. 하지만—.

"—네가 무슨 순정 만화 주인공이야?!"

또 부끄러워진 오리가미는 볼을 새빨갛게 붉히면서 다시 글을 삭제했다.

결국 오리가미는 자정이 지난 후에야 시도에게 답장을 보냈다.

◇

11월 11일, 토요일.

시도는 혼자서 텐구 역 앞에 펼쳐진 길을 걸었다.

하늘은 맑고 푸르렀으며, 공기는 서늘하지만 햇살은 따뜻했다. 데이트하기 딱 좋은 날씨였다.

『—그런데 너무 일찍 가는 것 아냐? 만나기로 약속한 시간은 열한 시잖아.』

오른쪽 귀에 꽂은 소형 인터컴에서 코토리의 목소리가 흘러나왔다.

이 인터컴은 시도가 있는 장소에서 약 15,000미터 상공에 떠 있는 공중함 〈프락시너스〉와 연결되어 있었다. 그리고 〈프락시너스〉의 함교에 있는 승무원들은 이 인터컴을 통해 시도의 데이트가 원활하게 진행될 수 있도록 서포트해줄 예정이었다.

"그렇지 않아……."

시도는 낮은 목소리로 그렇게 말하면서 핸드폰 화면을 힐끔 쳐다봤다. 현재 시각은 10시 12분. 약속 시간이 되려면 아직 48분이나 남았다.

"오리가미라면 이미 약속 장소에 나왔을 수도 있어. 물론 이쪽 세계의 오리가미는 내가 아는 오리가미와 미묘하게 다르기 때문에 확신은 할 수 없지만…… 오래 기다리게 하는 것보다는 낫지 않겠어?"

시도의 말을 들은 코토리는 인터컴 너머에서 『흐음…….』 하고 의미심장한 목소리를 냈다.

『꽤 잘 아네. —**평범한 클래스메이트 사이**치고는 말이야.』

코토리가 가시 돋친 목소리로 한 말을 들은 시도는 메마른 미소를 지으면서 진땀을 흘렸다.

원래 세계에서 오리가미와 어떤 사이였는지 묻는 코토리에게 평범한 클래스메이트 사이라고 말했지만…… 아무래도 그녀는 그 말을 믿지 않는 눈치였다.

"……내가 오리가미와 알고 지내게 된 건 바로 너희 때문이라고."

시도는 볼을 씰룩거리면서 인터컴 너머에 있는 코토리를 향해 원망 섞인 목소리로 그렇게 말했다. 5년 전에 그런 일이 있기는 했지만, 시도가 오리가미와 빈번하게 이야기를 나누게 된 것은 코토리가 『훈련』 삼아 오리가미를 꼬시라는 명령을 시도에게 내렸기 때문이다. 시도는 코토리에게 그 이야기도 했지만—.

『흥. 무슨 소리를 하는 건지 도통 모르겠는걸?』

"크……."

확실히 이 세계의 코토리는 그런 말을 한 기억이 없을 것이다. 대답이 궁해진 시도는 어금니를 깨물었다.

이런저런 대화를 나누는 사이, 시도는 역 앞 광장에 도착했다.

오리가미와 만나기로 한 약속 장소는 역 앞 광장에 있는 분수대 앞이다. 시도가 일전에 오리가미, 토카, 쿠루미와 트리플 부킹 데이트를 했을 때도 그녀와 이곳에서 만나기로 했었다.

"아—."

광장 안으로 들어선 순간, 시도는 낮은 탄성을 지르면서 그 자리에 멈춰 섰다.

시도가 그런 이유는 단순했다. 약속 장소에 먼저 와 있는 오리가미를 봤기 때문이다.

하지만 오리가미가 먼저 약속 장소에 와 있기 때문에 놀란 것은 아니다. 시도가 걸음을 멈춰선 이유는 바로 그녀의 복장 때문이었다.

귀여운 디자인의 블라우스와 카디건, 가을 느낌이 물씬 나는 색깔을 띤 치마. 시도의 기억 속에 있는 오리가미는 하지 않던 여성스러운 복장을 한 그녀에게 시선을 빼앗기고 만 것이다.

『시도?』

"……읏! 왜, 왜 그래?"

시도는 코토리의 목소리를 듣고 깜짝 놀라 온몸을 부르르 떨었다.

『하아……. 앞날이 걱정되네.』

"미, 미안……."

『집중 좀 해. 원래 세계에서는 어땠는지 몰라도, 지금 네 눈앞에 있는 여자애는 정령 사냥꾼 〈데빌〉이야. 지극히 위험한 상대란 말이야. 그러니까 토키사키 쿠루미와 데이트한다는 마음가짐으로 임해.』

코토리는 시도에게 주의를 주듯 그렇게 말했다. 그 말을 들은 시도는 심장을 진정시키려는 듯이 심호흡을 한 후, 고개를 끄덕였다.

"응. 알았어."

『좋아.』

코토리는 가볍게 숨을 들이마신 후.

『자아— 우리의 전쟁(데이트)을 시작하자구.』

그렇게 말하면서 작전 개시를 선언했다.

그와 동시에 걸음을 뗀 시도는 분수를 향해 나아갔다.

그리고 시도가 다가오고 있다는 걸 눈치챈 오리가미가 고개를 들더니, 깜짝 놀란 표정을 지었다.

"이츠카 군? 빨리 왔네요."

"하하…… 그건 내가 토비이치 양에게 해야 할 말 같은데?"

시도의 말을 들은 오리가미는 광장에 설치된 시계를 바라본 후, 부끄러운지 고개를 푹 숙였다.

"그게, 이츠카 군을 기다리게 해선 안 될 것 같아서……."

"실은 나도 같은 생각을 했어."

시도의 말을 들은 오리가미는 눈을 동그랗게 떴다. 그 후, 두 사람의 얼굴에 웃음꽃이 피었다.

"데이트 신청 해줘서 정말 고마워요, 이츠카 군. ……시, 실은 저, 남성과 이렇게 단둘이서 외출한 경험이 없어요. 그러니 실수하더라도 양해 부탁드릴게요."

"괘, 괜찮아. 나도 경험이 없긴 마찬가지거든."

오리가미의 말을 들은 시도는 고개를 저었다. 그러자 시도의 말에 딴죽을 걸 듯 오른쪽 귀에 꽂은 인터컴에서 코토리의 목소리가 흘러나왔다.

『그 많은 정령들을 공략해놓고 그런 말이 잘도 나오네.』

"시, 시끄러워."

"네? 이츠카 군, 방금 뭐라고 했어요?"

오리가미는 영문을 모르겠다는 듯이 고개를 갸웃거렸다. 그 모습을 본 시도는 허둥지둥 "아, 아무것도 아냐."라고 말하면서 얼버무렸다.

"그, 그것보다…… 이제 존댓말 쓰지 말아줄래? 클래스메이트에게 존댓말을 쓰는 것도 좀 그렇잖아."

"하지만……."

"존댓말을 들을 때마다 우리 사이가 서먹해지는 느낌이 들거든. 그러니까 좀 부탁 할게."

시도가 두 손바닥을 맞대면서 부탁하자, 오리가미는 난처하다는 듯이 눈썹을 팔(八)자 모양으로 만들었지만, 결국 고개를 끄덕였다.

"알았어요……가 아니라…… 알았어."

오리가미는 떠듬거리면서 그렇게 말했다. 그 말을 들은 시도는 무심코 미소를 지었다.

"하하……. 그러니 좀 오리가미답네."

"응?"

시도의 말을 들은 오리가미는 영문을 모르겠다는 듯이 눈을 동그랗게 떴다. 그 모습을 본 시도는 자신이 또 무의식적으로 눈앞에 있는 소녀를 『오리가미』라고 불렀다는 사실을 눈치챘다.

"아…… 미안. 또 이름으로 부르고 말았네. 뭐, 뭐랄까…… 예쁜 이름이라 무심코 그걸로 부른 것 같아."

시도는 얼버무리듯이 그렇게 말했다. 그 말에 거짓은 없었지만, 실제로는 원래 세계에서 그렇게 불렀기 때문이라는 이유가 컸다. 원래 그녀를 토비이치라고 불렀지만, 언제부터인가 이름으로 부르는 데 익숙해지고 말았던 것이다.

오리가미는 약간 당황한 것 같기는 했지만, 기분이 나빠 보이지는 않았다. 그녀는 입가에 미소를 머금으면서 말했다.

"고마워. —아빠와 엄마가 지어준 이름이야."

"그렇구나……."

아빠와 엄마. 그 말을 들은 시도는 마음이 복잡해졌다.

하지만 그런 시도의 마음을 눈치채지 못한 듯한 오리가미는 고개를 살짝 돌리면서 입을 열었다.

"혹시 이츠카 군이 나를 이름으로 부르고 싶으면— 그래도 돼."

"뭐?"

"그, 그러니까, 이름으로 불러도 된다구."

오리가미는 볼을 살짝 붉히면서 말했다. 그 말을 들은 순간, 시도의 가슴이 크게 뛰었다.

『시도, 왜 입 다물고 있는 거야! 기회를 놓치지 말란 말이야!』

"아—."

코토리의 말을 들은 시도는 허둥지둥 입을 열었다.

"고, 고마워…… 오리가미."

조금 전에도 자연스럽게 입에 담았던 이름이지만, 상대에게 정식으로 허락 받고 이름으로 부르려니 조금 부끄러웠다. 시도는 오리가미와 마찬가지로 고개를 살짝 돌리면서 말했다.

"응."

"아…… 참. 맞다. 나도 이름으로 불러줘. 안 그러면 불공평하잖아?"

"뭐?"

시도의 말을 들은 오리가미는 의외라는 듯이 눈을 동그랗게 떴다. 그리고 잠시 우물쭈물한 뒤, 입을 열었다.

"시—. ……."

하지만 오리가미는 말을 끝까지 잇지 못하고 볼을 긁적였다.

"……입에 좀 익은 후에 그렇게 불러도 돼?"

"뭐? 그, 그래. 물론이지!"

시도가 고개를 끄덕이고 나서 몇 초 동안 침묵이 흘렀다.

『시도. 너무 대화가 없는 것도 좋지 않아. 무슨 말이든 좋으니까 일단 해봐.』

인터컴 너머에 있는 코토리가 지시를 내렸다. 확실히 그녀의 말이 옳았다. 시도는 머릿속으로 화젯거리를 생각한 후, 입을 열었다.

"저, 저기 말이야."

"저기."

바로 그때, 오리가미도 동시에 입을 열었다. 기묘한 거북함이 두 사람을 감쌌다.

그 거북함을 깬 사람은 바로 오리가미였다. 그녀는 시도를 바라보면서 물었다.

"그런데 이츠카 군. 오늘은 뭘 할 거야?"

"응?"

"저기, 시간이랑 약속 장소만 가르쳐줬었잖아."

"그, 그랬지, 참. 오늘은—."

시도가 말을 하려는 순간, 오른쪽 귀에 꽂은 인터컴에서 귀에 익은 그 소리가 오래간만에 흘러나왔다.

텐구 시 상공 15,000미터에 떠 있는 공중함 〈프락시너스〉

의 함교에는 현재 〈라타토스크〉의 정예 멤버들이 모여 있었다.
시도를 서포트하기 위해 전국에서 골라 뽑은 연애 마스터들인 그들은 적절한 긴장 상태를 유지하면서 함교에 설치된 거대한 메인 모니터를 바라보고 있었다.
메인 모니터에는 자율 카메라가 촬영 중인 지상의 영상이 표시되고 있었다. 메인 모니터 화면에는 시도의 시점에서 이번 타깃인 토비이치 오리가미의 모습을 보고 있는 듯한 영상이 표시되고 있었다. 그리고 그 주위에는 다른 앵글의 영상과 각종 파라미터가 표시되어 있었다.
그리고— 오리가미가 질문을 던진 순간. 함교에서는 삐! 하는 소리가 흘러나오면서 화면에 윈도가 표시되었다.
"선택지가 나왔어……!"
함교 상단 함장석에 앉은 코토리는 막대 사탕의 막대 부분을 위아래로 까딱거리면서 무릎을 두드렸다.
〈프락시너스〉에 탑재된 AI가 타깃의 감정 수치 변화를 관측해, 시도가 취해야 할 행동을 세 개의 선택지 형태로 표시해준 것이다.
①「나, 너와 같이 보고 싶은 영화가 있어.」 영화관에서 연애 영화 관람.
②「우리 같이 쇼핑하자.」 단둘이서 즐거운 쇼핑.
③「번거로운 짓 하지 말자고.」 어른들을 위한 호텔로 직행.
"전원, 선택!"
코토리의 호령에 맞춰, 승무원들이 일제히 각자의 앞에 있는 버튼을 눌렀다.

그리고 다음 순간, 메인 모니터에 집계 결과가 표시되었다.

가장 많은 표를 받은 것은— ②였다.

"흐음…… ②네. 확실히 무난하긴 해."

코토리가 턱을 매만지면서 그렇게 말하자, 함교 하단부에 있는 승무원 중, 〈빨리도 찾아온 권태기〉(배드 매리지) 카와고에가 입을 열었다.

"①도 나쁘지 않습니다만, 친분이 쌓이지 않은 상태에서 대화가 없는 공간에 들어간다는 것에 불안을 느낄 수도 있으니까요."

그 말에 동의하듯 〈보호 관찰 처분〉(딥 러브) 미노와가 입을 열었다.

"그럼 점에서 볼 때, ②는 매우 범용성 높은 선택지라고 생각해요. 상대의 반응을 살필 수도 있는 적절한 선택지죠. 그리고 쇼핑을 싫어하는 여자애는 없잖아요."

다들 그 말에 동의한다는 듯이 고개를 끄덕였다. 바로 그때, 〈짚인형〉(네일 노커) 시이자키가 식은땀을 흘리면서 말했다.

"……그, 그런데 왜 ③ 같은 선택지가 나온 걸까요……?"

"그건 〈프락시너스〉의 AI만 알고 있을 것 같네."

코토리는 그렇게 말하면서 어깨를 으쓱했다. 실은 코토리도 토카를 공략할 때 시도와 토카를 어른들이 쉬었다 가곤 하는 호텔로 유도한 적이 있다. 하지만 그것은 상대가 이쪽 세계에 관한 지식이 거의 없는 정령이기에 그런 것이다(참고로 말하자면, 시도가 호텔에서 엉큼한 짓을 하려고 하면 청

소원으로 변장한 기관원을 돌입시킬 예정이었다).

하지만 이번 타깃은 원래는 인간이었던 정령이다. 즉, 『그곳』이 뭘 하는 시설인지 알고 있을 가능성이 큰 것이다. 데이트를 시작하자마자 그런 곳에 가려고 했다간 따귀를 맞아도 할 말이 없을 것이다.

코토리는 마이크를 자신 쪽으로 당긴 후, 시도에게 지시를 내렸다.

"시도, 정해졌어. ②—."

『—잠깐만 기다려줘.』

코토리의 말을 끊듯, 시도가 오리가미에게 들리지 않을 만큼 작은 목소리로 말했다.

"왜 그래?"

『……그 선택지 중에서 시도해보고 싶은 게 있어.』

"뭐?"

시도가 진지한 목소리로 그렇게 말하자, 코토리는 눈을 동그랗게 떴다. 시도가 이런 말을 한 것은 처음이기 때문이다.

하지만 코토리는 그 말을 듣고 떠올렸다. 이번 정령— 토비이치 오리가미가 지닌 특수성을 말이다.

시도의 말에 따르면 지금 이 세계는 5년 전에 벌어진 어떤 일에 의해 분기된 세계이며— 원래 세계의 시도와 오리가미는 절친한 사이였다고 한다.

그렇다면 〈라타토스크〉가 미처 파악하지 못한 오리가미의 취향을 시도가 알고 있을 가능성이 있었다.

코토리는 잠시 생각에 잠긴 후, 막대 사탕의 막대 부분을 손가락으로 가볍게 쳤다.

"—좋아. 이번만 특별히 허락해줄게. 네가 고르고 싶은 선택지를 골라, 시도."

『…….』

코토리의 말을 들은 시도는 알았다는 듯이 인터컴을 손가락으로 가볍게 두드렸다.

그리고 그는 오리가미를 향해 고개를 돌렸다.

『저기, 오리가미. 실은 너랑 같이 가고 싶은 곳이 있어. 같이 가주겠어?』

『응, 좋아.』

오리가미는 고개를 끄덕인 후, 시도와 함께 길을 걸었다.

그리고 시도는 한동안 걸음을 옮기다 갑자기 멈춰 섰다.

『어?』

자기 눈앞에 있는 건물을 본 오리가미는 어안이 벙벙해했다.

그녀가 그런 반응을 보이는 것도 무리는 아니었다. 시도가 오리가미를 데리고 온 곳은 간판에 숙박 요금과 휴식 요금이 적혀 있는, 서양식 성을 연상케 하는 건물이었기 때문이다.

그 순간, 요란한 경고음이 함교 전체에 울려 퍼졌다. 그와 동시에 퍼스널 모니터를 바라보던 〈사장 오빠(CEO)〉 미키모토와 〈차원을 넘나드는 자(디멘션 브레이커)〉 나카츠가와가 비명에 가까운 목소리로 고함을 질렀다.

"감정 수치, 안정되지 않습니다!"

"토비이치 오리가미! 동요하고 있습니다!"

"이 상황에서 동요 안 하고 배기겠냐구우우우우우우우웃!"

코토리는 고함을 지른 후 마이크를 움켜잡았다.

"시도! 오리가미가 화내기 전에 변명해!"

『뭐? 하지만—.』

"쓸데없는 소리 하지 말고, 빨리 내가 시키는 대로 해!"

코토리의 말을 들은 시도는 잠시 망설이는 듯한 기색을 보인 후, 오리가미를 향해 어색한 미소를 지었다.

『자, 이쪽이야.』

『아…… 여기가 아니구나.』

오리가미는 안도의 한숨을 내쉬었다.

『다, 당연하지. 자, 빨리 가자.』

『으, 응.』

시도는 오리가미를 데리고 호텔 앞을 지나갔다. 그제야 함교 전체에 울려 퍼지던 경고음이 가라앉았다.

"하아…… 시도, 너 대체 무슨 생각인 거야? 첫 데이트 때 저런 곳에 가자는 말을 듣고 좋아하는 여자가 있을 리 없잖아."

코토리가 이마에 맺힌 땀을 닦으면서 그렇게 말하자, 시도는 납득이 안 된다는 표정으로 작게 말했다.

『미안해. 오리가미라면 이쪽을 더 좋아할 것 같았거든…….』

"말도 안 되는 소리 좀 작작해."

시도가 왜 오리가미가 호텔에 가는 것을 더 좋아하리라고 생각한 것인지 알 수가 없었다. 코토리는 경련이 일어난 것처럼 볼을 희미하게 떨면서 말했다.

"아무튼 ②야. 오리가미를 데리고 쇼핑하러 가."

『……알았어.』

시도는 고개를 끄덕인 후, 오리가미에게 쇼핑하러 가자고 말했다.

코토리는 메인 모니터에 비친 그 광경을 바라보면서 함교 하단부에 있는 멤버들에게 말을 걸었다.

"오리가미의 호감도는 어떻게 됐어? 많이 내려가지 않았으면 좋겠는데 말이야."

"그, 그게 실은……."

코토리의 말을 들은 나카츠가와가 당혹스러운 표정으로 안경을 고쳐 썼다.

"감정 수치는 크게 변동했습니다만…… 호감도는 전혀 내려가지 않았…… 아니, 소폭 상승한 것 같습니다……."

"뭐?"

나카츠가와의 말을 들은 코토리는 영문을 모르겠다는 표정을 지었다.

오리가미와 함께 뒷골목을 빠져나온 시도는 그대로 대로변을 걸었다.

바로 그때, 오리가미가 갑자기 입을 열었다.

"지금 어디 가는 거야?"

"아, 쇼핑이라도 하러 갈까 해서 말이야."

시도의 대답을 들은 오리가미는 고개를 갸웃거렸다.

"어떤 걸 사러 가게?"

"아…… 으음……."

뭘 사러 갈지는 아직 생각해두지 않았던 시도는 볼을 긁적이면서 고민에 잠겼다.

『잠깐. 선택지가 나왔어.』

바로 그때, 인터컴에서 코토리의 목소리와 선택지를 읽어주는 자동 음성이 흘러나왔다.

함교 메인 모니터에 선택지 세 개가 표시되었다.

① 옷가게에 가서 그녀에게 어울릴 만한 옷을 골라주자.

② 애완동물 센터에서 동물과 놀면서, 둘 사이의 거리를 좁히자.

③ 강력한 정력제와 미약(媚藥)을 파는 뒷골목의 약국에 가자.

"전원, 선택!"

코토리가 그렇게 외친 후, 모니터에 집계 결과가 표시되었다. ①이 가장 많았고, 근소한 차이로 ②가 두 번째로 많았다. 그리고 ③을 고른 이는 단 한 명도 없었다.

"①이 가장 많네. 뭐, 나도 같은 생각이야."

코토리의 말에 답하듯, 승무원들이 입을 열었다.

"가장 적절한 선택지라고 생각합니다."

"②도 나쁘지는 않지만, 동물을 싫어하는 여성도 있으니까요."

"……그런데 왜 ③ 같은 게 나온 거죠? 꽤나 특이한 선택지 같습니다만……."

카와고에는 미간을 살짝 찌푸리면서 그렇게 말했다. 확실히 ③은 다른 두 개와는 완전히 동떨어진 선택지였다. AI가 무슨 생각을 하는 건지 알 수가 없었다. ……아무래도 대대적으로 점검을 해봐야 할지도 모르겠다고 코토리는 생각했다.

"시도, 내 말 들려? 이번에는 ①—."

하지만 코토리가 말을 끝까지 잇기도 전에—.

『당연히 ③으로 가야지.』

—인터컴 너머에 있는 시도가 입을 열었다.

"뭐?"

시도의 말을 들은 코토리는 무심코 미간을 모았다.

"시도 너, 무슨 소리 하는 거야? 정신 차려. 거긴 여자애들이 갈 만한 곳이 아니란 말이야!"

『아니, 그래도 오리가미라면 좋아하고도 남을 것 같은데…….』

"그, 그게 무슨 소리야?!"

시도가 하는 말이 이해되지 않은 코토리는 비명에 가까운 목소리로 그렇게 외쳤다.

『무슨 소리기는…… 오리가미 하면 정력제, 정력제 하면 오리가미잖아.』

시도는 당연한 소리를 하는 듯한 목소리로 그렇게 말했다. 그 말을 들은 코토리는 지끈거리는 머리를 한 손으로 짚었다.

"잠깐만 기다려 봐. 시도가 무슨 말을 하는 건지 전혀 모르겠거든? 대체 시도가 아는 『토비이치 오리가미』는 어떤 여자애였던 거야?"

『응……? 그야, 각종 정력제를 바짝 조려서 만든 액체를 나한테 억지로 먹이려 하고 자기 집에 도망 방지용 함정을 설치할 뿐만 아니라 업어줬더니 내 목덜미를 혀로 핥아대는 여자애인데…….』

"뭐어? 농담하는 거지? 그런 여자애가 이 세상에 존재할 리가 없잖아."

『노, 농담이 아닌데…….』

시도는 난처하다는 듯이 미간을 찌푸렸다. 아무래도 방금 한 말은 농담이 아니라 진담인 것 같았다.

바로 그때, 코토리는 조금 전에 본 토비이치 오리가미의 호감도를 떠올렸다.

의외의 선택지를 고른 시도 때문에 동요하기는 했지만, 호감도는 떨어지지 않았다. 어쩌면…….

코토리는 2초 정도 생각에 잠긴 후, 흥 하고 가볍게 코웃음 쳤다.

"……좋아. 한번 시험해보자."

“사, 사령관님?!”

함교 하단부에서의 승무원들의 경악에 찬 목소리가 들려왔다. 하지만 코토리는 메인 모니터를 주시하면서 말을 이었다.

“그 대신 조금이라도 호감도가 떨어지거나 감정 수치가 불안정해지면 바로 ①로 변경할 것. 알았지?”

『으, 응. 그렇게 할게.』

시도는 대답한 후, 오리가미를 데리고 뒷골목으로 들어갔다.

“—바로 여기야.”

“뭐?”

시도가 약국이 있는 뒷골목의 빌딩 앞에서 걸음을 멈추자, 오리가미는 놀랐는지 눈을 동그랗게 떴다.

그녀가 그런 반응을 보이는 것도 무리는 아니었다. 겉보기에는 평범한 빌딩 같아 보였기 때문이다. 하지만 그 빌딩의 2층에 가자, 귀신의 집을 연상케 하는 인테리어의 약국이 모습을 드러냈다. 평범한 인생을 살아온 사람은 평생 찾을 수 없는 가게였다. 시도도 원래 세계의 오리가미가 이 가게의 위치를 가르쳐주지 않았다면 평생 이런 곳이 있다는 것을 알지 못했으리라.

가게 안에는 일반적인 약국에서는 볼 수 없는 약품 병들이 잔뜩 놓여 있었다. 병 라벨에 적힌 글자 또한 일본어가 아니라서 그런지 수상한 느낌이 더욱 강해졌다.

"여기는…… 뭐 하는 가게야?"

오리가미는 영문을 모르겠다는 표정으로 시도에게 물었다. "오리가미는 여기 단골이잖아."라고 말하고 싶었지만, 그러지 못한 시도는 적당히 말을 돌리면서 말했다.

"뭐, 일단 좀 둘러보고 가자. 마음에 안 들면 바로 다른 가게로 가자고."

"으, 응……."

오리가미는 당황한 목소리로 그렇게 말한 후, 가게 안에 전시되어 있는 병들을 둘러보았다. 하지만 아직 이 가게가 어떤 것을 파는 곳인지 이해하지 못했는지 때때로 고개를 갸웃거렸다. ……역시 시도가 아는 오리가미와는 취향이 다른 걸까.

그렇다면 코토리의 말대로 빨리 방침을 전환하는 편이 좋을지도 모른다. 코토리는 조금 전에 오리가미를 데리고 옷가게에 가라고 했었다. 확실히 평범한 여자애와의 데이트라면 그쪽이 정답이리라.

"이츠카 군."

시도가 그런 생각을 하고 있을 때, 오리가미가 그에게 말을 걸었다.

"이 가게…… 나랑 안 맞는 것 같아. 다른 가게에 가면 안 될까?"

"으, 응. 그래. 저기, 미안—."

하지만 시도는 말을 끝까지 잇지 못했다.

이유는 단순했다. 오리가미는 가게에 전시된 약품을 보면서 당혹스러운 표정을 짓고 있었지만…… 어느새 그녀의 손에는 이 가게에서 가장 강력한 정력제와 미약이 가득 든 바구니가 쥐어져 있었다.

"오, 오리가미? 뭘 그렇게 들고 있는 거야……?"

"뭐?"

시도의 말을 들은 오리가미는 그제야 자신이 뭘 들고 있는지 눈치챈 것처럼 눈을 치켜떴다.

"이, 이건…… 나, 나, 대체 어느새……?"

오리가미는 이마에 손을 댄 채 현기증이 나는 것처럼 비틀거렸다.

"괘, 괜찮아?"

시도가 허둥지둥 그녀를 부축한 순간, 인터컴에서 경고음이 흘러나왔다.

『시도! 오리가미의 감정 수치가 요동치고 있어!』

"이, 일단 여기서 나가자! 응?!"

코토리의 말을 들은 시도는 비틀거리는 오리가미를 데리고 가게 밖으로 나갔다.

그리고 어느 정도 시간이 흐른 후에야 오리가미는 안정을 찾았다.

"미안해, 이츠카 군……. 나 오늘 왜 이러는 건지 모르겠어."

"시, 신경 쓰지 마. 나야말로 저런 가게에 데리고 가서 정말 미안해. 아, 그래. 우리, 옷이라도 보러 갈까?"

시도의 말을 들은 오리가미는 고개를 끄덕였다.

그리고 두 사람은 나란히 걷기 시작했다.

시도는 걸음을 옮기면서 볼을 긁적였다. 옷을 보러 가는 것은 좋지만, 오리가미가 평소에 어떤 가게에서 옷을 사는지 모르기 때문이다. 그러고 보니 원래 세계의 오리가미는 보통 인터넷으로 옷을 산다고 말했었다.

"그런데 오리가미는 평소에 옷을 어디서 사?"

"으음…… 실은 집 근처 가게에서 대충 사 입는 편이야."

오리가미는 그렇게 말한 후, 부끄러움을 감추려는 것처럼 쓴웃음을 지었다.

"옷에도 좀 더 신경을 쓰는 편이 좋겠지만…… 그렇게 안 되네. 아무래도 나는 그런 쪽 센스가 없나 봐."

"그렇지 않아. 오늘 옷차림은 정말 귀엽다고."

"……뭐?!"

시도의 말을 들은 오리가미는 깜짝 놀란 듯한 표정으로 고개를 획 돌렸다.

"오리가미?"

"아…… 아무것도 아냐. 그, 그것보다 옷을 보러 갈 거면, 좀 돌아가야 하기는 하지만 역 앞 트윈 빌딩에 가면 안 될까? 실은 거기는 둘러본 적이 거의 없거든."

"당연히 괜찮지."

오리가미의 말을 들은 시도는 고개를 끄덕였다. 그리고 두 사람은 뒷골목에서 빠져나와 역 쪽을 향해 걸음을 옮겼다.

『흐음…… 좀 전에 그런 일이 있었던 것치고는 분위기가 나쁘지 않네.』

바로 그때, 인터컴에서 코토리의 목소리가 흘러나왔다.

『호감도도 높아. 이대로 가면 오늘 안에 결판을 낼 수 있을지도 몰라. ―하지만 방심하지 마. 이유는 모르겠지만 감정 수치의 변화가 극심하단 말이야. 그러니까 그녀가 동요할 수 있는 일은 자제해줘.』

"알았어……."

시도는 작은 목소리로 그렇게 말한 후 걸음을 옮겼다.

잠시 후, 두 사람은 역 앞에 있는 트윈 빌딩에 도착했다. 휴일이라서 그런지 건물 안은 쇼핑객으로 북적거리고 있었다.

에스컬레이터를 타고 3층으로 올라온 시도와 오리가미는 멋진 옷이 많아 보이는 옷가게에 들어가 옷을 둘러봤다.

『시도. 입 다물고 있지 말고 무슨 말이라도 좀 해봐.』

코토리가 짜증 섞인 목소리로 그렇게 말하자, 시도는 "아." 하고 고개를 끄덕였다. 그리고 코트의 모피 부분을 만져보고 있는 오리가미에게 말했다.

"같이 옷가게에 온 기념으로 한 벌 선물할게. 마음에 드는 옷 있어?"

"뭐?"

그 말을 들은 오리가미는 의외라는 듯이 눈을 동그랗게 떴다.

"아, 안 그래도 돼. ……여기 옷은 꽤 비싸단 말이야."

오리가미는 낮은 목소리로 그렇게 말하면서 코트의 가격표를 시도에게 보여줬다. 39,800엔. ……남자 고등학생에게 있어서는 적지 않은 가격이었다.

하지만 〈라타토스크〉의 지원을 받고 있는 시도는 가슴을 두드리면서 말했다.

"괜찮아."

"하지만……."

"그 대신, 내가 사준 옷을 입은 모습을 나에게 가장 먼저 보여줘. 답례 삼아서 말이야. 어때?"

시도의 말을 들은 오리가미는 부끄러움을 감추려는 것처럼 쓴웃음을 지었다.

"이츠카 군은 여자를 많이 울리고 다녔을 것 같아."

"뭐? 왜, 왜 그렇게 생각하는데……?"

"왠지 이런 일에 익숙한 것 같거든."

오리가미는 미심쩍은 눈빛으로 시도를 바라보면서 그렇게 말했다. 그 말을 들은 시도의 볼을 타고 땀방울이 흘러내렸다.

"그, 그렇지 않아……."

바로 그때, 오리가미가 미소 지었다.

"후후, 농담이야. ―그럼 이츠카 군의 호의를 감사히 받아들일게. 아, 그래도 좀 더 둘러보고 골라도 되지? 이츠카 군에게 가장 먼저 보여주는 게 조건이잖아. 그럼 이츠카 군이 마음에 들어 할 옷을 골라야 하지 않겠어?"

오리가미는 농담하는 듯한 말투로 그렇게 말했다.

"으, 응."

시도가 고개를 끄덕이자, 오리가미는 가벼운 발걸음으로 가게 안을 둘러보았다.

『푸픕……. 바람둥이인 걸 들킨 것 같네, 시도.』

"말도 안 되는 소리 하지 마……."

인터컴에서 흘러나온 코토리의 목소리를 들은 시도는 한숨을 내쉬었다.

『그게 꼭 나쁜 건 아냐. 물론 여자애를 다루는 데 너무 익숙해지는 것도 문제지만 말이야. 뭐, 그래도 시도라면 아마 괜찮을 거야.』

"……그게 무슨 뜻이야?"

『시도에게서는 체리보이 향기가 풀풀—.』

"미안. 내가 괜히 물었어."

그 말을 들은 시도는 눈물을 감추듯 양손으로 얼굴을 감쌌다. 인터컴에서 코토리의 한숨 소리가 흘러나왔다.

『그것보다, 오리가미를 방치하지 마.』

"아…… 그래."

그 말을 들은 시도는 주위를 둘러보았다. 하지만 오리가미의 모습이 보이지 않았다.

"어라……. 어디 간 거지?"

『하아, 이럴 줄 알았다니깐……. 레이네. 오리가미는 어디 있어?』

『……신의 현재 위치에서 20미터 가량 후방에 있어.』

코토리의 말에 이어, 레이네의 목소리가 인터컴에서 흘러나왔다. 〈라타토스크〉의 해석관인 그녀 또한 〈프락시너스〉에서 시도를 서포트하고 있었다.

"아, 고마워요."

시도는 그렇게 말하면서 오리가미가 있는 곳을 향해 걸음을 옮겼다.

그곳에는 커튼이 쳐진 탈의실이 있었다.

"뭐야. 탈의실에 있었구나."

시도는 혼잣말을 중얼거렸다. 오리가미의 모습이 보이지 않는 것도 납득이 되었다. 아무래도 자신이 고른 옷을 입어보고 있는 것 같았다.

시도는 오리가미가 탈의실에서 나올 때까지 근처 선반에 진열된 상품을 둘러보면서 시간을 보냈다.

하지만—.

『—꺄아아아아아아아앗?!』

탈의실 안에서 들려온 오리가미의 비명 소리를 들은 시도는 숨을 삼켰다.

"오, 오리가미, 무슨 일이야?!"

『아, 나, 왜 이런 걸…….』

시도가 말을 걸자, 커튼 너머에서 오리가미의 경악에 찬 목소리가 흘러나왔다.

불길한 예감이 든 시도는 각오를 다진 후, 커튼을 움켜쥐었다.

“오리가미! 미안하지만 커튼을 걷을게!”

『뭐……?! 아, 안 돼, 이츠카 군—.』

오리가미가 말리는데도 불구하고, 시도는 커튼을 걷었다.

“……어?”

하지만. 오리가미의 복장을 본 시도는 눈을 치켜뜨며 입을 쩍 벌렸다.

그가 그런 반응을 보이는 것도 무리는 아니었다. 탈의실 바닥에 힘없이 주저앉아 있는 오리가미의 몸은 학교 수영복에 감싸여 있었다. 그리고 머리에는 강아지 귀 모양 헤드 드레스, 엉덩이에는 강아지 꼬리 모양 액세서리, 그리고 목에는 가죽으로 된 개목걸이를 하고 있었던 것이다. 아마 그 누구든 저 모습을 본다면 당황하고 말리라.

“오, 오리가미……? 너, 왜 그런 옷을—.”

말을 하다 멈춘 시도는 어깨를 부르르 떨었다.

“설마, 내가 그런 옷을 마음에 들어 할 거라고…….”

시도가 땀을 줄줄 흘리면서 한 말을 들은 오리가미는 고개를 세차게 저었다.

“오, 오해하지 마! 저기, 그러니까— 그러니까……!”

오리가미는 당황할 대로 당황한 채 그렇게 말했다. 자신이 이런 옷차림을 하고 있는 이유를 모르는 것만 같았다.

“이런 옷, 고른 기억도 없는데, 어느새……! 나, 나, 왜, 학교 수영복 같은 걸—.”

그렇게 말한 오리가미는 갑자기 극심한 두통을 느끼는 것처럼 인상을 썼다.

"학교 수영복…… 강아지 귀…… 윽, 머, 머리가……."

그리고 오리가미가 고통에 찬 목소리로 그렇게 말하면서 손으로 머리를 짚은 순간, 인터컴에서 삐! 삐! 하고 경고음이 흘러나왔다.

『시도! 오리가미의 감정 수치가……!』

"오, 오리가미! 이, 일단 원래 옷으로 갈아입고 이 가게에서 나가자! 응?!"

시도는 거품을 물면서 그렇게 말한 후, 탈의실 커튼을 다시 쳤다.

"……이츠카 군, 정말 미안해. 나, 오늘 좀 이상한 것 같아……."

옷가게에서 나오고 20분 정도 흘렀을 즈음. 트윈 빌딩에 있는 레스토랑에 간 오리가미는 손으로 이마를 짚은 채 그렇게 말했다.

"신경 쓰지 마. 정 몸 상태가 안 좋으면 오늘은 이만 돌아갈까?"

시도가 걱정 섞인 목소리로 그렇게 말하자, 오리가미는 고개를 저었다.

"으응, 그런 건 아냐. 그저—."

"그저?"

"……아무것도 아냐. 아무튼 이제 괜찮아. 걱정 끼쳐서 미안해."

오리가미는 얼버무리듯이 그렇게 말한 후, 쓴웃음을 지었다. 시도는 아직 걱정스러운 눈빛으로 그녀를 바라보고 있었지만, 오리가미의 의지를 존중하려는 건지 더는 아무 말도 하지 않았다.

"……."

오리가미는 시도가 눈치채지 못할 만큼 작게 한숨을 내쉬었다.

딱히 시도와 함께 돌아다니는 게 재미없는 것은 아니었다. 아니, 이렇게 마음이 들뜬 것은 오래간만이라는 생각이 들 만큼 즐거웠다.

하지만 때때로…… 불가사의한 느낌이 오리가미를 덮쳤다.

오리가미 본인도 이유를 알 수 없지만, 옷가게에서 '대체 이런 건 뭐할 때 입는 걸까?' 같은 생각이 들 만큼 기발한 코스튬을 본 순간, 마음속에서 기묘한 감각이 파도처럼 밀려왔다.

마치— 과거에 자신이 이 옷을 입어본 적이 있기라도 한 것처럼 말이다.

물론 그럴 리가 없다. 학교 수영복 차림에 강아지 귀와 꼬리, 그리고 개목걸이를 착용한 적은 오리가미의 생애에 단 한 번도 없었다. 설령 누가 총으로 자신을 겨누면서 "이걸 입지 않으면 쏘겠다."라고 말하더라도 주저하고 말 만큼 음란한 복장이었다. 머릿속 나사가 풀린 사람이 아니라면 그런 옷을 좋아서 입지는 않으리라.

하지만 오리가미가 그 기묘한 감각을 느낀 것은 그 복장을 봤을 때만이 아니었다. 시도와 함께 수상쩍은 약을 파는 가게에 갔을 때, 무의식적으로 쇼핑 바구니를 쥔 후 물 흐르는 듯한 동작으로 선반에 놓인 약품을 그 바구니에 집어넣은 것이다. 한순간, 자신의 지갑에 이 가게의 포인트 카드가 있는 것은 아닐까 하는 생각이 들 정도였다.

"나…… 그 가게에 간 적이 있는 걸까……?"

"뭐?"

오리가미의 중얼거림을 들은 시도가 반응을 보였다.

바로 그때, 이 타이밍을 기다리기라도 한 것처럼 주문한 요리가 나왔다. 오리가미는 방금 자신이 한 말을 얼버무리듯 그 요리를 바라보았다.

"자, 이츠카 군. 식기 전에 먹어."

"뭐? 으, 응."

시도는 오리가미의 말에 따르듯 스푼으로 오므라이스를 먹었다. 오리가미도 자신이 주문한 씨푸드 도리아를 먹었다.

그리고 어느 정도 시간이 흘렀을 즈음. 오므라이스를 반 정도 먹은 시도가 오른쪽 귀에 손을 대면서 자리에서 일어났다.

"미안. 금방 돌아올게."

"아, 응."

대체 무슨 일인 걸까. 하지만 오리가미는 캐묻지 않았다. 그녀는 고개를 끄덕인 후 시도의 등을 바라보았다.

그리고 시도의 모습이 완전히 사라지자, 오리가미는 땅이 꺼져라 한숨을 내쉬었다.

"하아…… 나, 오늘 왜 이러는 걸까?"

오리가미는 자신에게 데이트 신청을 해준 시도에게 미안하다는 생각이 들었다. 앞으로는 이상한 짓 하지 않도록 마음을 굳게 먹자고 생각한 오리가미는 스푼을 내려놓은 후, 양손으로 자신의 볼을 가볍게 때렸다.

하지만, 바로 그 순간.

"아—."

오리가미의 눈에 무언가가 들어왔다.

결의를 새롭게 다졌는데도 불구하고, 또 마음이 일그러지는 듯한 감각이 느껴졌다.

오리가미의 눈에 들어온 것. 그것은 바로—.

"이, 이츠카 군의…… 스푼……."

그렇다. 식사 중에 잠시 자리를 비웠다는 것은, 방금까지 쓰던 스푼을 두고 갔다는 것을 뜻했다.

오리가미는 자신의 심장이 미친 듯이 두방망이질 치고 있다는 것을 눈치챘다.

"나, 나, 지금 무슨 생각을 하는 거야……."

앞으로 뻗던 손을 허둥지둥 다른 손으로 잡았다. 아무리 그래도 그렇지 이건 아니었다. 이런 짓은 변태들이나 할 짓이다. 경찰서에 끌려가도 할 말이 없으리라.

하지만 그런 생각을 하고 있는 와중에도 오리가미의 오른

손은 무시무시한 힘을 발휘하며 앞으로 뻗어나가고 있었다. 마치 오리가미 안에 존재하는 또 한 명의 오리가미가 그녀의 몸을 조종하고 있는 것만 같았다.

"크……. 내 오른손아, 진정해……."

그렇게 말해봤지만 효과가 없었다.

점점 머릿속에서 소용돌이가 치는 것 같더니, 뭐가 어떻게 되어가고 있는 것인지 알 수가 없었다. 올바름은 대체 뭐고, 그릇됨은 대체 뭘까. 옳고 그름의 기준은 시대에 따라 변화한다. 그런 애매한 것이 오리가미의 행동을 비난할 수 있을까? 아니, 비난할 수 없다. 그 이전에 그릇됨이란 대체 무엇일까. 오리가미가 지금 이곳에서 아무것도 하지 않는 것이야말로 우주의 섭리에 반하는 행동이 아닐까. 과거 철학자 오리링·토비잇치는 말했다. 누구도 내 존재를 증명할 수 없지만, 내가 시도의 스푼을 핥는다는 사실은 명확하게 이곳에 존재한다고. 즉, 나는 핥는다(날름날름). 고로(에르고) 존재(숨)한다, 인 것이다.

오리가미는 의식이 몽롱해지는 가운데, 오른손을 잡고 있는 왼손에서 힘이 빠져나가는 것을 느꼈다.

"아, 미안해 오리가미. 많이 기다렸—."

화장실에서 돌아온 시도는 테이블 앞에서 멈춰 섰다.

그가 그런 이유는 단순했다. 오리가미가 시도의 스푼을 음탕하기 그지없는 표정으로 핥고 있는 모습을 봤기 때문이다.

"오, 오리가미……?"

그 말을 듣고서야 시도가 돌아왔다는 사실을 깨달은 오리가미는 어깨를 부르르 떨었다. 뭔가에 홀린 것처럼 몽롱하던 두 눈동자에 빛이 돌아오더니, 그녀의 얼굴 전체에서 진땀이 흘러나왔다.

"아, 아냐! 이건, 그러니까…… 아, 아니라구!"

오리가미는 당황한 목소리로 뭔가를 계속 부정해댔다.

"아, 괜찮아……. 이제 익숙하거든."

"내 내 말 좀 들어봐! 으, 으음…… 그, 그래! 이츠카 군의 스푼이 바닥에 떨어져서 주웠을 뿐이라구!"

오리가미는 애원하는 듯한 목소리로 그렇게 말하면서 자리에서 벌떡 일어났다.

그 과정에서 테이블 위에 놓인 컵이 시도 쪽을 향해 쓰러졌다. 그리고 시도가 입은 셔츠의 끝자락이 물에 젖었다.

"어이쿠……."

"아! 미, 미안해! 허둥대다가 그만—."

"하하, 괜찮아. 이 정도는 금방 마를 거야."

미안해하는 오리가미를 달래듯 그렇게 말한 시도는 셔츠의 끝자락을 양손으로 잡고 가볍게 짰다. 그러자 시도의 배꼽이 언뜻 보였다.

그리고 다음 순간.

"———아!"

오리가미는 전광석화처럼 호주머니에서 핸드폰을 꺼내더

니, 물 흐르는 듯한 동작으로 시도의 배꼽을 향해 핸드폰의 카메라 렌즈를 들었다. 그리고 그 뒤를 이어 셔터 음이 연속해서 들려왔다.

"어?"

"앗!"

시도가 깜짝 놀란 것처럼 눈을 치켜뜨자, 오리가미 또한 경악으로 가득 찬 표정을 지었다. 마치 자신의 몸이 멋대로 움직이기라도 한 것 같은 얼굴이었다.

"믿어줘, 이츠카 군……! 내, 내…… 몸이 멋대로……!"

오리가미는 눈물이 그렁그렁 맺힌 눈으로 시도를 바라보면서 그렇게 외쳤다. 하지만 그녀의 손가락은 그 와중에도 열심히 사진을 촬영하고 있었다.

"—왜?! 왜 이러는 거야아아아앗?!"

오리가미의 눈물 어린 목소리와 셔터 음이 한낮의 레스토랑에 울려 퍼졌다.

제10장 별이 쏟아지는 밤의 천사

현재 시각은 오후 여섯 시 반. 11월이라 그런지 해가 빨리 졌다. 일몰 후의 마을은 깊은 어둠 속으로 가라앉고 있었다.

거짓말처럼 공기는 차가워졌고, 숨을 내쉬면 희미하게 입김이 보였다. 차가운 바람이 나무를 흔들더니 나뭇잎을 휘감아 든 채 하늘을 갈랐다.

그런 겨울의 발소리가 들리는 가운데, 시도와 오리가미는 마을 전체가 한눈에 들어오는 언덕 위의 공원을 찾았다. 마지막 데이트 장소는 무드 있는 곳이 좋겠다는 〈프락시너스〉의 의견에 따른 것이다.

공원에서는 수많은 별을 볼 수 있었다. —하늘에 떠 있는 별보다 지상을 가득 채운 인공적인 불빛이 더 강한 것은 눈 감아줬으면 한다.

"해가 지니 꽤 추운걸."

시도가 그렇게 말하자, 밤하늘을 올려다보던 오리가미가 고개를 끄덕였다.

“응. 해가 떠 있는 동안은 꽤 따뜻해서 방심했어. 장갑이라도 챙겨올 걸 그랬네.”

쓴웃음을 지은 오리가미는 양손을 비비는 듯한 시늉을 했다.

낮에는 여러모로 폭주했던 그녀도 지금은 꽤 안정을 되찾은 것 같았다. ……그 후에도 핸드폰의 렌즈가 시도의 얼굴을 향했고, 시도의 목덜미에 얼굴을 묻고 향기를 맡았으며, 손에 아무것도 들고 있지 않으면서도 시도의 잔에 뭔가를 따르는 시늉을 했다. 하지만…… 시도는 딱히 신경 쓰지 않았다. 장본인인 오리가미가 몸이 조건 반사적으로 그런 행동을 취하고 만다고 말했기 때문이다. 역시 오리가미는 오리가미라고 마음속으로 생각한 시도는 마음 한편으로 안도했다.

“하하…… 그러네. 아, 맞다. 자판기에서 따뜻한 캔 커피라도—.”

시도가 말을 이으려 한 순간, 인터컴에서 코토리의 목소리가 흘러나왔다.

『—무슨 소리 하는 거야, 시도. 여자애가 손이 시리다고 할 때 뭘 해야 하는지 정말 모르는 건 아니지?』

“…….”

그 말을 듣고 잠시 침묵한 시도는 각오를 다진 듯이 고개를 끄덕인 후, 오리가미의 손을 살며시 잡았다. —긴장한 탓인지

추위 탓인지는 모르겠지만 그녀의 손을 잡은 시도의 손 또한 희미하게 떨리고 있었다.

"아—."

오리가미는 한순간 놀란 것처럼 눈을 동그랗게 떴다. 하지만 이내 시도의 의도를 눈치채고 볼에 홍조를 띤 채 고개를 살짝 숙였다.

『후후, 분위기 좋네. 호감도도 나쁘지 않은 수준이야. 이거 진짜로 오늘 안에 결판 낼 수 있을지도 모르겠어. —조금만 더 가까워지면 확실하게 봉인할 수 있겠는데?』

코토리는 그렇게 말한 후 흐음 하고 낮은 신음을 흘렸다. 그리고 그녀의 말에 답하듯, 레이네의 목소리가 인터컴에서 흘러나왔다.

『……그래. 하지만 그녀는 마음속으로 무언가를 걸려 하는 것 같아. 이 반응으로 볼 때…… 불안감에 가까운 것 같네. 신이 자신을 받아줄지 걱정하고 있는 것 아닐까?』

『불안감……. 하긴, 하루 종일 그런 기행을 해댔으니 불안감을 느끼는 것도 무리는 아닐 거야.』

코토리는 메마른 웃음을 흘리면서 말했다.

『뭐, 그렇다면 그녀가 느끼는 불안감을 해소해주면 되겠네?』

"……그건 그렇지만…… 좋은 방법이라도 있어?"

시도가 낮은 목소리로 묻자, 코토리는 흐흥 하고 코웃음 쳤다.

『당연하지. 오리가미는 시도가 자신을 받아주지 않을까 봐 불안해하고 있는 거잖아. 그렇다면 그 불안감을 해소해줄 수 있는 말을 해주면 돼.』

"그 말은……."

『그래. 고백하는 거야.』

그 대답을 예상하지 못했던 것은 아니다. 하지만 코토리의 말을 들은 시도의 볼을 타고 땀방울이 흘러내렸다.

시도는 원래 세계에서 오리가미에게 고백했을 때를 떠올렸다. 그러고 보니 그때도 코토리의 지시로 그녀에게 고백했었다.

원래 세계의 오리가미가 적극적으로 시도에게 대시하기 시작한 것도, 그 일 이후부터였다. 혹시 이 세계의 오리가미도 그렇게 되는 것은 아닐까?

시도가 그런 생각을 하고 있을 때, 코토리가 재촉하는 듯한 목소리로 말했다.

『뭘 그렇게 주저하는 거야? 정령 사냥꾼 〈데빌〉을 봉인할 절호의 기회잖아. 이 기회를 놓치면, 다음 기회가 올 때까지 다른 정령들이 피해를 볼지도 모른단 말이야.』

"윽—."

코토리의 말이 옳다는 것은 알고 있다.

여성에게 진심이 어리지 않은 고백을 하는 것이 옳지 못한 행동이라는 것은 알고 있다. 하지만 오리가미를 지금 봉인하지 않았다간, 누군가가 다치거나 생명을 잃을지도 모른다. 그 대상은 토카처럼 이미 봉인된 정령일 수도 있고, 시도가 아직 만나지 못한 정령일 수도 있다. 어쩌면— 오리가미 자신일 수도 있다.

그것만은 무슨 일이 있어도 막아야 했다.

심호흡을 하면서 각오를 다진 시도는 오리가미의 손을 잡은 채 그녀를 바라보았다.

"저기— 오리가미."

"왜? 이츠카 군."

"저기…… 너한테 할 말이 있어."

시도의 말을 들은 오리가미는 영문을 모르겠다는 표정으로 시도를 바라보았다.

오리가미와 시선이 마주친 순간, 시도의 심장이 미친 듯이 뛰기 시작했다.

오리가미의 얼굴을 바라본 시도는 그녀의 아름다움을 다시 한 번 실감했다. 이마를 간질이고 있는 앞 머리카락. 긴 속눈썹이 드리워진 맑은 눈동자. 닿기만 해도 마음을 빼앗겨버릴 것만 같은 벚꽃 색깔 입술— 이런 소녀에게 사랑받았던 원래 세계의 시도는 행운아라는 생각이 머릿속을 스쳤다.

하지만 계속 감개에 젖어 있을 수는 없었다. 시도는 마른침을 삼킨 후, 오리가미의 마음속에 드리워진 불안을 걷어내기 위해 입을 열려 했다.

하지만 시도가 입을 열기 직전.

"실은 나도…… 이츠카 군에게 해야 할 말이 있어."

오리가미는 차분한 목소리로 그렇게 말했다.

"해, 해야 할 말……?"

고백할 타이밍을 놓친 시도는 당황한 목소리로 되물었다.

그러자 오리가미는 고개를 돌린 채 잠시 주저한 후, 천천히 입을 열었다.

"내가 AST— 육군 자위대의 대 정령 부대에 있었다는 건 알고 있지?"

"응…… 알아."

"하지만 나, 실은 얼마 전에 AST를 관뒀어."

"그건……."

시도는 말끝을 흐렸다. 오리가미가 AST를 관뒀다는 사실은 코토리에게 들었지만, 그 사실을 자신이 알고 있는 티를 내면 부자연스러울 것 같았기 때문이다.

"그랬구나. ……저번에 옥상에서처럼 빈혈로 의식을 잃을 때가 있기 때문이야?"

시도의 말을 들은 오리가미는 고개를 살짝 숙였다.

"응. 그것도 그만둔 이유 중 하나야. 위험한 무기를 다루는 이에게 있어 그 증상은 치명적이거든. 그리고— 그 증상이 나타나기 시작한 후부터 말이야. 나는 확신을 가지지 못하게 됐어."

"확신을 가지지 못하게 됐다고? 대체 뭘……?"

시도가 묻자, 오리가미는 쓴웃음을 지었다.

"……공간진의 원인인 정령을 쓰러뜨리는 게 AST의 임무인데…… 나는 그게 정말 옳은 일인지 확신을 가지지 못하게 됐어."

"뭐—."

그 말을 들은 시도는 말문이 막혔다.

그것도 무리는 아니었다. 시도가 아는 오리가미는 정령을 증오하며, 정령을 죽이는 것만을 목적으로 삼으며 살아온 소녀였기 때문이다.

역시 부모님이 정령에게 살해당하지 않았기 때문일까. 아니면 자신 또한 정령이 되었기 때문에 무의식적으로나마 그렇게 생각하게 된 것일까—. 자세한 이유는 알 수 없지만, 그녀에게서 이런 말을 들을 수 있을 거라고는 꿈에도 생각하지 못했다.

경악을 금치 못하는 시도를 본 오리가미는 미안함으로 가득 찬 표정을 지으며 입을 열었다.

"……미안해. 정령은 이츠카 군의 형을 죽인 원수인데……."

"사, 사과할 필요 없어!"

"뭐……."

시도의 말을 들은 오리가미는 의외라는 표정을 지었다. 형을 — 정확하게 말하자면 시도 본인이지만 — 정령에게 살해당한 시도가 이런 말을 할 줄은 꿈에도 몰랐던 것이리라.

"나는 오리가미의 그 생각이 잘못되었다고는 눈곱만큼도 생각하지 않아. 나— 아니, 형도 나와 같은 생각일 거야!"

"이츠카 군……."

떨리는 목소리로 그렇게 말한 오리가미는 어깨를 희미하게 떨면서 금방이라도 눈물을 흘릴 듯한 표정을 지었다.

"아, 미, 미안. ……나, 오늘 왜 이러는 거지……."

오리가미는 얼버무리듯이 그렇게 말하면서 고개를 돌렸다. 시도는 아무 말 없이 오리가미와 맞잡은 손에 힘을 줬다.

그러자 바로 그때.

"……!"

인터컴에서 팡파르 같은 소리가 흘러나왔다.

『—호감도, 급상승!』

『포인트, 상한선에 도달했습니다!』

『……흐음, 아무래도 그녀의 마음속에 남아 있던 불안감의 원인은 바로 이것이었나 보네.』

그 뒤를 이어 레이네를 비롯한 승무원들의 목소리가 들렸다. 아무래도 오리가미는 자신이 정령을 상대로 이런 감정을 품었다는 사실을 시도가 알면 어떻게 생각할지 걱정하고 있었던 것 같았다.

『좋아……! 시도, 이대로 밀어붙여 버려!』

코토리가 GO 사인을 내렸다. ……그녀의 말에서 무드 같은 것은 전혀 느껴지지 않는다는 생각이 든 시도는 오리가미의 손을 움켜쥔 채 쓴웃음을 흘렸다.

하지만 지금이 기회인 것은 틀림없었다. 시도는 호흡을 가다듬은 후, 긴장 때문에 크게 뛰고 있는 심장을 진정시키면서 오리가미를 향해 돌아섰다.

"오리가미, 저기—."

"앗! 이츠카 군, 저기 좀 봐!"

하지만 시도는 고백하지 못했다. 오리가미가 공원 가장자리에 있는 목제 난간 너머로 몸을 내밀면서 하늘을 손가락으로 가리켰기 때문이다. 그녀가 손가락으로 가리킨 곳을 보니, 별이 떨어지고 있었다.

"별똥별이야, 별똥별. 소원 빌어야지."

"뭐? 이, 이렇게 갑자기는 좀—."

말은 그렇게 하면서도, 시도는 마음속으로 소원을 빌었다. —오리가미의 영력을 봉인할 수 있기를. 그리고 오리가미와 다른 정령들이 서로를 향해 마음을 열 수 있기를. ……하지만, 소원을 끝까지 빌기도 전에 별똥별은 사라지고 말았다.

하지만, 바로 그 순간.

"……어?"

난간 밖으로 몸을 내민 채 하늘을 올려다보던 오리가미가 갑자기 숨을 삼키더니, 그녀와 맞잡고 있던 시도의 손이 갑자기 당겨졌다.

『시도!』

코토리의 고함 소리가 시도의 오른쪽 고막을 뒤흔들었다.

시도는 무슨 일이 일어난 것인지 바로 알아차리지 못했다. 하지만— 그는 곧 이해했다.

오리가미가 몸을 기대고 있던 오래된 난간이 우지끈하는 소리를 내면서 부서지고 만 것이다.

난간에 몸을 맡기고 있던 오리가미는 그대로 난간 너머 낭떠러지를 향해 내던져지고 말았다.

"꺄앗?!"

"우왓!"

오리가미가 새된 비명을 질렀다. 그리고 자신의 눈앞에서 벌어진 일을 보고 놀란 시도는 고함을 질렀다.

하지만 불행 중 다행인 것은 시도가 오리가미의 손을 잡고 있었다는 점이다. 팔에 극도의 부담이 가해진 탓에 힘줄이 늘어날 것만 같았지만, 시도는 필사적으로 팔에 힘을 주면서 오리가미를 잡아당겼다. 그 과정에서 부서진 난간의 단면에 찔린 건지 왼팔에서 고통이 느껴졌다.

"……우랴압!"

시도는 괴상한 고함을 지르면서 오리가미의 손을 잡은 채 그대로 뒤쪽으로 쓰러졌다. 그러자 오리가미가 "꺄아." 하고 짧은 비명을 지르면서 시도의 몸 위에 덩달아 쓰러졌다.

"아야야…… 괘, 괜찮아? 오리가미."

"으, 응……. 구해줘서 고마워, 이츠카 군."

시도의 말을 들은 오리가미는 떨리는 목소리로 대답했다. 맞닿은 가슴 너머에 존재하는 그녀의 심장은 방금 그 일 때문에 많이 놀랐는지 격렬하게 뛰고 있었다.

그리고 시도는 깨달았다.

자신과 오리가미가 서로의 숨결이 느껴질 만큼 몸을 밀착시키고 있다는 사실을 말이다.

"……!"

『—찬스야, 시도! 호감도는 충분히 올라갔어. 그대로 결판

내버려!』

코토리의 목소리가 인터컴에서 흘러나왔다. 확실히 오리가미의 얼굴은 시도가 고개를 조금만 들어도 닿을 만큼 가까운 곳에 있었다. 코토리의 말대로 절호의 찬스였다.

"오리가미……."

하지만—.

오리가미에게 키스를 하려던 시도는 그녀에게 일어난 이변을 눈치챘다.

오리가미의 시선은 시도의 얼굴이 아니라…… 그의 왼팔을 향하고 있었다.

그녀의 시선이 향하고 있는 자신의 왼팔을 바라본 시도는 숨을 삼켰다.

방금, 시도는 오리가미를 구하는 과정에서 왼팔에 상처를 입었는데…… 현재 그 상처 주위에 영력의 불꽃이 맺혀 있었다.

그 순간— 인터컴에서 격렬한 사이렌이 터져 나왔다.

『……읏! 시도! 도망쳐!』

코토리의 외침이 고막을 뒤흔든 순간, 시도 위에 쓰러져 있던 오리가미가 보이지 않는 실에 조종당하는 것처럼 천천히 몸을 일으켰다.

그리고 그녀는 공허하기 그지없는 눈으로 시도를 바라보면서 중얼거렸다.

"————정령……."

"……큭!"

시도는 눈을 치켜떴다.

일전에 학교 옥상에서 똑같은 광경을 본 적이 있었다.

—즉, 오리가미가 정령·쿠루미를 목격한 바로 그 순간에 말이다.

레이네가 말했던 『가설』이 시도의 뇌리를 스치고 지나갔다.

오리가미는 정령을 봤을 때만 원래 세계의 기억을 되찾으면서— 정령으로 변한다.

그리고, 시도의 팔에 맺힌 불꽃은 정령 〈이프리트〉의 힘인 것이다.

"아, 아, 아아, 아, 아, 아아……."

오리가미는 공허한 눈으로 하늘을 올려다보면서 경련이 일어난 것처럼 온몸을 떨었다. 그녀의 입가를 타고 흘러내리는 침이 그녀가 정상이 아니라는 사실을 여실히 드러내고 있었다.

"오, 오리가미, 잠깐만—."

시도는 당황한 목소리로 오리가미에게 말을 걸었다. 하지만 바로 그 순간 오리가미의 주위에 영력으로 된 베일이 드리워지더니 시도의 몸을 그대로 날려버렸다.

"크윽……?!"

지면에 머리와 등을 찧으며 내동댕이쳐진 시도는 고개만 겨우겨우 들어 올렸다.

그리고 시도가 지켜보는 가운데, 오리가미를 중심으로 시꺼먼 거미집이 펼쳐지더니 소용돌이치듯 오리가미의 몸을 감쌌다.

"저건—."

상복을 연상케 하는 칠흑빛 영장.

그 영장이 오리가미를 감싼 순간—.

그녀는 원래 세계에서 텐구 시를 잔인하게 유린했던, 그 반전체가 되었다.

◇

"으음……."

정령 맨션의 한 방에서 토카는 커다란 쿠션을 끌어안은 채 소파 위를 굴러다니고 있었다.

그 방에 있는 사람은 토카만이 아니었다. 텔레비전 쪽을 쳐다보니 아이스크림을 걸고 레이싱 게임으로 대전 중인 야마이 자매, 그리고 그 두 사람의 뒤편에서 담소를 나누고 있는 요시노와 나츠미가 눈에 들어왔다.

오늘은 시도와 코토리가 중요한 볼일이 있다면서 집을 비웠기 때문에 정령들은 토카의 방에 모여서 놀고 있었다.

"으음……."

토카는 또 낮은 신음을 흘리면서 소파 위에서 몸을 뒤척였다.

딱히 불만을 느끼고 있는 것은 아니었다. 이런 일은 예전에도 몇 번 있었기 때문이다.

시도가 만든 저녁을 못 먹는 점은 확실히 아쉬웠다. 하지만 어리광을 부려서 시도와 코토리를 난처하게 만들 수는 없었다.

하지만…… 어째서일까. 오늘은 이유 없는 불안감이 그녀를 사로잡고 있었다.

아니, 정확하게 말하자면 오늘만 그런 것은 아니었다. 며칠 전— 토카의 반에 전학생이 온 뒤부터, 그녀는 가슴 한편으로 불안감을 느끼고 있었다.

토카가 그런 생각을 하고 있을 때, 소파 뒤편에 있던 미쿠가 고개를 내밀었다.

"우후후~. 토카 양, 왜 그러죠? 혹시 달링이 없어서 기분이 가라앉은 건가요~?"

"그런 건 아니다. 하지만……."

토카는 인상을 쓰면서 지금 자신이 느끼고 있는 감정을 표현할 말이 없을지 생각해보았다. 하지만 적당한 표현이 생각나지 않았다.

"……으음."

토카가 입을 다물자, 미쿠는 "아앙." 하고 신음을 흘리며 얼굴을 붉혔다. 그리고 높이뛰기 선수가 바를 넘는 요령으로 소파를 뛰어넘은 후, 토카와 소파 등받이 사이로 파고들었다.

"정말~! 난처한 표정을 짓고 있는 토카 양도 정말 끝내주네요~! 하앙~! 하앙~!"

미쿠가 그런 소리를 하면서 몸을 배배 꼬았다. 그리고 토카의 등에 얼굴을 묻은 채 거친 숨을 내쉬기 시작했다.

"뭐 하는 거냐, 미쿠. 간지러우니까 그만하거라!"

"아앙, 너무 그러지 마세요~. 닳는 것도 아니잖아요~."

미쿠는 토카의 몸을 끌어안더니 그녀와 열렬하게 볼을 비벼댔다. 토카는 미쿠의 이마에 손을 얹어 그녀를 자신에게서 떼어내려 했다.

—하지만, 바로 그 순간.

"……윽?!"

토카는 무심코 미간을 찌푸렸다.

뭐가 어떻게 된 것인지 정확하게 알 수는 없었다. 하지만—그녀의 몸이 무언가를 느꼈다. 마치 머릿속에서 불꽃이 폭발한 것만 같은 느낌이 들었다.

"아니……."

"전율. 이건—."

아무래도 토카만 그런 느낌을 받은 것은 아닌 듯했다. 게임을 하던 야마이 자매는 동시에 고개를 들었다. 그러면서 조작을 잘못했는지 텔레비전 화면 속의 자동차가 사고를 일으켰다.

그리고 그녀들의 뒤편에 있던 요시노와 나츠미는 미간을 모으면서 주위를 둘러보았고, 토카를 끌어안고 있던 미쿠 또한 놀란 듯한 표정을 지었다.

"바, 방금 그건 뭐죠……?"

"——."

본능적으로 위험을 감지한 토카는 소파에서 벌떡 일어나더니 창문을 열고 맨발로 맨션 베란다에 나갔다.

그리고 난간 밖으로 몸을 내밀며 주위를 둘러본 그녀는, 꽤 떨어진 곳에 있는 언덕 주위에 옅은 빛이 맺혀 있는 것을 발견했다.

"저건……!"

평범한 인간이라면 신경 쓰지 않고 지나갔을 만큼 옅은 빛이었다. 하지만 정령인 토카는 한눈에 눈치챘다. 저 빛이 영력에 의해 발생된 것이라는 사실을. —그리고 그것은 저 장소에 엄청난 힘을 지닌 자가 있다는 것을 뜻했다.

"흥. 수상쩍은 느낌이 풀풀 나는구나……."

"동의. 정령—이 나타난 것 같아요."

다른 이들도 토카의 뒤를 잇듯 베란다로 나왔다. 그리고 영력이 느껴지는 방향을 바라보았다.

"저기…… 저곳은—."

"아, 저쯤에 공원이 있지 않았나요?"

"……!"

미쿠가 그렇게 말한 순간, 토카의 머릿속에 지금 이 자리에 없는 시도의 얼굴이 떠올랐다.

그렇다. 그러고 보니 저곳은 시도가 토카를 데리고 갔던 장소다.

그 사실을 깨달은 순간, 토카의 심장이 미친 듯이 뛰기 시작했다.

딱히 저곳에 시도가 있다고 확정된 것은 아니다. 하지만 뇌리에 떠오른 시도의 얼굴과 토카의 마음속에 존재하던 위화감이 뒤섞이면서 그녀의 심장 박동을 흐트러뜨렸다.

"토카?!"

"토카 씨!"

"─윽!"

토카는 거의 무의식적으로 베란다 난간에 발을 올리더니, 그대로 밤의 어둠을 향해 몸을 날렸다.

◇

『영력치, 카테고리 E! 토비이치 오리가미, 반전했습니다!』

『큭─ 역시 레이네의 가설이 옳았던 것 같네……!』

인터컴에서 코토리와 승무원의 목소리, 그리고 위기를 알리는 경고음이 끝없이 흘러나왔다.

"……."

시도는 그 소리를 들으면서, 아무 말 없이 오리가미를 응시했다.

물론 시도 또한 혼란스러웠다. 겨우 구했다고 생각한 오리가미가 반전하는 모습을 두 눈으로 똑똑히 본 시도는 온몸을 부들부들 떨었다.

하지만 그런 와중에도 마음 한편으로 지극히 냉정하게 이 상황을 분석했다.

그리고 다음 순간, 시도는 오리가미를 향해 몸을 날렸다.

하지만 오리가미에게 닿기 직전, 그녀의 주위에 소용돌이치고 있는 영력이 그를 날려버렸다.
"큭—."
『시도?! 뭐 하는 거야?!』
"지금…… 오리가미를 막지 않으면 무시무시한 일이 벌어질 거야!"
그렇다. 시도가 무의식적으로 발현시킨 치유의 불꽃을 목격했기 때문에 오리가미가 반전한 것이라면, 그녀의 시야에서 표적인 시도가 사라지지 않는 한 그녀는 원래대로 돌아가지 않을 것이다.
하지만 시도는 쿠루미처럼 대신 사라져줄 분신을 만들 수 없다.
즉, 오리가미는— 시도가 죽을 때까지 폭주할 것이다. 그리고 오리가미가 자신의 반전이 풀리는 조건을 달성해버리는 경우, 그것은 오리가미의 영력을 봉인할 유일한 수단이 이 세상에서 영원히 사라진다는 것을 뜻했다.
물론 시도에게는 치유의 불꽃이 있다. 웬만한 부상은 순식간에 아물 것이다.
하지만 치유의 불꽃에도 한계는 있다. 5년 전, 시도가 오리가미의 부모님을 대신해 그녀의 공격을 받았을 때 코토리의 영력이 그를 치유해준 것인지 공격을 받기 직전 【유드·베트】의 효과 시간이 끝난 것인지 알 수 없었다.
그리고 설령 치유가 가능하다고 해도, 시도가 살아 있다는 사실을 알고 있는 한 오리가미의 반전이 풀리지 않을 가능성이 있었다.
그렇다면— 기회는 지금뿐이다.
오리가미가 아직 『깃털』을 현현시키지 않은 지금이 바로 그녀에게 다가갈 유일한 기회인 것이다.
"……오리가미!"
그녀의 이름을 외친 시도는— 일전에 자신의 눈으로 봤던 광경을 떠올렸다.
반전한 오리가미가 하늘 위에서 흩뿌린 어둠이 마을을 엉망진창으로 유린하는 광경.
그런 일이 또 일어나게 할 수는 없다. 오리가미가 그런 짓을 하게 놔둘 수는 없는 것이다.
시도는 주먹을 쥔 후, 또다시 오리가미를 향해 몸을 날렸다.
『멈춰, 시도! 지금 바로 오리가미에게서 떨어져!』
하지만, 인터컴에서 흘러나온 코토리의 고함을 들은 시도는 무심코 걸음을 멈췄다.
"무, 무슨 소리 하는 거야?! 지금이 기회—."
『그러니까 떨어지라는 거야. 설마 맨몸으로 영력 장벽을 돌파할 생각이야?』
"—뭐?"
시도는 무심코 눈을 치켜떴다.
코토리의 목소리가 들린 순간, 오리가미의 주위에 옅은 빛이 몇 개나 맺혔다. 그리고 그 빛 안에서 날카로운 느낌의 금속 덩어리가 모습을 드러낸 것이다.

마름모꼴 금속 조각을 쭉 늘린 듯한 형태를 한 그것은 거대한 『잎』처럼 생긴 물체였다. 그것들이 주위에 보이지 않는 벽을 전개하면서 오리가미를 포위했다.

"이건……."

『—〈세계수의 잎(위그드·폴리움)〉, 전개!』

코토리가 그렇게 외친 순간, 『잎』 주위에 존재하던 보이지 않는 벽이 증폭되면서, 칠흑빛 영장을 걸친 오리가미의 몸을 사방팔방에서 옥죄듯 압박했다.

"아—."

『〈위그드·폴리움〉. 테리터리를 전개할 수 있는 범용 독립 유닛이야. 미안하지만 시도 몰래 주위에 배치해뒀었어. 이 녀석들을 진짜로 쓰게 될 거라고는 꿈에도 생각 못 했지만 말이야.』

코토리는 흥 하고 가볍게 코웃음치면서 말했다.

그리고 다음 순간, 시도와 오리가미가 있는 공원 상공이 반짝이더니 주위에 전개해둔 거울이 벗겨지는 것처럼 공중함 〈프락시너스〉가 모습을 드러냈다. 어느새 육안으로 확인할 수 있는 위치까지 내려온 것 같았다.

〈프락시너스〉는 평소 현현장치(顯現裝置)(리얼라이저)로 불가시미채(不可視迷彩)(인비지블)를 전개해 모습을 감추고 있었다.

그런 〈프락시너스〉가 모습을 드러내는 것은 함체 주위를 벗어난 장소에 리얼라이저의 효과를 전달하려 할 때뿐이었다.

구체적으로 말하자면, 전송 장치로 외부에 있는 사람이나 물자를 회수할 때, 혹은 〈위그드·폴리움〉을 외부에 전개할 때.

그리고— 주포 〈미스틸테인〉을 발사할 때다.

"코토리! 너, 설마!"

시도가 고함을 지른 순간, 상공에 있는 〈프락시너스〉의 뱃머리가 아래쪽을 향하더니 지상에 있는 오리가미를 향해 포문을 전개했다. 테리터리로 제어되는 공중함만이 가능한 불안정하기 그지없는 자세였다.

그리고 그 포문에 마력으로 이루어진 빛이 맺혔다.

『위력은 조절해뒀으니까 안심해. 〈미스틸테인〉으로 몇 초 동안 영력 장벽을 파괴할 테니까, 그 틈에 오리가미에게 접근하는 거야!』

"……아, 알았어!"

『—가능하면 거친 짓은 하고 싶지 않지만, 마을을 파괴하게 놔둘 수는 없지.』

『마력 충전 완료! 사령관님, 언제든지 쏠 수 있습니다!』

코토리의 말에 답하듯, 한 승무원이 외쳤다.

『좋아. 목표, 지상, 토비이치 오리가미! 반드시 명중시켜, 칸나즈키!』

『맡겨만 주십시오.』

〈프락시너스〉 부사령관, 칸나즈키 쿄헤이의 차분한 목소리가 인터컴에서 흘러나왔다.

『〈미스틸테인〉, 발—.』

하지만 코토리가 지령을 내리려 한 순간. 시도는 무심코 숨을 삼켰다.

"코토리! 도망쳐어어엇!"

그리고 그는 목청껏 고함을 질렀다.

이유는 단순했다. 밤하늘에 떠 있는 〈프락시너스〉의 주위에— 오리가미를 둘러싼 〈위그드·폴리움〉처럼, 칠흑빛을 띤 다수의 『깃털』— 〈사탄〉이 나타났기 때문이다.

『뭐—?』

인터컴에서 위험을 알리는 경고음과, 허를 찔린 듯한 코토리의 목소리가 흘러나왔다.

다음 순간, 〈사탄〉은 〈프락시너스〉를 향해 농밀한 어둠을 결집시켜 만든 듯한 검은 광선을 발사했다.

다방면에서 날아온 어둠은 그대로 〈프락시너스〉의 새하얀 함체를 관통하더니, 폭발을 일으켰다. 인터컴에서 격렬한 폭음과 코토리를 비롯한 승무원들의 비명 소리가 터져 나왔다.

『꺄아앗!』

"코토리! 코토리……!"

시도가 고함을 질렀지만, 아무도 대답하지 않았다. 상공에 떠 있는 〈프락시너스〉의 곳곳에서는 연기가 뿜어져 나오고 있었고, 그와 동시에 오리가미를 압박하고 있던 〈위그드·폴리움〉이 힘없이 지면에 떨어졌다.

"아……."

시도는 눈을 치켜뜨면서 짧은 신음을 흘렸다.

밤하늘을 가르며 떨어지는 〈프락시너스〉. 그 광경은 원래 세계에서 봤던 광경과 너무나도 흡사했다.

그때도 〈프락시너스〉는 오리가미에게 격추당했다.

"왜 이렇게…… 된 거야……!"

시도는 무의식적으로 고함을 질렀다.

바꾼 줄 알았던 역사가, 바꾼 줄 알았던 세계가, 다시 원래대로 되돌아가고 있었다. —마치 시도가 아무리 발버둥 친들, 한번 정해진 결말은 바꿀 수 없다는 것처럼…….

"——."

족쇄에서 풀려난 오리가미는 아무 말 없이 공중으로 떠오른 후, 태아처럼 몸을 둥글게 말았다. —마치 마음의 문을 닫으려는 것처럼.

바로 그때, 천천히 추락 중인 〈프락시너스〉를 공격하기 위해 수많은 『깃털』 끝에 어둠이 맺히기 시작했다.

"……크! 오리가미!"

시도는 오리가미의 이름을 부르면서 그녀를 향해 몸을 날렸다. 하지만— 영력의 장벽 탓에 오리가미에게 다가갈 수 없었다.

이러는 사이에도 하늘에 떠 있는 칠흑빛 『깃털』이 〈프락시너스〉를 향해 포격을 날리려 하고 있었다.

〈프락시너스〉는 방금 받은 공격 때문에 이미 반파 상태였다. 저 상태에서 또 공격을 받는다면 〈프락시너스〉, 그리고 그 안에 탄 승무원들이 무사하지 못하리라.

"그만해, 오리가미! 그만해애애애애앳!"

하지만 시도의 외침은 오리가미에게 전해지지 않았다.

수많은 『깃털』에서 칠흑빛 광선이 뿜어져 나왔다.

"……큭!"

하지만― 바로 그 순간.

느닷없이 발생한 돌풍이 칠흑빛 『깃털』의 궤도를 바꿨다. 그 탓에 〈사탄〉에게서 뿜어져 나온 광선은 〈프락시너스〉의 함체를 살짝 스친 후 그대로 허공을 가르며 날아가더니 이윽고 사라졌다.

단순한 돌풍의 풍압이 〈사탄〉의 방향을 바꿀 수 있을 리가 없었다. 그 바람의 정체를 눈치챈 시도는 어깨를 부르르 떨었다.

"저건……."

다음 순간, 오리가미의 주위에 조그마한 『깃털』이 몇 개나 현현되더니, 시도를 겨냥했다. 아무래도 시도도 적이라고 판단한 것 같았다.

"큭―?!"

저 공격을 전부 피하는 것은 무리라고 판단한 시도는 곧 느껴질 고통을 참기 위해 온몸을 딱딱하게 굳혔다.

하지만 『깃털』 모양을 한 오리가미의 천사가 포격을 날리기 직전―.

"―하아아아앗!"

상공에서 고함 소리가 들려오더니, 한정 영장을 현현한 정령이 거대한 검을 휘둘러 칠흑빛 『깃털』을 쳐냈다.

"시도, 무사하느냐?!"

"토카!"

시도는 눈앞에 있는 소녀의 이름을 외쳤다. 그렇다. 그녀는 바로 시도의 집 바로 옆 맨션에 있을 줄 알았던 토카였다.

아니, 토카만이 아니었다. 그녀의 뒤를 이어 한정 영장을 걸친 정령들이 모습을 드러냈다.

거대한 토끼 인형의 등에 탄 요시노와 어른으로 변한 나츠미, 빛으로 된 건반을 자신의 몸 주위에 출현시킨 미쿠. 그리고 하늘에는 조금 전에 돌풍을 일으켜 〈프락시너스〉를 구한 야마이 자매가 있었다.

"너희가— 왜 여기 있는 거야?!"

"저, 저기……."

"우후후. 왜긴요. 위기에 처한 달링을 구하러 왔죠~."

"뭐, 토카 양을 따라왔을 뿐이지만 말이야."

"아~ 그 말을 하면 어떻게 해요~!"

미쿠가 "쉬~." 하고 말하면서 자신의 입술에 손가락을 하나 댔다. 어른 버전의 나츠미는 원래 모습일 때와는 달리 여유 넘치는 표정을 지으며 어깨를 으쓱했다.

"그런데— 시도."

토카는 시도를 지키려는 듯이 천사 〈산달폰〉을 움켜쥐며 그의 앞에 서더니, 오리가미를 경계하면서 입을 열었다.

"……엄청난 영력이 느껴지는구나. 저 녀석은 대체 누구냐?"

토카의 말을 들은 시도는 손톱이 손바닥에 박힐 만큼 주먹을 세게 쥐면서 대답했다.

"저 애는…… 오리가미야."

"뭐……? 얼마 전 우리 반으로 전학 온 녀석 말이냐?"

토카는 의아해하면서 말했다. 하지만 그녀가 그런 반응을 보이는 것도 무리는 아니었다. 이 세계의 토카는 오리가미와 알고 지내게 된 지 며칠밖에 지나지 않은 데다― 칠흑빛 영장을 걸친 채 공중에 떠 있는 이가 클래스메이트라는 말을 들어도 쉬이 믿기지 않으리라.

오리가미의 몸에서는 대치하고 있는 이의 몸을 오그라들게 만드는 압도적인 위용(威容)이 뿜어져 나오고 있었다.

DEM의 아이작·웨스트코트는 반전한 정령을 마왕이라 불렀다. ―그리고 시도의 눈앞에 존재하는 **저것**은 그 표현에 걸맞은 엄청난 압력을 자아내고 있었다.

"……큭."

하지만. 시도는 이를 악물면서 걸음을 내디뎠다.

"시도……?"

토카는 그런 시도를 바라보면서 눈썹을 찌푸렸다. 아마 시도에게 위험하다고 말하고 싶은 것이리라.

그것은 시도 본인도 잘 알고 있었다. 하지만 그는 오리가미의 곁에 가야만 했다.

이대로 오리가미를 놔뒀다간 텐구 시가 원래 세계에서처럼 폐허로 변하고 말 것이다. 그리고 오리가미는― 두 번 다시 원래의 오리가미로 돌아오지 못하리라.

그것만은 무슨 수를 써서라도 막아야만 했다.

그리고 이 상황에서 오리가미를 원래대로 되돌릴 수 있는 이는, 그녀의 손을 잡아줄 수 있는 이는— 시도뿐이다.

하지만— 시도 혼자만의 힘으로는 무리다.

강대하기 그지없는 힘을 지닌 마왕에 비해, 시도의 힘은 너무나도 미미했다.

"……다들."

시도는 자신을 위해 와준 정령들을 둘러보면서 입을 열었다.

—빨리 도망쳐, 라고 말하고 싶었다.

오리가미와 싸우지 마, 라고 말하고 싶었다.

하지만, 시도는.

"—저 녀석을 구할 수, 있게…… 도와줘……!"

시도는 그녀들에게 미안하다고 생각하면서도, 그렇게 말할 수밖에 없었다.

그리고 그 말을 들은 토카는 영문을 모르겠다는 표정으로 입을 열었다.

"음? 왜 그렇게 당연한 소리를 하는 것이냐."

토카는 그렇게 말하면서 〈산달폰〉을 고쳐 쥐었다.

"시도는 나를 구해줬다. 그리고 나에게 이 세상의 아름다움을 가르쳐줬지. 내 세계는 시도가 만들어준 거나 다름없다. —그러니 이번에는 내가 시도를 도울 차례다."

"토카……."

그리고 토카의 뒤를 잇듯, 다른 정령들도 고개를 끄덕였다.

"저와 요시농도…… 시도 씨를 돕고 싶어요……!"

"맞아. 이 누님에게 얼마든지 기대렴. 시도 군은 약하니까 무리하지 마."

"만약 달링이 도망치라고 했으면 마구 화냈을 거예요~."

요시노, 나츠미, 미쿠는 빙긋 웃으면서 그렇게 말했다. 그 뒤를 이어 하늘에 떠 있는 카구야와 유즈루의 웃음소리가 들렸다.

"크큭, 좋다! 그대의 각오, 이 두 눈으로 똑똑히 확인했느니라! 구풍(颶風)의 왕녀·야마이가 그대에게 힘을 빌려주겠노라!"

"동의. 하늘은 유즈루와 카구야에게 맡겨주세요."

"다들—."

그녀들의 말을 들은 시도는 주먹을 쥐었다.

"고마워. —자아, 오리가미를 구하러 가자."

◇

—『오리가미』는 당혹스러워하고 있었다.

공원 한쪽에 있는 절벽 아래로 떨어질 뻔한 자신을 시도가 구해준 후, 그의 팔에서 빛나는 무언가를 본 순간, 또 의식이 멀어졌다.

……그리고 정신을 차려보니, 자신은 처음 보는 장소에 있었다.

순백색으로 가득 찬 그 공간에는 아무것도 없었다. 머리 위에 있는 것이 하늘인지 천장인지, 저편에 있는 것이 지평선인지조차 알 수 없었다. 오리가미는 이 공간에 『서 있었지만』, 지면을 밟고 있다는 감촉조차 애매했다. 잠시라도 정신을 팔면 아무것도 없는 공간에 떠 있는 듯한 착각마저 들 것 같았다. 마치 아무것도 그려지지 않은 만화책의 컷 안에 있는 것 같은 느낌이었다.

'여기는, 어디지……?'

오리가미는 주위를 둘러보면서 멍하니 중얼거렸다.

'아무래도…… 꿈을 꾸고 있는 것 같네.'

오리가미가 그런 결론을 내리는 데는 그리 긴 시간이 걸리지 않았다. 하지만 그것도 무리는 아니었다. 이런 공간이 현실에 존재할 리가 없기 때문이다.

바로 그때—.

'……어?'

오리가미는 눈을 치켜떴다.

오리가미의 눈앞. 조금 전까지 아무것도 없었던 공간에 어느새 한 소녀가 존재했기 때문이다.

어둠을 연상케 하는 칠흑빛 드레스를 걸친 소녀였다. 무릎을 끌어안은 그녀는 공허한 표정을 짓고 있었다.

'너는…….'

말을 하다 만 오리가미는 어떤 사실을 눈치챘다.

'나—?'

그렇다. 말도 안 되는 광경이라 바로 이해하지 못했지만, 눈앞에 있는 이는 바로 오리가미 자신이었던 것이다.

아니…… 정확하게 말하자면 약간 달랐다. 오리가미는 등 한가운데까지 머리카락을 길렀지만, 눈앞에 있는 소녀의 머리카락은 어깨에 닿을락 말락 하는 길이였다.

하지만, 입고 있는 옷 이외의 차이점은 그것뿐이었다. 마치 거울을 보는 듯한 느낌이 든 오리가미의 볼을 타고 식은땀이 흘러내렸다.

'뭐가, 어떻게 된 거야…….'

방금 자신이 꿈을 꾸고 있다고 단언했던 오리가미는 미간을 찌푸릴 수밖에 없었다.

하지만 바로 그 순간.

'——아!'

오리가미의 머릿속으로, 한 번도 본 적 없는 풍경과 들은 적 없는 말들이 흘러들어왔다.

아니…… 정확하게 말하자면 약간 달랐다.

그 정보를 얻은 순간, 오리가미의 마음속에서 확신에 가까운 감각이 피어났다.

'이 기억은…… 나의……?'

그렇다. 그것은.

오리가미가 지금까지와는 조금 다른 길을 걷게 되었다면 경험했을, 몇 년 동안의 기억이었다.

—『오리가미』는 마음의 문을 닫았다.

영력의 불꽃을 본 순간, 오리가미의 마음속에서 피어난 정보. 그것은 오리가미가 잊고 있던, 원래 세계의 오리가미가 지니고 있던 기억이었다.

그 기억이 되살아나는 것과 동시에, 오리가미는 자신의 몸과 마음이 시꺼먼 색으로 물들어가는 것을 느꼈다.

5년 전.

그렇다. 5년 전 그날, 오리가미의 눈앞에서 죽은 이는 바로 그녀의 부모님이었다.

그리고— 부모님을 죽인 정령은 바로 오리가미 자신이었다.

그 사실을 떠올린 순간, 오리가미는 그 어떤 생각도 하지 못하게 되었다.

어쩌면, 그것은 오리가미가 자기 자신을 지키기 위한 방어본능일지도 모른다.

지금까지 자신을 형성하고 있던 근원적인 요소.

삶의 목적이 되어 왔던 생명의 의미.

그것들이 최악의 형태로 붕괴되고 말았다는 사실을 깨달은 그녀의 마음은, 자아가 완전히 붕괴되는 것을 막기 위해 그 기억을 이 세계의 오리가미로부터 격리시킨 것이다.

그것이 이 세계의 룰이다. 이 세계의 오리가미의 의식은 정령의 힘이 발현된 순간 격리된 후, 원래 세계의 기억을 지닌 오리가미가 육체의 지배권을 쥐게 되는 것이다.

이제 오리가미는 그 어떤 생각도 하지 않았다. 아무것도 느껴지지 않았다.

그저— 눈앞에 있는 정령을 죽이는 것에 모든 힘을 기울였다.

하지만.

모든 것을 버린 오리가미의 머릿속에서 자그마한 빛이 피어났다.

무슨 일이 일어난 것인지 알 수 없었다. 설령 알았더라도, 지금의 오리가미는 그것을 인식할 수 없다.

—그래야, 했다.

하지만 그 빛은 어떤 기억을 일깨웠다.

그렇다. 그것은.

5년 전 그날, 부모님이 죽지 않은 세계에서 살아온 오리가미의 기억이었다.

'——아————.'

오리가미는 작디작은 소리를 냈다.

그리고 그 순간.

『오리가미』와 『오리가미』의 의식이 소용돌이치며 뒤섞이기 시작했다.

◇

"크큭! 우리는 바람의 총애를 받는 구풍의 왕녀!"

"호응. 우리를 따라잡을 수 있는 이는 이 세상에 존재하지 않아요."

야마이 자매는 그렇게 말하면서 동시에 아무것도 없는 공간을 박차더니, 그대로 하늘을 가르며 날았다. 다음 순간, 검은 광선이 조금 전까지 두 사람이 있었던 장소를 꿰뚫었다. 〈프락시너스〉를 공격한 〈사탄〉이 이 두 사람을 적으로 판단한 것 같았다.

"흥! 제아무리 엄청난 위력을 지녔다 한들, 맞추지 못하면 아무 소용없느니라!"

카구야는 그렇게 외친 후 아크로바틱한 비행을 선보이며 자신을 향해 날아오는 광선들을 종이 한 장 차이로 피했다.

"제안. 지금이에요, 시도. 유즈루와 카구야가 시선을 끄는 사이에 본체에 접근하세요."

카구야와 마찬가지로 광선을 피하고 있던 유즈루가 지상에 있는 시도를 향해 말했다. 그 말을 들은 시도는 고개를 끄덕인 후, 오리가미를 바라보았다.

"다들 부탁해!"

""""오오!""""

시도의 말을 들은 정령들이 일제히 행동을 개시했다.

하지만 바로 그 순간, 〈위그드·폴리움〉의 속박에서 풀려난 오리가미의 몸이 천천히 하늘로 떠오르기 시작했다.

오리가미를 하늘로 도망치게 해서는 안 된다고 생각한 시도는 고함을 질렀다.

"미쿠!"

"예, 저만 믿으세요~!"

바로 그 순간, 미쿠는 자신의 몸 주위에 전개해둔 빛의 건반을 연주하면서 아름다운 노래를 부르기 시작했다.

가브리엘 론도
"〈파군가희(破軍歌姬)〉—【원무곡】!"

그 순간, 오리가미의 주위에 은통(銀筒)이 출현하더니, 그 끝 부분이 오리가미를 향했다. 그러자 미쿠가 자아내는 노래가 눈에 보이지 않는 힘이 되어 하늘로 떠오르려 하는 오리가미를 지면에 속박했다.

"후훗. 꽤 하네, 미쿠 양."

그 모습을 본 나츠미가 요염한 미소를 지었다.

"하지만 미쿠 양이 저 애를 억누르고 있으면, 원래 해야 할 일을 할 수 없잖아? 그러니까—."

나츠미는 오른손을 들어 올린 후, 빗자루처럼 생긴 천사를 현현시켰다. 그리고—.

하니엘 칼리도스쿠페
"〈위조마녀〉—【천변만화경(千變萬化鏡)】."

나츠미가 그렇게 말한 순간, 그녀의 손에 쥐어진 빗자루가 부드러운 점토처럼 변하더니, 이윽고 은통과 건반이 되었다.

"어?! 그건……!"

건반을 치던 미쿠가 깜짝 놀란 표정을 지었다. 그럴 만도 했다. 나츠미가 현현시킨 것은 미쿠의 〈가브리엘〉과 똑같은 형태를 지닌 천사였기 때문이다.

“미쿠 양, 잠시만 빌릴게. 실은 전에 봤을 때부터 한번『흉내』내보고 싶었어.”

그렇게 말한 나츠미는 양손을 교차시키더니, 힘차게 건반을 두드리면서 노래했다.

“【행진곡(마치)】!”

그녀의 노래를 들은 시도 일행의 몸에서 기력이 용솟음쳤다. 효과 면에서 약간의 차이가 있기는 하지만, 이것은 미쿠의【행진곡】이 분명했다.

“아앙~! 나츠미 양이 제 흉내를 내요~!”

“후훗, 너무 언짢아하지 마. 이건 전부 시도 군을 위한 거라구.”

“부우~. 나중에 저작권 사용료를 청구할 거예요~. 아이돌은 저작권을 철저하게 따진다고요~.”

미쿠는 볼을 한껏 부풀렸다. 아무래도 나츠미가 자신의 능력을 사용하는 게 마음에 들지 않는 것 같았다. 하지만 공수(攻守) 양면에 〈가브리엘〉이 존재한다는 점은 시도 일행에게 매우 큰 힘이 되었다. 토카와 요시노는 오리가미에게 접근하기 위해 몸을 앞으로 기울였다.

하지만 그런 두 사람의 움직임에 반응한 것처럼, 오리가미의 주위 공간이 일그러지더니, 또『깃털』들이 모습을 드러냈다.

그『깃털』들은 불규칙적인 궤도를 그리면서 시도 일행을 향해 광선을 뿜었다.

"크—!"

"시도 씨!"

『에잇~!』

요시노, 그리고 천사 〈자드키엘〉로 변한 『요시농』이 시도를 지키듯 앞으로 나섰다. 그 순간, 공기 중의 수분을 결집시켜 만든 얼음이 광선의 궤도를 비틀었다.

"고마워, 요시노, 요시농! 덕분에 살았어!"

"아뇨……. 그것보다, 아직 공격이 끝나지 않았으니 조심하세요!"

요시노는 허공에 떠 있는 『깃털』들을 쳐다보면서 말했다.

요시노의 말대로 오리가미 주위에는 여전히 셀 수도 없을 만큼 많은 『깃털』이 떠 있었다.

완전한 영장을 현현시켰다면 몰라도, 한정 영장 상태인 정령들이 저 공격을 받으면 치명상을 입을지도 모른다. 야마이 자매와 요시노는 상대의 공격을 절묘하게 피하거나 막아내고 있지만 그러는 데도 한계가 있을 것이다. 그러니 한시라도 빨리 오리가미에게 다가가야—.

시도가 그런 생각을 하고 있을 때, 마치 그의 생각을 읽기라도 한 것처럼 『깃털』들이 시도를 겨냥했다.

하지만.

"하앗!"

날카로운 기합성과 함께 빛이 시도의 시야를 가르고 지나간 순간, 『깃털』들이 일제히 튕겨져 날아갔다.

"토카!"

시도가 고함질렀다. 그렇다. 토카가 〈산달폰〉으로 광선을 뿜으려 하는 『깃털』을 공격한 것이다.

하지만 한정 해제 상태의 〈산달폰〉의 힘으로는 『깃털』을 파괴할 수 없었다. 상처 하나 나지 않은 『깃털』들은 마치 의지를 가진 것처럼 움직이면서 다시 어둠을 응축하기 시작했다.

"—요시노, 시도를 부탁한다!"

"아, 예……!"

토카가 등을 보인 채 한 말에, 요시노가 대답했다.

"시도 씨, 빨리 가죠! 제 뒤를 따라오세요……!"

요시노는 그렇게 말한 후, 〈자드키엘〉의 전방에 장갑처럼 냉기를 둘렀다.

"그, 그래—!"

요시노는 양 손으로 꼭두각시 인형을 조종하듯 〈자드키엘〉을 조종해 전진시켰다. 시도는 커다란 토끼의 뒤편에 숨은 채 오리가미를 향해 다가갔다.

하지만 몇 초 지나지 않아 〈자드키엘〉은 진군을 멈추고 말았다. —고개를 들어보니, 오리가미의 주위에 새롭게 현현된 『깃털』이 영력으로 된 강력한 장벽을 형성하고 있는 것 같았다. 이쪽을 공격하려 한다면 『깃털』의 궤도를 흐트러뜨리면 된다. 하지만 저렇게 방어에 전념한다면 힘으로 밀어붙일 수밖에 없다.

"으…… 으으으―."

『이이이익! 무지 딱딱하네~!』

"요시노, 요시농! 괜찮아?!"

"괜찮……아요……!"

요시노가 고통 섞인 목소리로 대답했다. 솔직히 말해 전혀 괜찮아 보이지 않았다.

하지만 요시노는 시선을 날카롭게 만들더니, 〈자드키엘〉의 몸을 동그랗게 말았다.

"저는…… 약해빠진 데다, 울보지만…… 시도 씨를, 위해……."

〈자드키엘〉의 온몸에서 옅은 빛이 뿜어져 나왔다.

"―저 벽을 파괴할 힘이, 필요해요……."

요시노가 양손을 활짝 펼치자 그녀의 손가락과 〈자드키엘〉을 이어주는 실이 찬란히 빛났다.

시론
"〈자드키엘〉―【동개(凍鎧)】……!"

그리고 그 이름을 외친 순간, 〈자드키엘〉의 거대한 몸이 일그러지더니 요시노의 손가락과 이어진 실에 빨려 들어가듯 응축되었다.

그리고 농밀한 빛이 맺힌 실이 요시노의 온몸을 휘감기 시작했다.

"요시노……?!"

한 번도 본 적 없는 광경을 본 시도는 무심코 새된 목소리를 내고 말았다.

하지만 다음 순간—.

"—예, 시도 씨."

명확한 의지가 느껴지는, 요시노의 힘찬 목소리가 들려왔다.

빛이 가라앉자, 드디어 요시노의 모습이 보였다.

"갑옷……?"

시도는 망연자실한 목소리로 그렇게 중얼거렸다.

그렇다. 요시노는 백은색 갑옷을 온몸에 두르고 있었다.

아니— 저것을 갑옷이라고 불러도 되는 건지 솔직히 말해 알 수 없었다. 금속과도 수지(樹脂)와도 다른 물질이 투명한 얼음과 일체화된 채 영장을 걸친 요시노의 몸을 감싸더니, 그녀가 〈자드키엘〉을 걸친 듯한 형태를 자아낸 것이다.

"으응……!"

요시노는 온몸에 냉기를 두른 후, 깍지 낀 양손을 앞으로 내밀었다.

백은색 갑옷에 뒤덮인 두 팔을 중심으로 눈보라가 나선을 그리듯 소용돌이치더니, 이윽고 거대한 원뿔을 형성했다.

"하아아아아아아아앗……!"

요시노가 깍지 낀 양손을 힘껏 비틀었다. 그 순간, 요시노의 몸 주위에서 소용돌이치던 냉기로 된 원뿔이 드릴처럼 회전하면서 『깃털』과 『깃털』 사이에 존재하는 틈을 강제로 벌렸다.

"시도 씨…… 지금이에요……!"

"그— 그래!"

요시노의 말을 들은 시도는 그렇게 대답한 후, 그녀가 만든 구멍 안으로 몸을 날렸다. 그리고 오리가미를 향해 내달리기 시작했다.

미쿠의【론도】에 눌리고 있는 오리가미는 지상에서 1미터 정도 위치에 떠 있었다. 물론 반전한 오리가미가 전력을 다한다면 한정적인 힘만 발휘할 수 있는 미쿠의 소리 정도는 얼마든지 튕겨낼 수 있겠지만— 오리가미에게서는 기력이나 의지 같은 것이 눈곱만큼도 느껴지지 않았다.

공격 또한 칠흑빛『깃털』만이 펼치고 있으며, 오리가미 본인은 손가락 하나 까딱하지 않았다. 마치 오리가미가 지닌 면역 기능이 본인의 의지와는 상관없이 외부의 적을 제거하려는 것처럼 보였다.

"—오리가미!"

시도는 목청껏 오리가미의 이름을 불렀다.

하지만 오리가미는 전혀 반응을 보이지 않았다. 절망으로 물든 그녀의 눈은 그저 허공만을 공허하게 바라보고 있었다.

"크……!"

원래 세계에서 본 광경을 떠올린 시도는 어금니를 깨물었다.

그때도 시도는 정령들이 협력해준 덕분에 오리가미에게 다가갈 수 있었다. 하지만, 오리가미는 완전히 마음의 문을 닫았는지 시도가 무슨 말을 해도 전혀 반응을 보이지 않았다.

이대로 있다간 그때와 똑같은 상황이 벌어질 것이다.

시도의 힘만으로는, 부족했다.

무언가가— 그때는 없었던 무언가가 필요했다.

시도는 목청껏 고함을 지르고 있다. 오리가미를 향해 필사적으로 손을 뻗고 있다.

그러니 이제는— 오리가미가 시도의 손을 잡게 만들 무언가가, 그녀의 내면에서 우러나온 충동이 필요했다.

◇

오리가미의 머릿속에서 두 개의 기억이 뒤섞이고 있었다.

자기 안에 존재하는 또 한 명의 자신을 두 방향에서 동시에 바라보고 있는 듯한 기묘한 감각이 느껴졌다.

그것도 무리는 아니었다. 원래 세계의 오리가미도, 이 세계의 오리가미도, 오리가미 본인이기 때문이다.

그 두 기억을 동시에 지닌 오리가미는 모든 것을 이해했다.

오늘 시도와 데이트하면서 느꼈던 기묘한 위화감. 자신의 몸이 다른 누군가의 의지에 의해 움직이는 듯한 감각. 그것은 오리가미의 몸이, 잠재의식이, 시도의 존재에 반응을 보인 것이었다.

지금 이 상태도 마찬가지였다. 원래 이 세계의 오리가미는 『지금』— 정령의 힘이 발현된 동안에는 눈을 뜨지 못했다.

하지만 시도의 영향으로 원래 세계의 기억과 이 세계의 기억의 경계가 애매해졌고— 그 결과, 오리가미의 두 기억이 뒤섞이는 사태가 벌어지고 만 것이다.

그리고 그것은 오리가미에게 엄청난 혼란을 안겨줬다. 마음의 문을 닫고 모든 것을 없애려 하는 오리가미, 그리고 그런 자신을 말리려 하는 오리가미가 그녀의 몸 안에서 복잡하게 뒤엉켰다.

'나는 5년 전에, 아빠와 엄마를—.'

'—이 세계에서는 그런 일이 일어나지 않았어! 아빠와 엄마는 5년 전, 이츠카 군의 형이 구해줬단 말이야……!'

오리가미가 그렇게 말한 순간, 부모님을 광선으로부터 구해준 소년의 모습이 마음속에 떠올랐다. 그리고 그녀는 깨달았다. 그 사람은 시도의 형이 아니라, 시도 자신이었던 것이다. 원래 세계의 기억을 지닌 오리가미는 확신할 수 있었다.

그리고 그 뒤를 이어, 살아남은 부모님과 보낸 1년간의 상냥한 기억이 오리가미의 뇌수에 녹아들었다. 미소 짓고 있는 아버지와 어머니. 단란한 가정. 셋이서 함께 보낸 소중한 시간.

분명 이 기억이 있기에, 이 광경이 뇌리에 남아 있기에, 오리가미는 원래 세계의 자신과는 다른 삶을 살 수 있었던 것이리라.

—하지만.

'그럼…… 이건 뭐야? 내 안에 있는 이 기억은 뭐냔 말이야……?!'

주위의 경치가 불타올랐다. 불꽃에 휩싸인 마을이 눈앞에 펼쳐졌다. 지면에 새겨진 크레이터. 산산조각 난 시체. 끝없이 흘러나오는 피. 하늘을 올려다보는 어린 오리가미.

그것은 원래 세계의 오리가미가 체험한, 5년 전 일이다.

그 지옥 같은 기억이 강렬한 현기증과 구역질을 불러왔다.

'으, 아…… 아…….'

강렬한 현실감이 느껴졌다. 그것도 무리는 아니었다. 이 일을 경험한 사람 또한 바로 오리가미 본인이기 때문이다.

'나는, 이제— 끝났어. 이제…… 나는…….'

'그렇지…… 않아……!'

슬픔과 분노, 그리고 무시무시한 혐오감에 짓눌리면서도, 오리가미는 고함을 지르려 했다.

하지만 그런 그녀를 절망에 빠뜨리려는 것처럼, 또 다른 기억이 떠올랐다.

그것은 원래 세계에서 벌어진 일이었다. 반전된 시야. 하늘을 가득 채운 어둠. 붕괴되는 마을. 그 처참한 광경을 본 오리가미는 무심코 비명을 지를 뻔했다.

'아, 아, 아, 아아아아…….'

이 세계에서는 일어나지 않았지만, 그것은 분명 오리가미가 일으킨 일이다.

오리가미는 시야가 일그러지는 듯한 느낌을 받았다. 자신의 존재 자체가 검은색으로 물들어 가는 듯한 착각이 들어 의식을 유지할 수도 없었다.

—하지만, 포기할 수는 없었다. 오리가미가 의식을 잃는다면 그 누구도 오리가미를 말리지 못할 것이다.

5년 전 일은『없었던 일』이 되었으니까 이제 신경 쓰지 말라고 말할 수는 없었다.

원래 세계에서 오리가미가 자행했던 파괴 또한 이 세계에서는 일어나지 않았으니 이제 잊어버리라고 말할 수는 없었다.

하지만 오리가미가 포기한다면, 오리가미는 이 세계에서도 원래 세계에서 자행했던 파괴를 되풀이하고 말 것이다.

분명 수많은 도시가 파괴되리라. 수많은 사람들이 목숨을 잃으리라.

그렇게 되면 오리가미는 영원히 원래대로 되돌아오지 못할 것이다. 그것만은 무슨 수를 써서라도 막아야만 했다.

하지만.

'으…… 아, 아아—.'

차례차례 밀려오는 감정의 격류에 휘말린 오리가미는 결국 무릎을 꿇었다.

분명 오리가미도 알고 있을 것이다. 오리가미가 범한 실수가, 이 세계에서는 벌어지지 않았다는 것을. 이 세계에서라면 다시 시작할 수 있다는 것을. 왜냐면 원래 세계의 기억을 공유한 것처럼, 이 세계의 기억 또한 공유되었을 테니까 말이다.

하지만 그 기억을 지녔으면서도, 자신이 이 세계에 존재해서는 안 된다는 감정이 오리가미의 마음속에서 날뛰고 있었다.

'그……만해. 나는— 아, 아아아아아아아아아아……!'

오리가미는 비명을 질렀다.

—오리가미의 목소리만으로는 부족했다.

이 세계의 오리가미 혼자서는 원래 세계의 오리가미를 구원할 수 없다. 이 세계의 기억을 공유해 오리가미가 감고 있던 눈을 뜨게 하는 것이 고작이었다.

그렇다— 오리가미가 할 수 있는 것은, 오리가미의 등을 밀어주는 것뿐이다.

오리가미를 구하기 위해서는 누군가가 외부에서 그녀에게 말을 걸어줘야만 했다. 누군가가, 그녀의 손을 잡아당겨줘야만 했다.

하지만, 세계에 절망을 흩뿌리는 오리가미를 향해, 손을 뻗어주는 인간이—.

"—오리가미……!"

'……아!'

그 목소리가 들려온 순간.

오리가미는, 고개를 들었다.

'시, 도…….'

그렇다. 아무것도 없던 세계에 울려 퍼진 것은 이츠카 시도의 목소리였다.

그와 동시에 새하얀 공간에 균열이 생겼다.

'어, 째서—.'

오리가미의 목소리는 시도에게 전해지지 않았다. 하지만 시도는 목청껏 고함을 질렀다. 다른 누구도 아닌 오리가미에게, 필사적인 목소리로 호소했다.

"혼자서 전부 다 짊어지려고 하지 마! 5년 전에 내가 말했지?! 너는 혼자가 아니라고……!"

'아—.'

시도의 말을 들은 순간, 오리가미의 마음속에 5년 전의 기억이 되살아났다.

—네 슬픔은, 내가 이어받겠어……! 네 분노는, 내가 받아주겠어……! 망설일 수밖에 없는 상황에 처하면, 나에게 기대! 이러지도 저러지도 못하는 사태에 직면하면, 나에게 도움을 청해! 네 안의, 네 안의 모든 감정을 나한테 다 퍼부어도 괜찮아! 그러니까, 그러니까—.

'아, 아아…….'

"절망만은— 하지 마……!"

기억 속에 존재하는 시도의 목소리와, 자신의 고막을 뒤흔들고 있는 시도의 목소리가 겹쳐졌다.

오리가미는 이 공간에 생긴 균열이 더욱 커져가고 있다는 사실을 눈치챘다.

"네가 세계를 부술 때마다, 내가 어떻게든 해주겠어! 네가 절망할 때마다, 내가 너를 반드시 구해주겠어……!"

'나, 는…….'

"그러니까, 손을 뻗어! 나에게는— 네가, 필요해!"

"——."

그 말을 들은 순간—.

오리가미는 자신의 몸이 다른 누군가의 의지에 의해 움직여지는 느낌을 받았다.

아아, 그러고 보니.

오늘, 이 세계에서 시도와 데이트할 때 느꼈던 기묘한 감각과도 비슷한 것 같았다.

그때는 원래 세계의 오리가미가 지녔던 기억이, 무의식적으로 이 세계에 존재하는 오리가미의 몸을 움직였다.

하지만, 지금은.

이 세계의 오리가미가 지닌 기억이, 오리가미의 손을 시도를 향해 뻗게 한 것만 같았다.

마치— 오리가미에게, 살라고 말하는 것처럼…….

—그 순간, 아무것도 존재하지 않던 공간이 산산이 파괴되었다.

◇

"——시……도……."

시체 같은 얼굴을 하고 있던 오리가미의 눈에 희미한 빛이 어렸다. 시도는 무심코 눈을 치켜떴다.

"……아! 오리가미!"

오리가미는 주위를 둘러보듯 천천히 눈을 움직인 후, 떨리는 목소리로 말했다.

"나, 나……는……."

"……큭."

오리가미의 억눌린 목소리를 들은 시도는 그녀를 끌어안았다.

5년 전의 그날처럼 말이다.

"시, 도……."

오리가미는 작디작은 목소리로 말했다.

"나를…… 불러줘서, 정말…… 고마워, 시도……."

"오리가미—."

"시도가 없었다면…… 나는 또 돌이킬 수 없는 짓을 저질렀을 거야."

오리가미의 눈에서 흘러내린 눈물이 시도의 어깨를 적셨다.

"내가…… 아빠와 엄마를 죽였다는 사실은, 사라지지 않아……. 원래 세계에서, 마을 사람들을 죽인 죄도…… 영원히, 사라지지 않을, 거야. —설령 그 모든 게, 『없었던 일』이 되었다고 해도……."

"……큭, 그건—."

시도는 그렇지 않다고 말할 수 없었다.

이 세계에서는 일어나지 않은 일. 아마 그 누구도 기억조차 하지 못할 사건. —시도가 이 손으로 『없었던 일로 만들어버린』 참극.

시도는 어금니를 깨문 후, 신음하는 듯한 목소리로 말했다.

"……그래. 그건…… 네가 짊어지고 가야 해."

그것은 너무나도 잔혹한 선고였다.

어쩌면 시도는 이런 말을 할 자격이 없을지도 모른다. 수많은 생명을 구하기 위해서라고 해도, 멋대로 역사를 바꿔버린 것은 시도의 죄이기 때문이다.

하지만 시도는 말을 돌리지 않았다. 미사여구로 자신과 오리가미가 범한 죄를 포장하는 것은, 원래 세계에 존재했던 오리가미의 부모님을, 마을 사람들을, 그리고 오리가미를 모독하는 것이나 다름없기 때문이다.

"……나는, 나, 는……."

오리가미는 희미하게 몸을 떤 후—.

"……으, 아아, 아아아아아…… 아아아아아아아아아아아……."

—시도를 끌어안은 채 울음을 터뜨렸다.

마치 5년 전의 그날처럼…….

그렇다— 5년 전, 시도에게 눈물을 맡겼던 오리가미는 그 후로 눈물을 흘리지 않았을 것이다.

10대 소녀에게 있어 너무나도 긴, 5년이라는 세월 동안, 오리가미는 울음을 참아왔으리라.

시도는 오리가미와 몇 번이나 대화를 나눴다. 그녀와 많은 시간을 함께 보냈다.

하지만 지금 이 순간— 시도는 드디어 진짜 오리가미를 본 것 같은 느낌이 들었다.

—그 후로 얼마나 시간이 흘렀을까.

오리가미는 시도를 끌어안은 채, 차분한 목소리로 말했다.

"……시도, 너한테도, 사과해야만 해."

"나에게……? 왜?"

시도의 말을 들은 오리가미는 포옹을 푼 후, 그의 얼굴을 바라보면서 말했다.

"내가…… 시도에게 느끼고 있던 감정은— 사랑이…… 아니었어."

"뭐?"

"나는…… 그저, 의존했을 뿐이야. ……부모님을 잃은 장소에서 만난 너한테 기댔을 뿐이야. 약해빠진 자신을 감추기 위해, 너에게 매달렸을 뿐이야. ……그런 제멋대로라고 해도 과언이 아닌 감정 때문에, 너에게 폐를 끼쳤어. ……진심으로, 사과할게."

"……."

시도는 가볍게 숨을 내쉰 후, 미소를 머금었다.

"—그거 영광인걸."

"뭐……?"

시도의 대답을 들은 오리가미는 의외라는 듯이 눈을 치켜떴다.

"적어도 나는…… 오리가미, 너와 만나서 다행이라고……

진심으로 생각해. 뭐, 너 때문에 고생한 적도 있지만…… 만약 네가 나에게 기댄 게 그 감정 때문이라면, 나는 그 감정에게 감사해야 할 거야."

"시도……."

오리가미는 떨리는 목소리로 시도의 이름을 읊조렸다. 그런 그녀의 눈동자에 또 눈물이 맺혔다.

그 눈물을 보고— 시도는 고개를 끄덕였다.

"맞아…… 그것도 너에게 돌려줘야 하잖아."

"돌려……줘?"

시도의 말을 들은 오리가미가 고개를 갸웃거리자, 시도는 "그래."라고 말하면서 고개를 끄덕였다.

"그때 네가 나한테 맡긴 건— 눈물만이 아니었어."

"아—."

오리가미는 그 말을 듣고서야 생각이 난 것 같았다.

5년 전 그날. 오리가미가 한 말을. 시도에게, 맡겼던 것을…….

"저기, 나는—."

"오리가미."

시도가 오리가미의 눈을 응시하며 그녀의 이름을 부르자,
오리가미는 순간 놀란 듯이 어깨를 떤 후, 볼을 붉히며—.

어색하지만, 틀림없는— 미소를, 지었다.

그 순간—.

"……아!"

오리가미가 눈을 치켜뜬 순간, 그녀의 몸을 감싼 칠흑빛 영장이 눈부신 빛을 뿜으면서 순백색으로 물들어갔다.

즉, 그녀는 원래 세계에서 봤던 정령·오리가미 본래의 모습으로 돌아간 것이다.

그와 동시에 주위에 떠 있던 『깃털』들이 빛의 입자가 되어 사라졌다.

"시도…… 나—."

웨딩드레스를 연상케 하는 영장을 걸친 채, 미소 짓고 있는 그 모습은—.

—그야말로 진짜 천사 같았다.

"——."

시도는 오리가미의 어깨에 얹은 손에 힘을 주면서 그녀를 끌어당겼다.

"어—?"

오리가미는 뜻밖이라는 듯한 반응을 보였다.

원래 『이것』이 시도의 최종적인 목적이었다. 호감도를 아무리 올려도 이 행위를 하지 않으면 정령의 영력을 봉인할 수 없는 것이다.

하지만, 시도는 자신의 팔에 힘이 들어간 것이 사명을 다해야만 한다는 의무감 때문인지— 아니면 자신의 욕구 때문인지 판단할 수가 없었다.

오리가미의 입술과 시도의 입술이 포개졌다.

"……읍!"

그 순간, 오리가미는 온몸을 부르르 떨었지만, 곧 시도에게 모든 것을 허락하듯 자신의 몸을 맡겼다.

다음 순간, 오리가미가 걸친 순백색 영장이 찬란한 궤적을 남기며 공기에 녹아들 듯 사라졌다.

"이, 건……."

입술을 뗀 오리가미는 빛으로 변해버린 자신의 영장을 보면서 눈을 동그랗게 떴다.

그 직후, 『깃털』과 싸우고 있던 정령들이 그녀의 등 뒤에 착지했다.

시도는 한 손을 가볍게 들어 보이면서 전부 잘 끝났다는 것을 알렸다. 그러자 그녀들은 안도의 한숨을 내쉬었다.

"으음……."

반라 상태의 오리가미가 시도와 몸을 맞대고 있는 모습을 본 토카는 미간을 살짝 찌푸렸지만, 곧 흥 하고 코웃음 치면서 팔짱을 꼈다.

"흥…… 뭐, 좋다. 오리가미, 이번만 특별히 봐주도록 하마."

"어……?"

토카의 말을 듣고 쓴웃음을 지은 시도는…… 잠시 후, 약간의 위화감을 느꼈다.

토카의 말투가 며칠 전에 자기 반으로 전학 온 학생을 대하는 것이 아니라— 예전부터 알고 지낸 호적수를 대하는 것 같았기 때문이다.

"토카, 너…… 오리가미에 관한 기억이, 되살아난 거야?"

"음? 대체 무슨 소리를…… 그러고 보니 좀 이상하기는 하구나. 왠지 얼마 전까지는 잊고 있었던 것 같은 느낌이 든다만……."

토카는 영문을 모르겠다는 듯이 고개를 갸웃거렸다. 다른 정령들도 비슷한 반응을 보이고 있었다.

"혹시……."

바로 그때, 시도는 예전에 코토리를 봉인했을 때를 떠올렸다. 코토리와 키스한 순간, 봉인되어 있던 기억이 되살아났던 것이다.

영력이 봉인된 정령들과 시도 사이에는 눈에 보이지 않는 파이프가 존재한다. 그렇다면 오리가미의 영력을 봉인하는 과정에서 그 파이프를 통해 원래 세계의 기억이 공유된 것일지도 모른다.

"……하하."

생각지도 못한 선물을 받은 시도는 쓴웃음을 흘렸다. 한순간, 오리가미에 관한 예전 기억이 없는 편이 앞으로 그녀들이 친분을 쌓아나가기 좋지 않을까…… 하는 생각이 들었지만, 시도는 그 생각을 떨쳐내듯 고개를 저었다.

그런 기억까지 포함해— 오리가미는 오리가미인 것이다. 뭐…… 그 탓에 전도다난한 앞날이 기다리고 있겠지만 말이다.

시도가 그런 생각을 하고 있을 때, 오리가미가 천천히 고개를 돌려 정령들을 둘러보았다.

그리고—.

"—토카, 그리고 너희들. 나를 위해 싸워줘서 정말 고마워."

—오리가미답지 않은 말을 입에 담았다.

"뭐—?!"

"어……?"

"그대, 지금 뭐라고 했느냐?"

"의문. 아직 정신이 온전히 들지는 않은 걸까요."

"으음, 솔직한 오리가미 양도 귀여워요~."

"어머나, 정말 드문 일도 다 있네."

토카를 비롯한 정령들은 경악을 금치 못했다(한 명 제외).

하지만…… 시도는 놀라지 않았다.

지금 이 자리에 있는 이는 원래 세계와— 이 세계, 양쪽의 기억을 전부 지닌 오리가미인 것이다.

하지만 너무 뜻밖이었던 탓에 당황할 대로 당황한 토카는 고개를 획 돌렸다.

"차, 착각하지 마라! 나는, 그저, 그러니까! 시도에게 부탁받아서 그런 것뿐이다!"

토카도 분명 오리가미를 걱정했었지만, 그녀는 결국 그렇게 둘러댔다.

하지만.

"—그래? 그럼 너한테는 고마워하지 않겠어. 이 이기적인 정령. 정말 꼴도 보기 싫어."

"뭐……?!"

오리가미가 눈을 반쯤 뜨면서 그렇게 말하자, 토카는 미간을 찌푸렸다.

"이 녀석, 조금 전과는 말이 다르지 않느냐!"

"하나도 다르지 않아."

토카가 고함을 지르자, 오리가미는 고개를 돌렸다.

그 모습을 본 시도는 무심코 쓴웃음을 지었다.

역시 그녀들의 앞날은 전도다난한 것 같았다.

종장 토비이치 오리가미

11월 14일. 학교에 온 시도는 자신의 자리에 앉아서 교실 입구를 바라보았다.

조례 시간을 5분 정도 앞두고 있는 가운데, 때때로 교실 문이 열리면서 클래스메이트들이 속속 안으로 들어왔다.

"……."

이곳은 학교이고 지금은 등교 시간이니 교실 문이 빈번하게 열리는 것은 지극히 당연한 일이지만…… 문이 열릴 때마다 시도의 눈썹이 희미하게 떨렸다.

이유는 단순했다. 영력이 봉인된 후 사흘 동안 검사 받은 오리가미가 오늘 오래간만에 등교할 예정이기 때문이다.

정령들도, 그리고 코토리를 비롯한 〈프락시너스〉의 승무원들도 약간의 부상을 입기는 했지만 전원 목숨을 부지했다. 엄청난 힘을 지닌 반전체와 맞서 싸우고도 말이다. 정말 하늘이 도왔다고 해도 과언이 아닐 것이다.

—뭐, 〈프락시너스〉가 반파된 탓에 코토리는 이 사흘 동안 계속 기분이 좋지 않았지만 말이다.

"으음……."

역시 마음이 진정되지 않았다. 시도는 볼을 긁적이면서 한숨을 내쉬었다.

이렇게 긴장할 필요가 없다는 것은 시도 본인도 알고 있었다.

하지만 영력이 봉인된 후, 오리가미는 〈라타토스크〉의 기관원에 의해 심각한 손상을 입은 〈프락시너스〉가 아니라 기관이 소유한 지하 시설로 옮겨졌다. 그리고 시도는 그 후로 오리가미와 한 번도 만나지 못했던 것이다.

그래서 이 세계의 기억과 원래 세계의 기억을 전부 가진 오리가미와 제대로 대화를 나누는 것은 오늘이 처음인 데다—.

"……."

시도는 아무 말 없이 입술을 매만졌다.

그렇다. 가장 큰 걱정거리는 따로 있다.

영력을 봉인하기 위해서라고 해도, "너에게 느낀 감정은 사랑이 아니었다."라는 말을 들은 직후에 키스해버린 것이다. 그때는 오리가미도 별 말 하지 않았지만, 시도는 거북한 마음이 들어 죽을 것만 같았다.

"시도, 오리가미는 대체 언제 오는 것이냐?"

팔짱을 낀 채 교실 문을 쳐다보고 있던 토카가 갑자기 입을 열었다.

시도의 추측대로, 오리가미의 영력을 봉인한 순간 보이지 않는 파이프를 통해 정령들에게도 원래 세계의 기억이 공유된 것 같았다. 그날 이후로 토카를 비롯한 다른 정령들은 오리가미를 기억해냈다.

『이 세계』에서는 일어나지 않았던 일을 그녀들 또한 알고 있었다. 왠지 약간 불가사의한 느낌이 들었다.

아니— 그렇다고 모든 것이 원래대로 돌아가지는 않은 듯했다.

"토카……. 너, 그 녀석을 오리가미라고 부르게 됐구나."

턱을 괸 시도는 미소를 머금으면서 그렇게 말했다.

그 말을 들은 토카는 눈을 치켜뜨더니, 허둥대면서 말했다.

"따…… 딱히 별다른 이유가 있는 건 아니다. 그냥 그렇게 부르게 된 것뿐이란 말이다."

토카는 그렇게 말한 후, 팔짱을 끼면서 고개를 돌렸다.

그러고 보니 토카는 오리가미를 부를 때마다 『토비이치 오리가미』라고 불렀었다. 대체 어떤 심경의 변화가 있었는지는 모르겠지만…… 그 변화는 시도로서도 환영해 마지않을 일이었다.

"—흠. 오리가미는 아직 오지 않은 게냐."

"수긍. 너무 빨리 왔나 보군요."

시도와 토카가 대화를 나누고 있을 때, 이번에는 뒤쪽에서 누군가의 목소리가 들렸다.

고개를 돌려보니, 옆 반인 야마이 자매가 쓸데없이 멋진 포즈를 취하면서 서 있었다.

"……카구야, 유즈루. 그 포즈는 뭐야? 그리고 너희는 3반이잖아. 대체 뭐 하러 온 거야?"

시도의 말을 들은 카구야는 손을 자기 얼굴 앞에 들더니, 손가락 사이로 시도를 바라보면서 말했다.

"크큭, 그걸 몰라서 묻는 게냐. 그 어리석은 녀석의 검사가 끝나서 오늘 돌아온다면서? 그래서 원래 세계에서의 답례를 이자까지 듬뿍 얹어서 해주러 왔느니라!"

카구야는 그렇게 말하면서 사악한 미소를 머금었다.

그러고 보니 카구야와 유즈루는 원래 세계에서 정령이 된 오리가미에게 호되게 당했었다고 들었다. 아무래도 그 원한을 풀 생각인 것 같았다.

"……유즈루도 오리가미에게 복수하러 온 거야?"

손가락을 풀면서 오리가미를 기다리고 있는 카구야를 바라보며 쓴웃음을 지은 시도는 유즈루를 향해 고개를 돌리며 물었다.

하지만 유즈루는 고개를 저으며 입을 열었다.

"부정. 유즈루는 복수할 생각이 털끝만큼도 없어요. 그것보다 마스터 오리가미의 정령에 대한 인식이 바뀐 것이 기뻐요."

"자, 잠깐만……! 유즈루가 그런 소리를 하면 나만 속 좁은 애가 되잖아!"

유즈루의 말을 들은 카구야가 그렇게 외쳤다. 뭐, 말은 저렇게 해도 두 사람 다 오리가미를 맞아주러 온 것 같았다. 시도는 그런 두 사람을 보면서 가볍게 숨을 내쉰 후, 다시 교실 입구를 바라보았다.

"그건 그렇고…… 좀 늦네. 곧 조례가—."

바로 그때.

시도는 하던 말을 도중에 멈췄다.

교실 문이 열리더니 오리가미가 안으로 들어왔기 때문이다.

"오리가미—."

그녀의 모습을 본 시도는 눈을 동그랗게 떴다. 그가 그런 반응을 보이는 것도 무리는 아니었다. 등 한가운데까지 길렀던 머리카락을 짧게 자른 오리가미는 시도가 알고 있는 그녀의 모습으로 되돌아와 있었다.

토카와 야마이 자매도 변해버린 오리가미의 모습을 보고 놀란 것 같았다. 하지만 곧 마음을 진정시킨 그녀들은 오리가미에게 말을 걸었다.

"으음…… 왔느냐, 오리가미!"

"크큭, 배짱 한번 좋구나. 너의 그 만용만은 인정해주도록 하마!"

토카와 카구야는 긴장한 표정으로 오리가미를 맞이했다. 하지만.

"—다들 안녕."

오리가미가 전혀 독기가 느껴지지 않는 얼굴로 그렇게 말하자, 두 사람은 당황했는지 더는 아무 말도 하지 못했다. 유일하게 유즈루만이 "대답. 좋은 아침이에요, 마스터 오리가미." 라고 대답했다.

"오리가미, 너……."

시도는 말을 끝까지 잇지 못했다.

지금 자신이 해야 할 말은 그런 말이 아니라는 생각이 들었기 때문이다.

그래서 시도는 말했다.

평소와 다름없는 어조로, 평소와 다름없는 목소리로…….

"안녕, 오리가미."

한때, 오리가미에게 두 번 다시 건네지 못할 거라고 생각했던 그 말을 말이다.

시도의 말을 들은 오리가미는 고개를 끄덕인 후, 천천히 걸음을 옮겼다.

그리고 의자에 앉은 시도의 옆에 서더니―.

"응…… 안녕."

―시도의 눈을 바라보면서 한 번 더 그렇게 말했다.

그녀의 얼굴을 본 시도는 가슴이 벅차올랐다. 머리카락은 짧아졌고, 표정 또한 원래 세계의 오리가미에 가까웠다. 하지만 이 세계의 기억을 지녔기 때문인지, 아니면 정령들에 대한 인식이 바뀌었기 때문인지는 모르겠지만― 그녀의 표정이, 분위기가, 왠지 부드러워진 것 같은 느낌이 들었다.

하지만…… 이런 오리가미에게도 곧 익숙해지리라.

토카와 정령들이 있고, 오리가미가 있다.

원래 세계에서 몇 번이나 봤던 광경을 다시 본 시도의 눈에 눈물이 어렸다.

"음……? 시도, 왜 그러느냐?"

그런 시도를 본 토카가 그의 얼굴을 바라보면서 말했다.

"아…… 아무것도 아냐."

시도가 얼버무리듯이 그렇게 말하며 손등으로 눈물을 닦— 으려 한 순간, 오리가미가 그의 손을 잡았다.

"—시도. 눈물을 닦으려면 이걸로 닦아."

"으, 응…… 고마워."

시도는 그렇게 말하며 오리가미를 향해 손을 뻗었다. 하지만 오리가미의 손에는 손수건도, 휴지도 쥐어져 있지 않았다.

"오리가미? 대체 뭐로……."

다음 순간, 시도의 얼굴이 잡아당겨졌다. 그리고 그와 동시에 시도의 시야가 어둠으로 뒤덮였다.

"……읍?!"

촉촉한 무언가가 볼에 닿더니, 그 뒤를 이어 비누 냄새와 땀 냄새가 뒤섞여 만들어진 듯한 향기가 그의 코끝을 스쳤다.

다음 순간, 시도는 자신의 얼굴이 오리가미의 치마 속에 있다는 것을 깨달았다.

"으……! 으읍……!"

예상조차 하지 못한 사태가 발생한 탓에 놀란 시도는 숨을 들이마시면서 빠져나오려 했지만, 오리가미는 시도의 머리를 놓아주지 않았다. 시도가 발버둥 치면 칠수록, 그의 안면은 오리가미의 하복부와 밀착됐다.

"으읍! 으으으으읍~!"

"이, 이 녀석, 뭐하는 것이냐!"

토카의 당황한 목소리가 들려온 직후, 시도의 머리를 잡고 있는 오리가미의 손이 치워졌다. 겨우 밝은 세상으로 돌아온 시도가 거친 숨을 내쉬었다.

"하, 하아…… 하아……."

"오리가미! 너 대체 뭐하는 것이냐?!"

"눈물을 닦아줬을 뿐이야."

"헛소리하지 마라! 대, 대체 뭐로 눈물을 닦아준 거냔 말이다!"

토카가 고함을 지르자, 오리가미는 한 치의 주저도 없이 치마를 걷어 올렸다.

"윽……!"

그 모습을 본 시도는 무심코 숨을 삼켰다. 하지만 오리가미의 치마 속에 존재하는 것은 속옷이 아니라 감색 학교 수영복이었다.

"수분 흡수 능력이 끝내줘."

"……아니, 그것보다 대체 왜 그런 걸 입고 온 거야? ……지금은 11월이니까 수영 수업은 없잖아."

"시도가 그때 하다 만 것을 계속 하고 싶어 할 것 같아서 말이야."

오리가미는 그렇게 말한 후, 가방에서 강아지 귀 헤드 드레스와 꼬리, 그리고 가죽으로 된 개 목걸이를 꺼냈다. 그 이상한 물건들을 본 클래스메이트들이 소곤거리기 시작했다.

"어…… 토비이치 양, 대체 뭘 하는 거지?"

"학교 쉬는 동안 무슨 일 있었던 걸까?"

"그러고 보니, 이츠카 군이 토비이치 양이랑 걷는 모습을 친구가 봤다던데……."

"정말이야?! 전학 오자마자 애인으로 삼고 싶은 여자 랭킹 1위가 된 유망주와?!"

"하지만 이츠카 군이라면 그러고도 남을 것 같지 않아?"

"그건 그래~."

그런 말이 주위에서 들려왔다. 그 외에도 문장 자체는 들리지 않지만 「감금」, 「강요」, 「조교」 같은 무시무시한 단어들도 들려왔다.

하지만 그것도 무리는 아닐 것이다. 정령들은 원래 세계의 기억을 떠올렸지만, 클래스메이트들은 그렇지 않은 것이다. 그들은 이 세계의 오리가미만 알고 있었다.

"저, 저기, 오리가미? 사람들 많은 데서 그런 소리를 하는 건 좀—."

"내 걱정은 할 필요 없어."

오리가미는 그렇게 말한 후…… 시도의 품에 안겼다.

"으, 으윽……!"

"이, 이 녀석이!"

시도가 숨을 삼킨 순간, 토카가 고함을 질렀다. 클래스메이트들 사이에서도 새된 환성이 터져 나왔다. 그중에는 핸드폰 카메라로 두 사람을 찍고 있는 이도 있었다.

그런 상황에서도 오리가미는 차분하기 그지없는 목소리로 말했다.

"나와 시도가 어떤 사이인지 널리 알려둘 거야. 그래야 나쁜 벌레가 들러붙지 않을 테니까."

"시, 시도에게서 떨어져라, 오리가미!"

토카의 외침을 들은 오리가미는 그녀를 향해 고개를 돌렸다.

"—나는 정령이 반드시 섬멸해야 할 대상이라는 생각을 버렸어. 하지만 토카. 너에게 시도를 넘겨주지는 않겠어. 네가 시도에게 들러붙어 있는 한, 네가 내 적이라는 사실에는 변함이 없어."

"그건 내가 할 말이다! 빨리 시도에게서 떨어져라!"

토카는 두 팔을 위아래로 휘저어대면서 절규를 토했다. 하지만 오리가미는 태연한 표정으로 시도와 몸을 맞대고 있었다.

"저, 저기…… 토비이치 양?"

시도는 주위의 따가운 시선을 느끼면서 작은 목소리로 말했다.

실은…… 오리가미에게 물어봐야 할 것이 있었던 것이다.

"왜?"

"아니, 내가 기억하기에…… 너, 전에 나에게 느낀 감정은 사랑이 아니라고 말하지 않았어……?"

시도는 식은땀을 줄줄 흘리면서 말했다.

그 말을 들은 오리가미는 고개를 끄덕였다.

"말했어."

"으음…… 그럼 왜 이러는 건데?"

시도는 자신과 몸을 맞대고 있는 오리가미를 바라보면서 말했다. 이래서는 원래 세계와 별반 차이가 없다. ……아니, 약간 더 심각해진 것 같은 느낌마저 들었다.

그 말을 들은 오리가미는 시도를 응시하면서 말했다.

"지금까지의 내가 시도에게 품고 있던 감정은, 사랑이 아니라 의존이었어."

"으, 응."

"그러니까, 진정한 사랑은 이제부터 시작할 거야."

"……."

오리가미의 말을 들은 시도는 머릿속이 어질어질해졌다. 지금까지 오리가미가 한 행동은 의존에서 비롯된 것이며, 앞으로는 사랑에서 비롯된 더욱 무시무시한 짓들을 하겠다는 소리였다. 마치 대마왕에게 죽음을 선고당한 것 같은 기분이었다.

그들이 그런 소동을 벌이고 있을 때, 조례 시간을 알리는 벨이 울렸다.

나이스 타이밍이었다. 시도는 오리가미를 떼어낸 후, 다른 소녀들에게도 들리도록 큰 목소리로 말했다.

"조, 조례 시간이 됐네! 토카와 오리가미는 자기 자리에 가서 앉고, 카구야와 유즈루는 너희 반으로 돌아가!"

"으, 으음……."

"……."

"흥…… 어쩔 수 없구나. 쉬는 시간에 또 오겠느니라!"

"퇴각. 그럼 이만 갈게요. 마스터 오리가미, 나중에 또 봐요."

시도가 그렇게 말하자 토카와 오리가미는 자기 자리로 돌아갔고, 야마이 자매는 교실에서 나갔다. 그리고 소동이 끝났다는 것을 눈치챈 클래스메이트들도 자리로 돌아갔다.

"하아……."

시도는 크게 한숨을 내쉬면서 오리가미를 향해 고개를 돌렸다.

그러고 보니 오리가미가 나타나자마자 소동이 벌어진 탓에 미처 하지 못한 말이 있었던 것이다.

"……오리가미."

"왜?"

"으음…… 저기— 그때, 내 목소리를 들어줘서 고마워. 네가 돌아와 줘서 정말 기뻐. 뭐랄까…… 이렇게 교실에 있는 너를 보니까 안심이 돼. ……정령들과 마음을 터놓는 사이가 되려면 꽤 시간이 걸릴지도 모르지만, 너라면 할 수 있을 거라고 생각해. 그러니까…… 으음."

오리가미와 재회했을 때 해줄 말을 어제 그렇게 연습했는데도 불구하고, 이렇게 눈앞에 그녀가 있으니 말이 잘 나오지 않았다. 결국 시도는 머리를 쥐어뜯었다.

"……뭐, 됐어. 어려운 이야기는 나중에 할게. 아무튼—."

시도는 고개를 들어 오리가미의 눈을 응시했다.

"—앞으로 잘 부탁해, 오리가미."

시도의 말을 들은 오리가미는—.

"……응."

—미소를 머금으며 그렇게 대답했다.

■작가 후기

안녕하십니까. 좋아하는 빙령족(憑靈族)[리워더]은 네네스·토토르인 타치바나 코우시입니다.

『데이트·어·라이브 11 토비이치 데빌』은 재미있게 읽으셨는지요. 여러분의 마음에 들었기를 진심으로 빕니다.

10권·토비이치 엔젤에서 180도 바뀌어 이번에는 데빌입니다. 즉, 오리가미는 천사에서 악마로 타락한 거죠. 으음, 위험한 향기가 풀풀 나는군요.

그건 그렇고 표지에 실린 저 미소녀는 대체 누구일까요. 무지막지하게 귀엽잖아요. 엔젤 같은 데빌의 미소네요. 한순간 오리가미일 거라고 생각했습니다만, 그녀치고는 머리카락이 너무 길군요. 하지만 얼굴은 오리가미를 쏙 빼닮았습니다. 그래서 저는 생각했습니다. 저 소녀는 오리가미의 여동생·이로가미라고요. 2권에서 써먹었던 개그 복선(?)을 이런 식으로 회수하게 될 거라고는 꿈에도 생각하지 못했습니다. 이건 로드리게스 이후로 처음이군요(창궁의 카르마 1~8권 발매 중).

그리고 오리가미의 딸인 치요가미 양일 가능성도 있습니다. 어머니를 닮아 미인이군요. 아니면 이번에 새로 등장한 오리가미의 사촌·우다가미 양이라든가, 육촌·키라라가미 양이라든가, 예전에 오리가미의 집 근처에 살았던 광택지 양이나 켄트지 양이나, 매트지 양일 가능성도 있습니다[#2]. ……죄송합니다.

뭐, 농담은 이쯤하고, 오리가미 양이 충격적인 메타모르포제에 성공했습니다. 시도가 "머리카락이 긴 여자애는 정말 예쁘네." 같은 소리를 한 게 분명합니다. 혹은 시도가 그런 말을 하기도 전에 오리가미가 독자적으로 시도에게 장발 속성이 있다는 데이터를 확보한 겁니다. 오리가미라면 하루 만에 머리를 저렇게 기를 수 있을 겁니다. 오리가미니까요.

참, 이번 권의 일러스트 중 하나는 꽤 특이합니다.

실은 이전에도 한 번 한 적이 있습니다만, 매 권마다 들어가는 양면 삽화가…… 뭐, 이쯤 말하면 아시겠죠? 츠나코 씨께서 이번에도 끝내주는 일러스트를 그려주셨습니다. 아직 보지 못한 분은 빨리 본편을 읽어주시길.

그리고 여러분. 이미 알고 계실 거라 생각합니다만, 『데이트·어·라이브』의 극장판 제작이 결정됐습니다! 와아~ 짝짝짝짝.

#2 오리가미, 이로가미, 치요가미, 우다가미, 키라라가미 오리가미가 종이접기를 뜻하는 일본말이라는 것을 이용한 언어유희. 이로가미(色紙)는 색지, 치요가미는 종이접기에 쓰이는 일본 전통 종이, 우다가미(宇陀紙)는 닥나무로 만든 종이, 키라라가미(雲母紙)는 운모지.

극장판입니다, 극장판. 엄청나죠? 드디어 토카가 은막에 데뷔하는 겁니다. 나츠미 편과 오리가미 편도 애니메이션화가 되면 좋겠다고 생각했습니다만, 극장판이 제작될 거라고는 꿈에도 생각하지 못했습니다.

게다가 총집편이 아니라 오리지널 스토리가 될 예정입니다. 앞으로 정보가 속속 발표될 예정이니 기대해주시길!

이번에도 많은 분들께서 도와주신 덕분에 이 책을 낼 수 있었습니다.

일러스트를 담당하고 계신 츠나코 씨. 컬러 일러스트의 안대 한 아가씨는 무지막지하게 귀여웠습니다. 그리고 담당 편집자님과 편집부 여러분, 디자이너 님, 영업과 유통에 관여하신 분들, 서점 직원 여러분, 그리고 이 책을 읽어주신 여러분, 진심으로 감사드립니다.

다음에 발매될 작품은 단편집인 『데이트·어·라이브 앙코르 3』이며, 그 후 『데이트·어·라이브 12』가 발매될 예정입니다.

그럼 여러분과 다시 만날 수 있기를 진심으로 빌고 있겠습니다.

2014년 8월 타치바나 코우시

■역자 후기

안녕하십니까. 근로청년 번역가 이승원입니다.

『데이트·어·라이브 11 오리가미 데빌』을 구매해주셔서 진심으로 감사드립니다.

……이번 제 역자 후기는 스포일러로 점철될 예정입니다.

역자 근황은 안 쓰냐고요? 지금은 그런 제 개인사나 쓸 때가 아닙니다.

그냥 후기 쓰기 귀찮은 거 아니냐고요? 저도 그랬으면 좋겠습니다.

……그래도 최후의 인내력을 쥐어짜내 독자 여러분께 이 말씀을 드리겠습니다. 데어라 11권 본문을 읽지 않으신 분, 그리고 PS3용으로 발매된 정령 공략 게임(?) 『데이트·어·라이브 린네 유토피아』를 플레이하실 예정이신 분은 제 후기를 읽지 말아주셨으면 합니다.

……자, 그럼 본격적으로 후기(라 쓰고 스포일러라 읽음)를 시작해볼까요?

이번 권은 데어라 팬분들에게 있어 기뻐할 요소가 정말 많았습니다.

표지를 장식한 정체불명의 미소녀(^^) 정령의 매력이 엄청난 데다, 첫 페이지를 넘긴 순간 눈에 들어오는 컬러 일러스트에 실린 캐릭터의 자세와 표정의 임팩트도 무시무시합니다(오래간만에 제대로 심쿵~을 느꼈죠).

게다가 그다음 페이지를 장식한 것은 고스로리&안대 버전 쿠루미! 여기서 쿠루미 팬들의 하트는 그대로 산산이 조각날 거라 생각합니다(참고로 저는 가슴을 움켜쥔 채 작업실 바닥을 굴러다녔습니다).

그리고 그다음 페이지에 실린 비키니 앞치마 차림의 XX 버전 요시노를 본 순간, 요시노 팬들은 옥상으로 뛰어 올라가 "우오오오오~!!!" 하고 고함을 지르며 벅차오르는 감동을 표현할 것이라 믿어 의심치 않습니다(참고로 저는 감동을 표현한 후 옥상에서 양주를 마시며 여운에 잠겼습니다).

……그런데, 그런데 말이죠. 저에게 있어서 가장 임팩트 있었던 장면은 위에서 언급한 일러스트들이 아닙니다.

세 번째(정령에 관한 정보가 적힌 첫 흑백 삽화를 제외하면 두 번째) 일러스트를 본 순간, 저는…….

"린네에에에

에에에에에!!!”

예. 그대로 정신줄을 놨습니다. 그리고 심쿵 상태에서 가슴을 움켜쥔 채, 바닥을 구르면서 괴성을 질러댔습니다. AHAHA(작업실에 방음 설비 해두기를 잘했다고 생각했어요 ^^).

그 정도로 그 일러스트는 충격이었습니다. 게임판 데어라의 오리지널 히로인이었던 소노가미 린네 양이 본편에 등장했으니까요. 그저 의지를 지니지 못한 힘에 불과했던, 그리고 수도 없이 세상을 루프시키며 시도를 지켜온, 마지막으로 시도를 구하기 위해 자신을 희생하고 말았던 린네 양이…… 우, 우오오오오오오오옷!

원래 존재하지 않았던 『시도의 소꿉친구』라는 포지션에서 시작해, 그를 위해 자신의 모든 것을 다 바쳐 헌신한 후, 결국 모두의 기억 속에서도 사라져버리고 만 소녀. 그 소녀의 겉모습만이나마 이렇게 데어라 본편에서 다뤄졌다는 사실이 정말 기뻤습니다. ……이, 이번 권에서 『린네 유토피아』가 단순한 외전 취급이 아니라는 게 밝혀졌으니, 본편에서 린네가 나온다면…… 같은 희망을 가져보고 있습니다.^^

……상상 정도는 해도 괜찮잖아요!

그럼 이만 줄이겠습니다.

『데어라』를 저에게 맡겨주신 삐야 님과 L노벨 편집부 여러분. 정말 감사합니다. 이번 11권, 정말 여러모로 최고였습니다요.

"술은 섞어야 제맛!"이라면서 소주에 이과두주를 섞은 지인이여. ……술에 술을 섞어봤자 술밖에 더 되겠냐! 차라리 박카스나 유자차를 섞어!(응?)

마지막으로 언제나 제게 버팀목이 되어주시는 어머니와 『데이트·어·라이브』를 읽어주신 모든 분들에게 진심으로 감사드립니다.

이번 권에서는 안대로 독자들의 하트를 박살 낸 모 캐릭터의 산타클로스 버전이 표지를 장식하는 앙코르 3권 역자 후기에서 다시 뵙겠습니다!

2014년 11월 말

역자 이승원 올림

데이트 어 라이브 11

1판 1쇄 발행 2015년 1월 10일
1판 10쇄 발행 2021년 9월 27일

지은이_ Koushi Tachibana
일러스트_ Tsunako
옮긴이_ 이승원

발행인_ 신현호
편집부장_ 윤영천
편집진행_ 김기준 · 김승신 · 원현선 · 권세라
편집디자인_ 양우연
관리 · 영업_ 김민원 · 조인희

펴낸곳_ (주)디앤씨미디어
등록_ 2002년 4월 25일 제20-260호
주소_ 서울시 구로구 디지털로 26길 111 JnK디지털타워 503호
전화_ 02-333-2513(대표)
팩시밀리_ 02-333-2514
이메일_ lnovelpiya@naver.com
L노벨 공식 카페_ http://cafe.naver.com/lnovel11

원제 DATE A LIVE 11

ISBN 978-89-267-9835-5 04830
ISBN 978-89-267-9334-3 (세트)

값 6,800원